新潮文庫

財布は踊る

原田ひ香著

新潮社版

11990

目次

財布は踊る

第一話　財布は疑う

葉月《はづき》みづほはルイ・ヴィトンの財布が欲しい。

浴室のシャワーって最初にお湯を出す時、温度が上がるまでしばらく時間がかかりますよね。いったい、どのくらいの水が流れているのでしょう？　あなたは自分の家のシャワーがお湯になるまで、何リットルの水が無駄になっているのか、正確に知っていますか？

我が家（平均的なマンションです）のシャワーの場合は、六リットルです。季節などで多少の変化はありますが、冬でも夏でも一リットルくらいの誤差しかありません。

なぜ、それがわかるかと言いますと、私は一度、家中の洗面器、ボウル、グラスなどを使ってその量を量ったからです（結構、大変でした）。六リットルとわかってからは、六リットルの水が入るじょうろを買って（通販で九百円ほど）その水を入れ、翌日、ベランダの草花や野菜の苗にあげています。

家の形態や地域によって差はあるかもしれませんが、多かれ少なかれ、あなたもそのくらいの水を毎日捨てているはずです。

金銭的にはたいした額ではありません。でも、意識的に「六リットルだ」と思っているのと、無意識に流しているのではまったく意味が違います。何より、水がもったいない（笑）。資源有効活用の観点からも、ぜひ、今日からはあなたもこの六リットルを何に使うか考えてみませんか。

さて、今月の財布はシャワーの水、水回りにちなんで「水色」の財布について。

水色の財布は、まさに「水」につながります。風水で「金」は「水」に交わると増えると言われ、水色の財布は悪くありません。一方で、水は「水に流す」「水の泡となる」などなくなってしまうもののたとえでも使われるもの。水色の財布でお金をなくすことがないようにしたいですね。

みづほは小さなため息をつきながら、「善財夏実《ぜんざいなつみ》のお財布からこんにちは」のコラムを読み終え、雑誌を棚にもどした。

毎月一日に発売になる、主婦の節約雑誌「KATE《ケイト》」を発売日に図書館で読むのは最高の楽しみだ。発売日、図書館の開館と同時に入れば、ほとんど待つことなく読むことができる。発売されたばかりの雑誌は貸し出しができないが、閲覧させてもらえる。特に気に入った記事があれば、そのまま貸出予約を入れることもあった。

みづほが棚に戻した「KATE」を、瞬時に手に取った女がいた。手が触れそうになって目が合ったので、反射的に会釈《えしゃく》してしまう。その時、ふわりと良い香りが鼻をかすめた。みづほとほぼ同じ年代だが、子供は連れていない。彼女も「KATE」の読者だけれど、毎号買うほどの贅沢《ぜいたく》は許されない主婦なのだろうか。

彼女はみづほとは二つ離れた席に座り、「KATE」を開いた。その傍らに、真新しいルイ・ヴィトンのバッグがさりげなく置かれているのをみづほは見逃さなかった。あの特徴的なLとVを組み合わせた模様は女なら決して見逃さないだろう。一時は購入するために、女子高生が援助交際するという社会現象まで起こしたブランドだ。

高校時代、みづほの仲良しグループの中でも、一番美人で実家がお金持ちの子が親と海外旅行をした際に長財布を買ってきたことから、急に流行《はや》りだした。五人グループで、自分以外の友達は皆、持っていた。それでも、みづほが長財布を手にすることは叶《かな》わなかった。母子家庭で家計が厳しく、母にねだることはできなかったからだ。一緒のグループにいても、みづほがずっと疎外感《そがいかん》を感じていたのはそのせいばかりではないと思う。入学して最初に座った席が近くだっただけでなんとなく仲良しになり、趣味も家庭環境も共通点はないグループだった。でも、そこを外れてしまうと、教室に居場所がなくなってしまうから、必死だった。授業などで二人組を作るようなことがあると、いつもみづほが一人あまって別のグループの子と組むことになった。自分はグループで浮いている、とひしひしと感じた。卒業してから、その誰とも会っていない。

その後入学した専門学校でも会社でも、普通に友達はできた。今でも連絡を取り合っている人もいる。決して、人付き合いができない人間ではないはずだ。自分が高校の時、微妙に「ハブられてる」立場になったのは時の運だと思う。中学や高校というのは、ごくわずかなボタンの掛け違いで仲間はずれになってしまう、残酷な場所だ。

それでもあの時、自分がヴィトンの財布を買うことができていたら、もう少し楽に青春時代を送れていたのではないかと時々考えてしまう。

図書館で会った女性が「ＫＡＴＥ」を開いているのを見て、最初は「仲間だ」と嬉《うれ》しくなったのに、ヴィトンのバッグを見てから急に、自分が手放した雑誌が惜しくなった。ヴィトンからは強烈な憧《あこが》れと苦味の感情がないまぜになって漂ってきた。もっと隅から隅までよく読めばよかった。最後の方の「夏の麺《めん》料理三十番付！」の特集はいつもと同じだから、と読み飛ばしてしまった。

しかし、一度手放した「ＫＡＴＥ」はもうしっかり彼女の手に握られてしまって返ってこない。

「ヴィトンのバッグを持てるなら、雑誌くらい買えばいいのに」

気がついたら小声でつぶやいていた。

みづほは諦《あきら》めて、ベビーカーを押しながら雑誌コーナーから小説コーナーに向かった。ベビーカーの中の息子、圭太《けいた》はよく寝てくれる。今、十ヶ月だが、はいはいができるようになった一ヶ月ほど前から急に寝付きがよくなり、聞き分けもよくなった気がする。

小説は最近、ミステリーしか読まない。宮部みゆきの時代ミステリー小説があったから借りることにした。みづほは自分でもよく本を読む方だと思う。今は子供が小さいからまとまった読書時間を取ることはできないが、宮部みゆきの小説は切れ切れでも内容が頭に入ってくるから好きなのだ。

それから、「家庭・家計」のコーナーも見る。そこで、善財夏実先生の『婚活女子はピンクの財布を持て』を見つけた。婚活女子というところは既婚のみづほには合わないが、善財先生の本はすべて読むようにしているから、すぐに手に取った。

二冊の本を借りて図書館を出る時、出入口付近にある雑誌コーナーに目が行った。さっきの彼女が「ＫＡＴＥ」をまだ熱心に読んでいた。その傍らのヴィトンのバッグはまだ発売されて間もない新作だと気づき、みづほの息が上がった。

図書館からスーパーにまわり、鶏《とり》胸肉百グラム三十八円の値札を見るところに、やっと動悸《どうき》が穏やかになってきた。

普段は四十九円の鶏胸肉、週に一度だけ三十九円になるのが、今日はなぜか三十八円だ。ここ最近で三十八円はなかった。二枚入っているものをカゴに入れた。それから、一袋十九円のもやし、一パック百三十三円の卵などを買う。

あの人だって、少しずつ貯《た》めたお金でやっとヴィトンを買ったのかもしれないしな、と奥に手を伸ばして少しでも消費期限が遅いもやしを探しながら考える。

新作を買ったのだって、できるだけ長く使うためかもしれない。店舗でなく、質屋やメルカリで安く買ったものかもしれない。しかし、こうしていつまでも考えてしまうのも、みづほがルイ・ヴィトンを気にしている証《あかし》だった。

ヴィトンに対する負と正が入り交じった感情が一気に正に傾いたのは、派遣の会社員になってからだ。仕事を一から教えてくれた、やっぱり派遣社員の女性の先輩が使い込んだヴィトンの長財布を持っていた。

「素敵ですね」と褒《ほ》めると「母からのお下がりなの」と教えてくれた。

「古いけど、ヴィトンは流行があんまり関係ないから」と照れたように笑った顔が素敵だった。私も使い込んだヴィトンを子供に手渡したいな、と思った時にはもう財布に恋をしていた。

ヴィトンの財布は修理しながら何十年も使えるらしいし、古くなっても売ることができる。無駄遣いを絶対許さない雑誌「ＫＡＴＥ」でさえ、「良いものを買って長く使う」ことの象徴としてヴィトンだけは勧めているくらいだ。善財先生も、著作の中でブランドものの長財布を持つことを奨励し、中でもヴィトンは「値段と品質が釣り合い、運気もいい」「日本で一番始末がいいと言われている名古屋人もヴィトンには財布の紐《ひも》を緩める」と書いていた。みづほが今使っているのは、ＯＬの時に買った黒いエナメルの二つ折り財布だ。始めての給料が入った時に、なんとなくデパートの小物売場で買った。悪くはないがこれといった特長もない。

「ＫＡＴＥ」には、毎月必ず、主婦が登場して一ヶ月の家計簿を公開するコーナーがある。皆、食費を切り詰め、無駄を省いて、二十万円台、三十万円台の給料の中から五万、八万と貯金している。このコーナーに載ることは「ＫＡＴＥ」愛読者の憧れであり、彼女たちはスター主婦だった。

記事は大抵、昔はダメダメ主婦で貯金ゼロだったとか、独身時代、給料を湯水のように使っていたというところから始まり、結婚、出産、または夫のリストラ、転職などの経験を通して、節約と貯蓄に目覚める様子が描かれている。

彼女たちがお金を貯める理由で、「マイホーム購入」「子供の学費」と並んで多いのが「海外旅行」と「ブランド財布購入」だった。

みづほもヴィトンの財布を手に入れたら、何十年も使うつもりだ。これから圭太が大学を卒業するまでの二十二年は続く節約生活も、ヴィトンの財布を眺めながらだったら頑張れると思う。洋服や靴はＧＵや古着でも、バッグからヴィトンの財布を出せば、そうみすぼらしくは見えないはずだ。

海外旅行は、専門学校時代に女友達と韓国のソウルに行ったことがある。冬の韓国はやたらと寒く、街はごちゃごちゃしていた。食べ物はどれもおいしかったけど、ガイドブックどおりに格安コスメを買って、マッサージを受けただけで帰ってきた。特に大きな思い出はない。

あの時、ヴィトンのものを何か一つでも買ってくれば良かった、といまだに後悔が残る。長財布を買えるほど貯金はなかったが、キーケースでも買っていれば今頃少しは気持ちが違ったはずだ。

新婚旅行は沖縄だった。本当はハワイに行きたかったけれど、夫の「パスポートとかめんどい」「英語話せない」「高い」という声に押し切られて沖縄にしてしまった。とはいえ、せっかくだからとそこそこ高級なリゾートホテルに五日間も滞在したから、今思えば、結果的にはハワイとそんなに費用が変わらなかったかもしれない。

どちらも、もっと主体的に旅行を楽しめば良かった。次は絶対に後悔しない旅にするつもりだ。

そのため、みづほは二年近く、ずっと計画を練っていた。

帰宅したみづほは、息子と一緒に昨夜の残り物で昼ご飯をすませ、お昼寝させて、夕食の下ごしらえをした。

買ってきた鶏胸肉は繊維を断ち切るようにして縦に七、八ミリの厚さに切って、スーパーでもらってきたポリ袋に入れた。肉一枚に醬油《しょうゆ》小さじ二杯を揉《も》み込み、マヨネーズを大さじ一入れてさらによく揉んだ。

夕方、夫の雄太《ゆうた》からＬＩＮＥで「帰宅します」という連絡がくると、漬け込んだ胸肉に片栗粉大さじ二を加えてまたよく揉んだ。あとはそのまま揚げるだけで柔らかく癖のない「鶏胸肉の唐揚げ」ができる。

買ってきたもやしと卵もごま油で炒《いた》めた。最後に鶏がらスープの素と片栗粉、小さじ一ずつを水に溶かしたものを加える。うまみがこってりともやしにからんだ、中華風の炒め物ができ上がった。

この唐揚げともやし炒めはみづほ自慢の献立だ。もやし十九円、卵二つで二十六円、胸肉一枚が百二十円弱だから、二百円以下でボリュームも味も満点の夕食ができる。これにご飯とわかめスープをそえた。

唐揚げは時に甘酢で和《あ》えたり、カレー粉を加えたりすると、味が変わって飽きない。どれも夫の大好物である。

夕食ができ上がると、離乳食を圭太に食べさせた。昨日、カレーを作る時に煮た、ジャガイモや人参《にんじん》をつぶしたものだ。他に、手作りのプリンもデザートに用意した。

しかし、口に入れたジャガイモも人参も、圭太はべーっと舌を使って出してしまう。そのままベビーチェアのテーブルに落ちた野菜を指でいじっている。

みづほは大きなため息をついた。

圭太が小食なことが、唯一《ゆいいつ》の、でも大きな悩みだった。

とにかく、食べない。食べ物を落としたり、それで絵を描いたり、食べ物で遊ぶ。みづほが怒ると、かまってもらえると思うのか嬉しそうにきゃっきゃっと笑い、もっと怒ると泣き出して、それ以上何も食べなくなる。一度、あんパンを食べさせたらよく食べたので、次の日も買ったら一口も食べなかった。そんなふうに、初めだけ食べてぬか喜びさせることも、よくあった。

なだめたりすかしたりして、あれやこれやとやってみるのだが、いまのところ、これといって有効な対策はなかった。

「体重が増えていれば大丈夫ですよ」と小児科の先生にも言われるし、「そのうち食べるようになるわよ」と母にも言われる。

「親が気にしすぎるのもよくないみたいよ」

母親教室で出会ったママ友の「彩花ちゃんママ」もそう言う。それは、彩花ちゃんがなんでも食べる健康優良児で、お相撲さんみたいに太っているから言えるのだ。

まあ、圭太みたいにほっそりしているのと、白鵬《はくほう》をミニチュアにしたみたいな彩花ちゃんとどっちがいいのか、と聞かれたらちょっと返事に窮する。

みづほの心づくしの手作りプリンも圭太は二口ほどしか食べなくて、三口目からはべーっと吐き出した。

圭太がベビーチェアのまわりにこぼした食べ物を、床を這《は》いずるように拭《ふ》いていると、ドアが開く音がして夫の雄太が帰ってきたことがわかった。

「お帰り！」

ただいま、と答えてくれたのかどうか、下を向いていたからよく聞こえなかった。でも、あまり気にしない。雄太はそういう人だ。ただ、「暑い、暑い」とつぶやいているのだけが聞こえてきた。

ベビーチェアの下から立ち上がって、顔を上げた時に雄太は居間にいなかった。寝室で着替えているのだろう。

「ねえ、そんなに暑いならシャワーで先に汗を流したら」

寝室の入口まで行って呼びかける。思った通り、彼はシャツ姿になり、鞄《かばん》を床に置きながらネクタイをほどいていた。やはり返事はない。

新築の1LDKの賃貸マンションは、西新宿から電車で約三十分の練馬区の駅から、歩いて八分と言われて借りた。実際には十分以上かかる。みづほはもう少し埼玉よりなら家賃もずっと安いのに、と思ったけれど、「通勤時間が長くなるのが嫌だ」と夫に言われて、折れた。

母が住んでいる川越まで行けばずっと安いはずだ。けれど、実家に近いところに住みたいのか、と夫の両親に嫌味を言われるのが怖くて言い出せなかった。

駅から少し坂になっているから、蒸し暑い日はつらい。

「ねえ、先にお風呂《ふろ》に入ったら？」

雄太はまだ鞄から何かを取り出そうとしている。

「ねえ?!」

きつめの声を出して、やっと「ん」と振り返った。

「先にお風呂に入ったら、って言ってるの」

「……いい」

雄太は無表情で答えた。

「さっきから何度も言ってるのに……鞄になんかあったの？」

「いや、パソコン出そうと思って」

そんなに暑いなら、先にシャツを脱いで汗を拭くか、部屋着に着替えるかしたらいいのに。夫の行動に軽いいらだちを覚える。

「シャツ脱いでくれたら、洗濯機に入れるけど」

「いい、まだ」

鞄からうまくパソコンが出てこないらしく「ああっ、暑いなっ」と、怒鳴っていた。

寝室を離れながら、小さくため息をつく。

夫の雄太にはこういうところがある。何か一つのことに夢中になってしまうと周りが見えなくなり、声も聞こえなくなること。正常な判断ができなくなること。

だからといって彼が嫌いになったりするわけじゃないし、男性にはありがちな不器用さだなとも思うのだが、いちいち細かいことを注意しなければいけない時は、「私、お母さんみたい」と思って情けなくなる。

一度、夫の実家で「雄太さんて、夢中になると周りが見えなくなりますよね」「物事の順番を正しくわからない時がありますよね」とさりげなく聞いてみたことがあった。

「そうなの、子供の頃からなのよお」

困っちゃうわね、と言いながら、義母は嬉しそうだった。そして、なぜか、雄太が小学生の頃、どれだけ成績が良かったか、特に算数はよくできて、先生を困惑させるような質問までした、というようなことを自慢げに話された。

あんたがちゃんと育てないから、生活音痴な息子になるんだよ、と心の中で毒づいたけれど、確かに彼にそういう、強いこだわり、オタク的要素があるからこそ、今のシステムエンジニアという仕事に向いているのかもしれない。

しばらくして、雄太はやっとTシャツに着替えて寝室から出てきて、食卓についた。彼は服装にこだわらない。高校時代に買ったという、プリントの消えかかったガンダムのTシャツを着ている。

「今日、ゆうちゃんが好きな唐揚げだよ」

「うん」

あまり反応はないが、これもまた気にしないことにしていた。おかずを並べてやると、もくもくと食べ始めた。

「おいしい？」と尋ねて、やっと思い出したように「ああ」と素直にうなずいた。

多少は不満もあるが、彼にはいいところもたくさんある、と唐揚げを頬張っている口元を見ながら思う。

家庭のことについてはみづほの好きなようにやらせてくれる。喧嘩《けんか》すれば大きな声を上げることはあっても、暴力なんかは振るわない。ちゃんとお給料を稼いでくれて、特別ケチということもない。月給は手取り三十万前後で、二十代後半の男性としたらまあ平均的ではないだろうか。ボーナスも入れれば、年収四百五十万以上にはなる。

今の時代、このくらいのところで十分満足だと思うべきではないだろうか。

みづほは埼玉県の川越市で生まれた。今でも母はそこに住んでいる。両親はみづほが高校生の頃、離婚した。

父は細かい男で、時々怒鳴ることもあった。母がおおざっぱな性格だったから、うまがあわなかったのだろう。離婚すると言われた時も正直、あまり驚かなかった。みづほも高校生になっていたし、二人がほとんど口を利《き》いていないことも知っていた。

父が養育費を払ってくれたので、ヴィトンの財布は買えなかったが専門学校には行けた。IT関係の専門学校を出た後、西新宿に本社がある、雄太と同じメーカーに派遣社員として入った。

みづほは営業部の営業補助だった。舌先三寸で仕事をし、多少強引な行動もむしろよしとするような、偽悪的でマッチョな営業マンたちに馴染《なじ》めないものを感じていた。ある時、営業マンたちの同期と飲み会をすることがあり、出会ったのが三歳年上のエンジニア、雄太だった。身体《からだ》を鍛えるのが流行っていた営業部の男たちを見慣れている中で、ほっそりした雄太の体型と横顔は清潔感にあふれて見えた。みづほから声をかけたのがきっかけで二年間の交際の末、結婚した。

結婚当初は二人で社宅に住んでいたけれど、息子の妊娠とともにそこを出て、このマンションに引っ越した。妊娠初期からつわりがひどく、人員削減一辺倒の部内にかばってくれる人もいなくて、結局、仕事はやめてしまった。仕事を教えてくれた先輩も、ステップアップのために転職をしたあとで、心の拠《よ》り所を失ったような気もしていた。

　雄太のお小遣いは本人の希望も受け入れて、毎月五万。家賃は管理費も含めて十万八千円、みづほは食費、日用品代、そして、お小遣いを含めて五万円を渡されていた。他に、水道光熱費、通信費、子供の学資保険、雄太の貯蓄型保険などを引くと、ほとんど残らない。

　雄太の小遣いも「ＫＡＴＥ」に出ている家計などを見ると少し多い気がしているが、外食をしたり、レジャーに行ったりする時は彼が払ってくれることになっている。ただ、お給料日に、雄太は「僕の小遣い五万、それから、みづほちゃんも五万」と言いながら渡す。五万は食費や日用品代も含んだ金額で、節約しなかったらいくらも残らないのに彼は私のお小遣いのように考えているのではないか。毎月そう言われるたびに密《ひそ》かに不満だった。

　本当は、家賃ももう少し安くおさえたい。でも当時、新築だったマンションを夫が一目で気に入って、ほとんど独断で決めてしまって住み続けている。

　結婚前、気が合わない両親を見てきて、穏やかな家庭さえ築ければ収入は普通でいいと思っていた。今は仕事をやめたことを後悔している。あの時、無理をしても頑張って働き続けていれば生活にもっと余裕があったのではないか。圭太がもう少し大きくなれば、また派遣かパートで働くつもりだ。

そんな不満も、この秋には多少解消しそうだった。

二年ほど前から、みづほは月に二万円ずつ貯めていた。

五万の中から、食費約二万に日用品代（そこには十ヶ月前からは圭太のおむつ代なども含まれている）を引いたら、二万を貯金するためには自分が自由にできるお金はほとんど残らない。

みづほは貯金を始めてから、ほとんど服を買っていなかった。

実家に帰った時に、母に「これ、派手すぎるからみづほ着ない？」などと手渡されたチュニックやカットソーをもらう。母には行きつけのブティックがいくつかあって、店員とはほぼお友達状態だ。勧められるとすぐに買ってしまうらしい。通販も好きで、下着やストッキングはまとめ買いしている。そんなものも、実家に行くたびにもらってきた。

他にはメルカリでシーズン遅れの千円台の服をさらに値切って買う。ユニクロは高いし、ママ友とかぶる可能性大だ。それなら、駅ビルに入っているようなブランドの服を千円台で落札した方が安いし、よく見える。

お金がない分、みづほのワードローブには不要なものが一つもない。ワンシーズン着なかった服はすぐにメルカリに出品し、数百円でも利益が出ればそれを資金に、次シーズンの服を買う。おしゃれだと褒められることはなくても、みすぼらしくはないはずだと自負している。

「爪《つめ》に火を点《とも》す」ほどではないが、無駄は一つもせずに五十六万まで貯めてきた。あと数ヶ月で六十万を超える。六十万を超えたら雄太に告白し、ハワイ旅行を提案するつもりだ。最初は三人で三十万くらいでなんとかならないかと思っていたけれど、それではビーチから遠い最低ランクのホテルにしか泊まれないし、向こうでもろくなものを食べられないとわかってきた。ハワイのことを知るにつれ、欲が出てくる。貯金が四十万を超えた時、せっかくだからもう少しがんばろうと思った。

みづほには学生時代のアルバイトや会社員時代に貯めたお金が、合わせて四十万ほどある。それで、ヴィトンのお財布を買い、ウルフギャングでステーキを食べたい。圭太にもハワイにしかないような鮮やかな服を買ってあげたい。いつもはメルカリやフリーマーケットで買ったものばかりだから。

みづほはハワイについてのスクラップブックを作っていた。行ってみたい店、食べてみたい料理、泊まりたいホテル、ハワイ旅行のツアー広告……素敵なハワイの写真があれば、なんでも切り取って貼《は》っておく。節約に疲れたり、ママ友の高そうな服やバッグを見て悲しくなったりした時には、それを広げる。

一ページ目は、ハワイのどこかの海岸で手をつないでいる親子の後ろ姿の写真だ。二人はおそろいの派手なドレスを着て、髪を風になびかせている。自分もこんな写真が撮りたい。撮った写真はインスタやＬＩＮＥに載せよう。いや、あまりこれ見よがしにするとママ友から褒められているのか、ディスられているのか、わからないようなコメントをもらってしまうかもしれない。

でも、二年も貯金をしてきたのだ。一枚くらいはいいだろう。自分と息子が海辺に立つ後ろ姿の写真、ベスト・ショット一枚だけならいいということにしよう。それ以上は、「ハワイに行ってきたの？　写真を見せて」と言ってきた人だけに見せることにしよう。

ヴィトンの財布を買う時のこともずっと考えている。一度新宿店に行って下見もしてきた。店内は外国人の観光客ばかりで、ショーウィンドーをこわごわのぞいただけで、店員に声をかけることもできずに帰ってきた。けれど、ハワイではちゃんと「これ、いただくわ」と言うつもりだ。

あ、英語じゃないといけないのかな、と心配になる。韓国に行った時は買いたいものを指差して「ディス、ディス」と言った後、「全部ちょうだい」と身振り手振りと日本語で買い物できたけど。いや、きっとハワイだってそんな感じで大丈夫だろう。

「これ、見せて」

「あれも見せて」

「これ、いただくわ」

息子を寝かしつけ、残業の夫の帰りを待つ間、気がついたら独り言を言っていた。ルイ・ヴィトンの店舗で買い物できるのは一生に一度きりかもしれないのだから、わがままを言わせてもらおうと思う。

テレビもつけずにスクラップブックを見ながら、想像するだけで十分楽しい。テレビはかなり電気代がかかると善財先生も言っているし。

やっと目標額に達した日、晩ご飯に普段通りの節約メニューが並んだ食卓の前で、夫の雄太が箸《はし》を取る姿を見ながら、みづほはちょっと震えていた。

ハワイに行きたい。お金は貯めた。

それを言って、彼がどんな反応を示すのか。

雄太は厳しい夫というわけでもないし、ケチでレジャーに一円も使いたくないというような人間でもない。たぶん、喜んでくれると思う。ただ、早急にことを運び過ぎたり、変化が大きいと、みづほが思ってもみないような反応をすることがある。以前、海外で暮らしている日本人の特集番組を観《み》ていて、「圭太を外国の学校で勉強させるっていう選択肢もこれからの時代はあるのかもしれない」と何気なくつぶやいたら、「俺は英語もしゃべれないし、海外で仕事なんかできないからな！　親を残して日本から出ていけないし」と急に怒り出したことがある。

今回も上手に話を進めないと、「まとまった金はマイホーム購入にまわしたらどうか」とか、「そんなに金があるなら、茨城の自分の実家にもっと頻繁に帰りたい」というようなとんでもない提案をされそうだ。

これまでも時々、「ハワイって一度は行ってみたいな」だとか「子供が二歳になるまでは旅行代金も安いらしいから、海外旅行に行くチャンスかもしれない」などと会話に織り交ぜてきたが、雄太は気がついているだろうか。今のところ、特に大きな反発もなく、「ふーん」と返事をしてくれていたけれど。

とにかく、お金はあるし、あなたは何も心配しなくていい、ということを強調しようと心に決めた。

夕飯はカレーにした。百グラム九十八円の豚挽肉《ひきにく》と夏野菜のなすを使ったキーマカレーだ。雄太も他の家の夫と変わらず、カレーが好きだった。

今日は夏のボーナスの支給日だ。そろそろ夏休みの予定を会社に提出する時期でもある。雄太の会社は夏期休業として三日の休みを取ることができる。それに有休を足して、一週間ほどの休みを九月頃に取ることはできないかということも打診しなければならない。

帰宅した雄太は思った通り、カレーをおかわりして食べ、第三のビールも上機嫌で飲んで、「みづほも好きなものを買っていいよ」と言った。

「ほら、この間、乾燥機付き洗濯機か食洗機が欲しいって言ってたじゃんか。どっちか検討しようか」

電化製品は家庭に必要な買い物じゃなくて、私の「欲しいもの」「プレゼント」だと考えているのだろうか。でも、ここでそれを問いただして、彼の気分を悪くしてもしかたがない。

「……ものを買うのもいいけど、私、行きたいところがあるんだよね」

「え？　温泉とか？　ディズニーランドとか？」

雄太は上唇に白い泡を付けたまま、問う。

「それなら、俺も行きたいし、かまわないけど？」

「違うの。ハワイ……とか」

「えー、ハワイ？　そりゃいいけど、高いだろ？」

反応と表情から、意外に好感触で嬉しくなる。「高い」というところ以外に問題はないようだ。それなら、とみづほは立ち上がる。

「実は、ずっとお金を貯めてたんだよね」

食器棚の引き出しから、通帳を出して雄太に広げて差し出した。今はネットバンク全盛で、銀行からもたびたび「通帳をデジタル通帳に替えませんか」という通知が来ていた。それを無視し続けていたのは、毎月「20000」の印字が並んでいくのを見るのが喜びだったし、こんな時を想定していたからだ。

夫に「600000」の数字を見せる日を。

彼はちょっと眉《まゆ》をひそめて通帳を引き寄せた。しばらく眺めている。

「へえ」

数分見つめて、やっと声を出した。

「へえって何？」

「よく貯めたじゃん。どうやって貯めたの？」

「あなたから毎月もらってるお金を節約して」

みづほは説明した。どうやって食費を倹約してきたのか。服も新品はずっと買っていない。時にはネット上のポイントサイトを使って「プチ稼ぎ」もしてきた。話し出したら止まらなかった。自分がどれだけ頑張ってきたかを。

「ストップ、ストップ」

雄太は笑いながら、手を振った。

「わかったけど、このくらいでハワイなんか行けるの？　今、円安でしょ」

みづほは大手旅行会社のハワイツアーのパンフレットもいくつか並べた。ハレクラニとはいかないが、そこそこいいホテルと飛行機代が含まれたツアーが予算以内だということも説明した。

「隙《すき》のないプレゼンだなあ」

「だって、ずっと計画してきたから」

「じゃあ、俺もハワイに行けるのか」

「もちろんだよ。そのために貯金してきたんだし。本当にゆうちゃんは何も心配しなくていいの。一緒に来てくれれば」

「そこまでしてくれたなら、こっちには異論はないよ」

みづほはやっと気が楽になった。そう、雄太は決してケチだったり、気難しい人間ではないのだ。時々、へそを曲げるけど。

「みづほがここまで頑張ってお金を貯めてくれたなら、俺が向こうでのお金を出すよ。メシとか土産物とか、プールとかも大きいのがあるんでしょ」

「へえ、ゆうちゃんもそういうの知ってるんだ」

「課長が話してたんだよ。ほら、高岡《たかおか》さん」

みづほも知っている名前を出した。同じ会社で働いていたし、結婚式にも来てもらったから、知らない仲ではない。

「去年の夏にハワイに行ったんだって」

「あ、年賀状がハワイの写真だったもんね」

みづほは思い出した。特徴的なビーチの風景で、すぐにハワイだとわかった。我が家も来年の年賀状はハワイにしたい。

「めちゃくちゃ大きい、流れるプールがあって子供が喜ぶって言ってた」

「圭太はまだ小さいからそんなに遊べないけどね」

「まあ、いいじゃん、思い出になるし」

「嬉しいけど、大丈夫なの？　ゆうちゃんも貯金あるの？」

月々の給料以外に、彼がどのくらい貯金があるのか、今までほとんど聞いたことがなかった。

「ぜんぜん」

雄太は無邪気に微笑《ほほえ》む。

「でもクレジットカードもあるし、問題ないよ。俺、普段からあんまり金使わないじゃん。クレカの請求もいつも三万くらいだし、大丈夫だと思うよ」

その後、雄太の有休も思い通り、九月の半ばに一週間認められ、ツアーも予約できて、ハワイ旅行の準備はちゃくちゃくと進んだ。


二年半かけて金を貯め、ルイ・ヴィトンの店の門をくぐった時、みづほの胸にさまざまな思いがよぎった。

実際にはアラモアナショッピングセンターの一角にあるのだから、「門をくぐる」というのとは違うけれど、入口には屈強なレスラーのような警備員が二人立っていて、門と言って差し支えないような物々しさだった。緊張し過ぎて、雄太が店内を見て、「すっげえ人だなあ」と無邪気に言うのに素直にうなずけない。

これまでネットで情報を集め、一度は新宿のヴィトンに行って下調べまでしていたのに、ガラスケースの前に行ったら、どうしたらいいのかわからなくなってしまった。

「何買うか、決まってるんでしょ。早くしようよ。人がたくさんいるところ、俺、苦手なんだよ」

ケースに張り付くようにして見ているみづほに、圭太を抱いた雄太が無遠慮に言い放った。

「悪いけど」

みづほは振り返って、低い声で言った。

「私、このためにお金を貯めてきたんだ。二年、ううん、二年半。ずっとずっと、新しい服もバッグも一つも買わないで、節約メニューを研究してやってきた。だから、これだけはゆっくり選びたい」

もしかしたら、日本人客や店員がいて、話を聞かれているかもしれない、と思ったけれど止まらなかった。

「私、結婚して今まで、ゆうちゃんにこんなに真剣にお願いしたこと、なかったよね。だから、これだけでいいから聞いて」

「……どうすればいいの」

みづほの迫力に雄太がこわごわとうなずく。

「このビルのカフェかどこかで待っていてくれる？　圭太と一緒に」

このくらいはっきり言わないと、彼は圭太を置いて行きかねない。

「じゃあ、場所が決まったら、ＬＩＮＥするから」

ビルの中には無料のＷｉ‐Ｆｉがあって、お互い連絡を取ることができた。

「うん、買い物が終わったらそっちに行くから」

彼らが行って、やっとゆっくり品物を見ることができた。

色も形も決めていたはずだった。「ポルトフォイユ・クレマンス」の長財布、柄はヴィトンの象徴的な市松模様のもの。ヴィトンのジップ付き長財布は十万近くするが、これなら、小ぶりで六万くらいだ。しかも小さめだから、女性が持っていても邪魔にならない。

「あー、これ」と言いながら、目の前の褐色の瞳の若い店員に指さすと、にこやかに何か英語で言って、奥に引っ込んでしまった。

なんだか馬鹿《ばか》にされたようで不安になっていると、「お待たせしました」とアジア系の女性が日本語で対応してくれた。日本語ができる店員を呼んできてくれたらしい。

「これ、かわいいですよねえ。長財布のなかでも女性に人気なんです」

彼女は慣れた手つきでガラスケースの鍵《かぎ》を開けて出してくれた。みづほが何か言う前に、他の色や形のものもずらりと並べてくれた。

おずおずと手を触れると、小さいのにずっしりと重い。それもまた高級感があった。

「どうぞ、開けてみてください」

言われた通り、開けると真っ赤な革の色が目に飛び込んでくる。

「この色、きれいですよねぇ」

すてき……本当にすてきだけれども。

思った以上に小ぶりだ。これでは札の端が少し欠けてしまう……ということはなくても、いつもジッパーに札やレシートを挟みそうと気にしながら使うことになる。それにカード入れや、他の場所も心許《こころもと》ないからもう少し大きい方がいい。新宿のヴィトンでは手に取る勇気がでなかったからわからなかったけれど。

かわいい、かわいいを連発する店員に聞いてみる。

「あの……他の財布も見ていいですか」

「もちろんです。何をお出ししますか」

「……じゃあ、これより大きい」

みづほは店内に目を泳がす。隣のガラスケースを指さした。

「あの長財布と、あと、二つ折り財布も見てみたいんですけど」

「わかりました」

店員は嫌な顔ひとつせずに、用意してくれた。ただ、みづほの前に並べた財布は一つ残らずすべて、元のケースの中にしまってから取りに行った。なんだか、泥棒扱いされたようでちょっとむっとする。アメリカではこれは普通なのかもしれない。それでも、肘《ひじ》が触れるほどの距離で、別の客と店員が話しているのに、万引きなんてできるわけないのに。

彼女はヴィトンのロゴの入った長財布、そして、二つ折り財布を持ってきてくれた。どちらも定番中の定番だ。他に小さな三つ折りの財布も持ってきてくれた。

「最近はこのタイプも人気なんですよ。小さいバッグにも入りますしね」

小さな小さな財布。それは本当にかわいいけれど、やっぱり若い女性……お金もカードも支払いは男が出してくれるような女が持つべきもののような気がした。

長財布がハワイでも十万以上することはわかっていた。けれど、手に取ってそのジッパーを開けると、やはり造りが違う。しっかりしていて、心なしかジッパーの動きもいいような気がする。

これまで欲しいと思っていたクレマンスが急にちゃちに見えてきた。

「やっぱり、こちらですよねえ」

　店員がささやく。

「そう思いますか？」

「ええ。やっぱり、他のものとは格が違いますよ。ヴィトンを長年使っていらっしゃる方は、結局、こちらの長財布になさいます。造りがしっかりしているから何年も使えますしね。修理も利きますよ」

　しかし、十万……。

　自分が十万もする財布を持つ人間だと思ったことはなかった。けれど、買えないわけでもない。だから、迷うのだ。

　そこに彼女が悪魔のようなささやきをした。

「一説には、年収は財布の二百倍って言いますよね」

「どういう意味ですか」

「ご存じないですか。先日、お客様から、日本じゃそう言うって聞いたんです。財布の値段の二百倍の年収になれるって。こちらだったらだいたい日本円で十万ですから……年収二千万になれるってことじゃないですか」

　彼女は他意なさそうに笑った。

「年収二千万……」

無理だわ、私、今は働いてないし、と心の中でつぶやく。それでも、悪い気はしない。年収二千万だって、本当にそんなことになったらどれだけ嬉しいだろう。

そこに店員が追い打ちをかける。

「奥様がならなくても、旦那《だんな》様がなるかも、ね？　二千万に」

彼女はいたずらっぽい笑みを浮かべた。共犯者のようにも、からかわれているようにも見える。

「ああ」

「お名前入れも無料でできるんですよ。お客様だけのお財布になるんです」

「私だけのお財布……」

お金を貯め始めた頃からずっと夢見てきた。

自分がヴィトンの財布を買う時はどんなふうに「これ、ください」「これ、いただきます」と言うんだろうと。

できるだけ優雅に、できればちょっと高飛車に言いたいと思っていた。時には指をぴんと立てて想像上のガラスケースを指さし、「これ、いただきます」と予行演習さえしてきた。

しかし、どれも実際に自分の口から出たのとは違っていた。

「これ。買ってもいいですか」

こわごわと震える声になった。

妙な胸騒ぎを感じるようになったのは、ハワイの記憶がまだ残る、十月の末のことだった。

発端は、雄太が預金通帳を開きながら「お、俺ってすごいなあ。クレジットカードをあれだけ使っても、やっぱり請求額三万なんだよな」と言ったことだった。

一瞬、首をひねった。そんなことあるわけがない。

ハワイでは思いっきり散財した。ウルフギャングでステーキを食べたし、なかむらのラーメンも食べたし、ハレクラニの海の見えるレストランで朝食も食べた。ヴィトンの財布を買った後、アラモアナで家族の買い物もした。圭太にはTシャツ二枚とアロハシャツを買ってやった。華やかなブルーに黄色のひまわり模様があしらわれたシャツで、よく似合った。まだ、自分で服を選ぶような歳《とし》ではないが、みづほと雄太が「かわいい、かわいい」と交互に褒めるとやはり嬉しいのか、圭太はきゃっきゃっと声を出して笑った。

雄太自身もTシャツと帽子を新調していたし、スニーカーも買った。ヴィトンの財布以外、それらは全部、彼のカードで支払った。

それだけではない。手持ちのドルがなくなった時は、クレジットカードでATMから現金を引き出していた。ホテルよりこの方がレートがいいらしいよ、と言って。

「大丈夫だよ。だって、みづほちゃんも貯金頑張ってくれたでしょ」

彼はずっと笑顔だった。それがハワイにいる間、どれだけ嬉しかったか。

カードの請求というのは少し遅れてくる、と一度は不安を打ち消した。来月にはきっと多額の請求が来るだろう、と。

再び違和感を感じたのは十二月に入ってからだ。来年の年賀状の注文をするために、家族写真を整理した。今年はやっぱり、ハワイ旅行の写真を大きく使おうと考えながら、ふと手を止めた。

「ねえ、ゆうちゃん？」

「ん？」

休日の夕食のあとだった。彼はスマホをいじっていた。

「そういえばさ、クレジットカードの請求書、来た？」

「クレカの？　うん」

スマホゲームに夢中になっていて、ろくに聞こえていないようだ。こういう時は一度時間を置いて、彼がスマホを止《や》めてから話さないとすごく機嫌が悪くなる。それを知りながら、どうしても、今聞きたかった。

彼が「ああ、あれ。来たよ、すっごい金額だった！」だとか、「もう、払うの大変だったよ！」とか言わないことが逆に不安だったのだ。

「ねえ、ゆうちゃん、ゆうちゃんてば。ちょっと一度、こっち見て。スマホ止めて。ちゃんと答えて！」

「んんん？」

案の定、彼は不機嫌になった。

「なんだよ」

「だから、カードの請求書来た？　って聞いているの。先月の」

「先月って、十一月末の？　来たよ？　普通に払ったもん」

雄太はゲームを中止させられて、少しイラついているのが口調でわかる。

「普通にって……いくら？」

「普通に、いつもと同じだよ、三万くらい？」

「……おかしくない？　だって、ハワイ旅行でいろいろ使ったじゃん」

「だって、カード会社から請求来たのをちゃんと払っているんだから、別に大丈夫だろ」

「いや、でも……一度、その請求書を見せてよ」

雄太は黙りこくった。

「ねえ、ねえって」

「知らないよ。だいたい、請求書なんてないよ。今は全部ネットだもん」

「じゃあ、そのネットの画面を見せて。先月と先々月のだけでいいから」

雄太は急に立ち上がった。

「俺がちゃんとやってるんだから、大丈夫だよ！」

そう大声で怒鳴ると、彼は寝室に入り、ばたん、と大きな音を立ててドアを閉めた。

驚いた圭太がおびえたように泣き出した。

みづほはハワイでの出費を思いつく限り書き出し、夫が払ってくれたもの、特にカードを使ったものにマーカーで印を付けた。

書き出している途中で何度も投げ出したくなった。そのリストを作る途中で、頭の中で、何かがおかしい、何かがおかしい、とちかちかと警告灯が瞬《またた》いていたからだ。

終わった時はっきりしたのは、レートによって変わるので正確な金額はわからないまでも、少なくとも十五万、多ければ二十万以上、雄太はハワイで使っているということだった。他に彼自身が日本で使っている分もあるだろう。夫婦二人の携帯代は家族割になるので彼が払ってくれている。一人八千円ほどで二人で一万五千円以下ということはないと思う。

おかしい。

翌朝、みづほは朝食の席でもう一度、尋ねてみた。

彼はトーストとヨーグルト、目玉焼きを食べていた。そのヨーグルトはみづほがヨーグルトメーカーで作っているものだ。一リットル九十八円の低脂肪乳を使って、少しでも倹約して、少しでも雄太に健康になってほしいと願っているから。ネットのポイントサイトのアンケートに答えて、毎日一ポイント、二ポイントと少しずつ貯めた二千ポイントでヨーグルトメーカーを手に入れた。本当は自分のものを手に入れてもよかったのに、家族のために使った。

それを呑気《のんき》に食べている夫を見ていたら、自分の不安を解消してくれてもいいのではないか、とつい思ってしまった。

「あのさあ、前もちょっと聞いたけど、ハワイの支払いのことだけど……」

雄太は何も言わず、ヨーグルトのスプーンを口に入れたまま、上目遣いにみづほを見た。

「やっぱり、ちょっと心配だから、確認してくれる？　支払いどうなってるの？　ゆうちゃんにいろいろ払ってもらったよね？　私、ざっと計算してみたけど、あれ、二十万近くになってない？　もしも、支払いが大変だったら、私も出すから……」

そこまで譲歩して柔らかい口調で言っても、彼は黙ってヨーグルトを食べている。

「確認してくれるだけでいいんだ。ハワイで使ったお金がどのくらいかかったか……」

「だから、ちゃんと払ってるって言ってるだろ」

そう言いながらスプーンをテーブルに置いた。しかし手元が狂ってそれは床に落ちてしまった。カキーン、という乾いた音がした。

「俺がちゃんと払ってるんだから、大丈夫なんだよ」

雄太が拾わないので、みづほは長い人生の中で、いったい、何度、自分は床にひざまずくのだろうと思いながら、這いつくばってテーブルの下のスプーンを拾った。

前はここで尋ねるのを止めてしまった。でも、今朝はどうしても止められなかった。

「毎月三万ておかしくない？　携帯代だけでもその半分くらいはいってるはずでしょ？」

スプーンをキッチンで丁寧に洗い、彼に渡しながら尋ねた。

「だから、ちゃんと払ってるって」

「九月の半ばに旅行に行って、十月末の支払いも、十一月末の支払いも三万だなんて……計算が合わなくない？」

雄太は乱暴に立ち上がった。

「もう行かないと間に合わないから」

「どうしてそんな風になっちゃうの？　なんで怒鳴るの？　ただ、聞いただけじゃない。不安だから聞いているの。どうしたのかなって。あのハワイは私が貯めたお金で……」

「私が貯めた、私が貯めたって偉そうに言うなよ。俺が働いた俺の金だろ。でかい顔すんじゃねえよ！　全部、俺の金だろうが。なんで、そんなことを言われなくちゃならないんだよ」

俺の金、という言葉が胸に刺さって、文字通り、鋭い痛みを感じる。みづほが苦労して一円二円と貯めてきた労力はなんでもないんだろうか。

「ただ、確かめたいだけなの」

みづほは小さな声でつぶやいた。

雄太はそれに応《こた》えずに、寝室から上着と通勤鞄を取って、乱暴に玄関を閉めて出て行った。

結局、何もわからないまま、年を越してしまった。

あれから数日はお互いにむっとしたまま過ごし、雄太も年末の忙しさや忘年会などもあって、夕飯を一緒に食べることも少なく話し合いもできなかった。

何より、あそこまで機嫌が悪くなられると、また怒られるのが怖い。

前から少し気づいていたのだが、雄太はお金にルーズというか、ザル勘定なところがあって、それを指摘されるのをすごく嫌がる。不得意なことを自覚しているのかもしれない。

ボーナスが支給されると、雄太はみづほに三万円をくれた。銀行の封筒に入れたものを、ぶっきらぼうに「はい」と渡した。

「何、これ？」

「クリスマスに、なんか好きなもの買ったら」

彼なりの謝り方なのかもしれなかった。けれど、みづほにはプレゼントの三万も、不安を思い出す材料になっただけだった。

それでも表面上は変わりなく、家族として普段通りに生活した。

正月には彼の実家に子供をつれて帰り、二泊した。義母が「この子はちょっとぶっきらぼうだけど、優しい子なのよ」「子供の頃からとにかく頭が良くて、計算がよくできた」といつもの自慢をし、みづほはそれを上の空で聞いた。

そんなに計算ができる息子が、ハワイで使ったお金のこともわからないのだろうか。

みづほの実家には雄太が「疲れたから行きたくない」と言うので、圭太だけを連れて四日に帰り、夕食を共にして泊まらずに自宅に戻った。

「雄太さん、一人にしておけないものねえ」

悪気なく笑う母に、申し訳ないと思いながら、電車に乗り込んだ。

実は、年末にみづほは思いあまって、カード会社に電話していた。彼の名前とカード番号でなんとか支払い実績や請求額がわからないかと考えたのだ。彼のカード番号は、夜中密かに財布からカードを抜いて調べた。

「……申し訳ないですが、ご本人様じゃないとお答えできかねます」

電話口の女性がそっけなく言った。

「やっぱりそうですか」

「カード番号とお名前だけでは」

「……実は、夫がカードを使っている形跡があるのに毎月三万の支払いしかしてないと言っていて、ハワイに行っていろいろ使っているはずなのに、なんだか、おかしいなと思って……」

気がついたら顔も見えない相手に、何かが零《こぼ》れるようにすべてを話してしまっていた。相談できるのは彼女しかいなかった。

「どういうことになっているのかと思って」

「……それはリボ払いになっているのかもしれませんね」

相手はなぜか声を潜めて言った。

「え」

リボ払い。聞いたことがある言葉だったがどういう意味なのかよくわからない。

「旦那様とご一緒に当社にいらっしゃってくだされば、『リボ取引明細照会』ができます。これまでどのくらいお使いになっているのか、どのくらいお支払いが残っているのかわかります。一括払いやもう少し金利の低い分割払いに変えることもできますので、ぜひ、ご相談ください」

そう言って相手はそそくさと電話を切ってしまった。

仕方なく、みづほはネットで「リボ払い」を検索してみた。

驚いたのは「リボ払いとは？」で検索しているのに、その用語の意味の説明より前に「広告」と銘打って、「リボ払いで苦労してない？　毎月の支払い額を簡単に減らせます」という怪しげなページがたくさん出てきたことだ。漫画で作られた、「リボの返済額で苦労していた私が一分で楽になった！」という美容広告のようなものまであった。

それをかき分けてやっと探し出した、多少まともそうなページに書かれていたのは、「毎月の支払い額を一定の金額に固定して、金利とともに返済していく仕組みです」「手数料として使った額の十五％程度がかかる場合があります」という衝撃的な言葉だった。中には「リボ払いというのは結局、借金です」と書いている人もいた。

まだ、全容は見えてこなかったが、もしかしたら雄太がカード会社から借金をしているのかもしれない、ということだけはわかった。

しかし、どうやって彼にこのことを伝え、どうやって話し合えばいいのかわからない。

前は朝食中というタイミングが悪かったのかもしれない。起きたばかりで、会社に行く前の慌ただしい時にする話じゃなかった。

次はもう少し、時間帯や話し方を考えよう、と思った。

一月二十五日が新年最初のお給料日だった。雄太はまた、五万円をみづほに渡してくれた。

「はい、これ」

「ありがとう。お疲れ様でした」

今夜は餃子《ギョウザ》にした。キャベツをたくさん刻んで塩揉《も》みし、ぎゅうっと力を入れて水分を絞る。それに塩を加えてもっちりするまでよく練った豚挽肉を加え、特売で買った、一袋六十八円の餃子の皮にぎっしり詰めた。

お肉は百グラムしか使っていないのに、満足感の高い、みづほの得意料理だった。その分、手間はかかる。

餃子を焼く時に加える水に片栗粉を足して、羽根つき餃子にすることも忘れなかった。もやしをナムルにして、第三のビールもそえ、切り詰めているけれど、お給料日にふさわしい華やかな献立にした。

「なんか、お店に来たみたいだなー。みづほの餃子おいしいから、店に行く必要ないよね」

そこまで機嫌良くなってくれたところで心苦しかったが、みづほはもう一日も待てないと思っていた。

夕食を半分ほど食べたところで、みづほは箸を置いた。

「……ゆうちゃん、本当にごめん」

「え、何？」

「今日はお給料日で、せっかく、機嫌良くしているのに、こんなこと言いたくないんだけど、だけど、どうしても言わせて。私、どうしても聞きたいんだ。あの……カードの支払いどうなっているの？　今月も前と同じで三万だったんでしょ？　それだと、どうしても計算が合わないと思うんだ。もしかしたら、リボ払いっていうのになっているんじゃないかな。本当に、本当にこんなこと聞いてごめんなさい。だけど、一度だけ、確かめさせて。それをしてくれたら、私、もう二度と言わないから。絶対、あなたを責めないから、お願い」

雄太の顔を見ずに、自分が精魂込めて作った餃子を見ながら、一気に言った。言っている途中から涙があふれてきた。

「ごめんね。だけど、もしも、借金があるなら教えて欲しいの。これは私やゆうちゃんのためだけじゃない。子供の……圭太のためなの。この子には大学に行ってもらいたいし、でも、今のままじゃ、私たち、学資保険以外に貯金もできてないよね。これを機会にお金のこともちゃんとしたい。見直したいんだ」

雄太が深々とため息をついた。

「……それを言われたら、ずるいわ」

みづほはやっと顔を上げた。息子の名前に効果があったようだ。

「私も頑張るから。圭太を保育園に預けて働いてもいいし」

「でも……カードの利用履歴なんて、よくわからないよ。もう、何年も見てないし、明細書も来てない」

「前にネットで調べられるって言ったじゃん」

しぶしぶ、彼はスマホを出した。

それからもまた大変だった。紙の明細書からネットに変えた時に一度ログインしただけで、その後、一度も見ていなかったらしく「どこを調べればいいのかわからない」「パスワードがわからない」と文句を言ったあげく、みづほがスマホ画面をのぞこうとすると嫌がって、手で払いのけた。

しかし、その間に、彼がクレジットカードを持ち、リボ払いにした経緯を聞き出すことができた。

学生時代にiＰｈｏｎｅの機種代金が無料になる契約を携帯会社とした時、新しいクレジットカードを作って支払いをすることが条件だったらしい。

「リボ払いにするって言われなかったの？」

「さあ。どうだったか……携帯の支払いが月八千円くらいで、支払いが三万までなら手数料もかからないから、普通のカードと同じですって言われたような気がする。とにかく、これなら大丈夫です、って」

「ぜんぜん、大丈夫じゃないじゃん」

「でも、そんなに悪いことかな。定額払いならサブスクみたいなもんでしょ。永久に毎月三万払えばいいじゃないか」

雄太は何度も理屈をこねて、調べる手を止めた。

みづほもそう言われると、急に自信がなくなったし、本当は彼の説明を鵜呑《うの》みにした方が自分だってずっと楽だった。それでも、「とにかく、今、払わなきゃいけないお金がどれだけ残っているのかわかってから、考えようよ」と、なだめすかした。

やっとカード会社のサイトを見つけ、いくつかのパスワードを試した後、彼は手を止めて、スマホ画面を見つめた。じっとしているので、みづほも横からのぞき込むことができた。

「二百……二十八万……？」

みづほが雄太の顔を思わず見ると、彼も、目を大きく見開いていた。

そこからは怒濤《どとう》の日々だった。

まず、次の休日に、みづほと雄太は圭太を連れてクレジットカード会社に行き、「リボ取引明細書」というものを出してもらった。

電話で話した時に聞いた通り、リボ払いの手数料という名の金利は十五％だった。

「二百二十八万の十五％は三十四万二千円になります。それを十二ヶ月で割りますと、二万八千五百円になりますので……」

「二万八千五百円ということはつまり」

「つまり、毎月お支払いいただいている三万円は、手数料分が二万八千五百円で、元金のお支払いは千五百円ということになります。ざっくりとですが」

では、借金の元金はほんの少ししか減っていないということになる。さらに、毎月使う金額があるのだから手数料分はどんどん増えているはずだ。

「手数料を抑えたいということでしたら、早めに全額支払っていただいた方がいいですよ」

救いなのは、担当者が優しい雰囲気の中年女性で、親身になって相談に乗ってくれたことだった。

「今のままでは、一日に千円くらいも利息……手数料を支払っているということになりますから」

どこを探してもそんなお金はない。

思いつめて雄太の実家に相談してみた。大学時代、仕送りが足りない時にカードを使ったこともあったらしい。決して、雄太の親が悪いというわけではないが、理由を話してお金を貸して欲しいと頭を下げてみた。

しかし、あっさり断られた。

「もう二人は立派な大人なんだから、自分たちでなんとかしなさい」

義母がにこりともせずに言った。

「でも……」

「ない袖《そで》は振れない。うちだってお金があるわけじゃないし、老後のこともあるんだから」

「本当にすみません。でも、今の状態だと毎月利息だけを払っているような状態なんです。必ず返済しますので」

「だから、お金がないって言ってるのよ」

ずっと下を向いていた雄太が「その、老後のお金っていうのを一時的に貸してもらえないか」とぽつんと言った。

隣にいた雄太の父親が「退職金から少し」と言いかけた。

「退職金？　もうないわよ！」

「え？」

「だから、それがないって言っているの！　老後は老後であんたたちに助けてもらうつもりだから、しっかりしてよ」

いつも上品にしている義母が筋の通らぬことを叫んだ。みづほはこの時の義母の引きつった顔を死ぬまで忘れないだろうと思った。

シングルマザーで自分を育ててくれた母親に、お金の相談をしても無駄だとわかっていた。でも、誰かに聞いて欲しくて、実家に息子と二人で帰った。

「これ、使いな」

話し終わると、母親は通帳をぽん、と出してきた。手に取って開いてみると、百三十万ほどの残高があった。

「使えないよ。これ、お母さんが貯めたお金でしょ」

「でも、しょうがないじゃないの。そのままにしておけないでしょ」

通帳を見ればすぐにわかる。母が毎月、一万、二万と貯めている金だった。

「どうしてもつらかったら、この家で一緒に住む？　雄太さんは気詰まりかもしれないけど、新宿まで通えない距離じゃないし、あたしが圭太の面倒をみて、みづほが働くこともできるでしょ。家賃もかからないし」

この家を売るわけにもいかないから、そのくらいしかできないけどね、と母はつぶやいた。実家は両親が結婚している時に買った中古の一軒家で、離婚後は母が一人で苦労してローンを払ってきた。言わば、母の最後の砦《とりで》だった。

実母から借りた百三十万とボーナスの残り四十万、みづほの預金の残りなど家からかき集めた十万を持って、またカード会社に行った。残りは分割で払うことになった。

ヴィトンの財布は一度も使うことなく、メルカリで売った。もったいなくてまだ箱からも出していなかったのだ。十万の財布だったけれど、「M・H」とイニシャルを入れていたことが仇《あだ》となって、なかなかよい値段がつかなかった。

出品する時、商品の写真を撮るために財布を箱から出した。箱、内袋、紙袋が全部そろっていた。捨てたり失《な》くしたりしなくてよかった、と心から思った。それらがあるのとないのとでは値段が違うのだ。さらに、ハワイの店で買った時のレシートも個人情報のところをマジックで消して画像をアップすることにした。正規店でちゃんと購入したことの証《あかし》になる。

　写真に撮るためにそれらをテーブルに並べていたら、胸が押し潰《つぶ》されそうになった。長財布を手に取り、「このくらいはいいよね」と言いながら、すっぴんの頰に押し当てた。大きく息を吸い込んで匂《にお》いを嗅《か》ぐ。革とビニールの混じったような匂いがした。

　これを使いたかった。一緒に時を過ごし、一緒に笑い、一緒に歳を取りたかった。この財布は未来の幸せに寄り添ってくれるもののはずだったのに。

　九万九千円で売り出したが、出品して一分も経《た》たないうちに「六万円で即決できませんか？」という値下げ交渉のコメントが来た。

「まだ新品ですし、出したばかりなので六万はつらいです」

　屈辱の気持ちを抑えて、返事をした。

「でも、イニシャル入りですよね？　なかなか買い手が付かないと思うんですけど」

「九万円以下では無理です」

「では、六万二千円ではいかがですか？」

　返事をするのもいやだった。

　次の日には、「五万五千円になりませんか？　よろしくお願いします！」「六万五千円でお願いできないですか」「六万三千円で、月末までお取り置きできませんか」と次々とコメントが来た。

どれも図々《ずうずう》しい言葉ばかりで、身を削られる思いだった。

三日ほど、そんなやりとりを続けて精神的にも疲れ果て、「七万で即決お願いします」という一文に「わかりました。では七万でお譲りします」と答えてしまった。すると「やっぱり、六万八千円にしてください。今月苦しいんで」と畳み掛けられた。

なんだか、新品のヴィトンの財布がどんどん汚《けが》されていくようだった。ヴィトンを買いたい人種はこんなに厚顔無恥なのだろうか。

返事を躊躇《ちゅうちょ》しているところに、「自分、ちょうどイニシャルが同じなんで、大切にします。よろしくお願いします！」とコメントされた。何か背中を押されたように、「わかりました」と返事をしてしまった。

値下げをすると、あっという間に「売却済」のマークがついた。

それを見た時、みづほにこみ上げてきたのは、悲しみ以上にどこかほっとした気持ちだった。

メルカリのコメント欄を改めて読んだ。数日の間に多くの人がこの財布に群がった証が残っていた。新品の財布を一円でも安く手に入れようとして懇願するもの、恫喝《どうかつ》するもの、自らを卑下するもの……中には自分の思い通りにならないとわかったとたん、こちらを馬鹿にしてくるものもいた。

まるで、漫才やコントのようで、思わず小さく笑ってしまった。

「結局、自分にはふさわしくなかったのかもしれない」

清々《すがすが》しい気持ちで財布を梱包《こんぽう》した。

とたんにいつか必ず、見返してやりたいという気持ちがわいてきた。それは何に対してだろう。財布に群がった人々なのか、この財布そのものなのか、お金なのか、カード会社なのか。夫なのか、夫の親なのか、あるいは自分自身なのか。

みづほにはまだわからなかった。

第二話　財布は騙《かた》る

新品のヴィトンの財布を六万八千円でゲットして、水野《みずの》文夫《ふみお》は「イエッス！」と机の下でガッツポーズをした。

抑えた声のはずだったが、隣の若い会社員風の女がちらりとこちらを見て小さく舌打ちした。淡いピンクのブラウス、薄茶色の髪は肩のあたりできれいにカールしている。

うぜえ。お前みたいな見た目も性格もブスな、婚活パーティの代わりにお財布セミナーに来ているような女とは絶対に結婚しないから覚えとけよ、という気持ちを込めてにらみかえした。

しかし、このセミナーには四千九百八十円も払っているんだから、確かにちゃんと聞かないともったいない。文夫は目の前の講師、ハイパースペシャルお財布アドバイザーの善財夏実に目を戻した。

「財布というのは、お金のすべての源です。お財布が貧しい人に豊かな未来は訪れません。フレンチレストランでお会計の時にマジックテープのお財布を広げる男と結婚しますか？　しないでしょ？」

善財夏実が最近、お財布と婚活をテーマにした『婚活女子はピンクの財布を持て』という本を出してから、急にセミナー受講者にいき遅れＯＬみたいな女が増えた。あの本はなかなか売れているらしい。セミナーも婚活を意識した話が多い。

「まあ、私のセミナーの講習生で、マジックテープ財布を使っている人はいないでしょうが……」

大きな会議室いっぱいの受講者たちはどっと笑った。

彼女がＳＮＳに「マジックテープの財布を使っている男は一生年収三百万以下だし、結婚もできない」と書き込んで大炎上し、そのおかげで「お財布アドバイザー」としてデビューしたのは周知の事実だ。それまではぱっとしない風水師でネットの占い記事を主に書いているライターだったのが、その投稿一つで今の地位をつかんだのだ。

インターネット黎明《れいめい》期に個人の意見を書き込める掲示板を立ち上げ、それを売却したことで大富豪となっている有名起業家が、「自分はマジックテープ財布を使って年商二十億稼いでますけど？　妻はみるくるみですけど？」と善財の投稿を引用したとも大きかった。

みるくるみは売れないグラドルから地下アイドルになって、たまたまイベントで知り合った起業家をゲット。その後グラドルたちのアイドルグループを立ち上げて、夫からの莫大《ばくだい》な資金を元に秋葉原に大きな劇場まで作ったやり手の元タレント実業家だ。美人で商才もある妻がいて、今もコンサルとして稼いでいる彼が使っているなら、マジックテープの財布が云々《うんぬん》という話は嘘《うそ》だということになる。けれど、善財夏実はまったく動じず、ちゃっかり彼の投稿を再投稿して、さらに拡散した。

彼らを見ていると、自分もいつかはSNSでバズったり、起業したりして、一攫千《いっかく》金を狙《ねら》えるのではないかと思う。そのきっかけはすぐ近くにありそうな気もするし、とんでもなく遠いような気もする。でも、宝くじに当たるより確率は高いのではないか。

急に、自分のスマホがりーんと鳴って、血の気が引くほど驚いた。セミナーの間、電話は集中モードに設定していたのだけれど、今は善財の言葉をメモするために開いていたのだ。慌《あわ》てて音を消したが、会議室中の注目を浴びてしまった。

しかし、善財はこういうことには慣れているのか、文夫の方をちらっと見ただけで何事もなかったかのように話を続けた。彼女がこちらを見てくれているのかわからなくても、文夫は何度も頭を下げた。

善財夏実は常に財布をきれいな状態にしておくこと、財布のどこに何が入っているのかいつでも言えるようにしておくこと、何より今いくら入っているかすぐに言えることが大事だということなどを話した。

「財布の中身はあなたの頭の中身です。財布が整頓《せいとん》されているということは、あなたの頭もいつもクレバーで澄み切っているということなのです」

文夫は今日、ヴィトンの財布を買った自分が誇らしくなった。これから、先生の言う通り、大切に使おう。自分の頭はもうヴィトンと同じ、一流ブランドということなのだ。

今日の善財は財布だけでなく、成功に導くSNSの使い方にも少し触れた。必ず毎日更新すること、何か自分の強みを見つけること、ライフハックを箇条書きにした投稿を一日に一回はすること、炎上を恐れないこと。

善財は最後に、「私がなぜ、こんな成功の秘訣《ひけつ》をすべて洗いざらい、あなたたちにさらけ出すと思いますか。手の内を教えてしまえば、もしかしたら、あなたたちが自分のライバル、脅威になるかもしれないのに」と言って、会議室の隅から隅までずうっと見渡した。受講者たちが、いったいどういうことだろう？　と思ったところで、すかさず善財は言った。

「それは、皆さんがきっとやらないと知っているからです。私がこんな話をしても、ここにいる百人の中で家に帰ってすぐに財布の整理をしたり、すぐにSNSの更新をする人は十人いるかいないかでしょう。その中で、一年以上持続できるのは一人いるかどうか。学んだ通りに行動できる人はほとんどいません。そうわかっているから、私はなんでもあなたたちに教えるんです」

善財はにやりと笑った。不敵な笑みだった。


セミナーが終わると同時に部屋を出て、廊下で折り返し電話をした。

「やばいっす」

向こうで、小石良平《こいしりょうへい》の声が震えていた。

「何が」

「何がって、何してたんですか、文《ふみ》さん」

声が少し不満げだ。

「金融関係のセミナーを受けてた」

「やっぱ、頭いいっすねえ、文さんは。大学行ってただけのことはある」

良平は心底感心した声を上げた。

「そんなこといいよ。なんかあったの？」

邪険に答えつつ、良平たちと付き合っている理由はこういうところだと思う。文夫のことを崇拝して、いつも持ち上げてくれる。本当にこちらを頼っているのもわかる。

「高《たか》ちゃんが今月の八万を払えないかもしれないって」

高ちゃんというのは高橋修《たかはしおさむ》という名前の、良平と同郷の男だ。二人はいつもつるんでいて、文夫とも何度か会ったことがある。

「え。やばいじゃん」

「だから、電話したっす」

「どうするの」

「とにかく、どうしたらいいのか、文さんに相談したいらしくて。『こうたろう』に来れますか」

『こうたろう』は歌舞伎町《かぶきちょう》の地下にあるバーで、文夫たちのツケが唯一《ゆいいつ》利く店だ。ほとんど入り浸っている。

「今夜？」

「はい」

「まあ、いいよ」

今夜は家に帰って、ファイナンシャルプランナーの勉強をするつもりで本も買っていたが、しかたなくオーケーした。

セミナーのあった大手町から地下鉄に乗って新宿に行った。すでに九時を過ぎていた。歌舞伎町にはさまざまな種類の客引きが立っていたけれど、文夫に声をかけるものはいなかった。目が合ってもすぐにそらされるか、逆ににやっと笑われるかだ。文夫もまた、この街にキャッチとして立っていたことがある。そのにおいのようなものは同類たちにはきっとわかるのだろう。または、顔を覚えられているのかもしれない。ここを安全に歩けるのはいいが、少し寂しさも感じる。

店に行く前に消費者金融に寄り、カードで六万八千円を借りた。もう、慣れ過ぎてしまって、自分の銀行口座から引き出す感覚とあまり変わらない。その足でコンビニに行って、メルカリに振り込んだ。出品者に金が渡るのは、品物を受け取って文夫が取引を終了させてからだけど、先に入金しないと発送してもらえない。

文夫が『こうたろう』に着くと、すでに奥の四人掛けのテーブル席に、良平と高ちゃんが深刻な顔を突き合わせて座っていた。

『こうたろう』は「おなべ」のマスターがやっている店だ。良平だけがなぜかマスターに気に入られている。今日もマスターはカウンターの奥でグラスを磨いていて、文夫が入って行くと、にこりともせずに会釈《えしゃく》した。

「おい」

テーブルの横に立って、こちらから声を掛けるまで気づかない。

「あ、文さん」

良平がすぐに立ち上がって、「お疲れ様っす」と頭を下げた。彼は高校で野球部にいたらしく、すごく礼儀正しい。

前はそんなことをされるたびに、「いいって、同期じゃんか」と言っていたけど、今はもう慣れてしまって何も言わなくなった。

高ちゃんは座ったまま、ものうげに文夫を見上げただけだった。良平に頼まれてわざわざ来てやったのだ。普通なら、むっとするところかもしれないが、不思議と気にならない。彼は男から見ても、妙な色気のある男だった。色白で面長で、ひどく痩《や》せていて、いつも熱っぽく、だるそうだった。ほとんど毎日身体《からだ》の調子が悪く、気分がいいのは一年でも数日だけだと前に言っていた。

良平とはキャッチの仕事をしていた時に知り合った。文夫が授業料を払えなくなって大学を中退し、最初の仕事がキャッチだった。良平は、文夫がバイトを始めて数日後に入ってきた。年齢は二つ違いだけど、経験はほとんど一緒だった。なのに、彼はいつも文夫を持ち上げ、礼儀正しかった。もっとも、良平は他の誰に対してもそうだったが。その態度と、百六十センチちょっとの小柄な体型、丸顔で、良平はいつもすべての人の「後輩」だった。

「よかったあ。文さん、来てくれたあ」

良平は顔をほころばせる。

「な、高ちゃん、やっぱり、文さん来てくれただろ？　やっぱり、いい人だろ。文さんに聞いてもらえれば、なんでもわかるんだから」

熱心に話しかけるも、高ちゃんは薄く微笑《ほほえ》んでいるだけだった。

「で、どういうことなの？　なんか、大変そうだったけど」

「だから、電話で言ったじゃないですか。高ちゃん、今月の八万が払えないって」

良平は唇をとがらしながら言った。

「ちゃんと聞いてたんすか」

いつもは礼儀正しい良平なのに、自分の思い通りにならない時など、急にこんな顔をすることがあった。

文夫はふっと、良平は本当に自分を尊敬してくれているのか、わからなくなる。うまいこと言って利用しているだけではないか。

　しかし、そう考えるのは、自分自身をおとしめるばかりか、良平の根本的な何かを疑うことになるので、ちょっと怖い。彼の見た目や所作にずっと表れている性格、人間性……誰にでも丁寧で人が良く、少し抜けていて子分気質。そんなものをすべてひっくり返すのが怖いのだ。だから、考えないようにしていた。

「いや、前からさ、高ちゃんが毎月払ってる八万のこと、実は俺はちゃんと聞いてないんだよね。どういうお金なんだっけ」

「あ、俺ら、説明してなかったでしたっけ？　すんません、すんません」

　良平はすぐにいつもの気の良い笑顔になって頭をかきながら下げる。

「高ちゃん、金がなくて」

　金がないのは、全員の共通項だった。新宿歌舞伎町にいる、ぺらぺらのスーツを着た二十代の男たちは、ほとんど全員がなんらかの借金をしていると言ってもいい。

「ある人に五十万借りてるんですが」

　高ちゃんはなんの説明もなく話し始める。

「高ちゃん、それ以外に借金てあるんだっけ？」

　思わず、文夫は聞き返した。彼の借金が五十万だけのはずがない。

良平は消費者金融に二百万、知り合いや友達、女に二百五十万ほどの借金がある。文夫自身は奨学金の百五十万、消費者金融に九十万、さらに最近始めたFXの情報商材のローンが四十万ほど残っている。

「消費者金融に百、売掛が三百くらい」

高ちゃんはきれいな顔を崩さず、さらりと言う。

売掛、というのは、高ちゃんが短い間だけ働いていたホストクラブへの借金だ。客の女のほとんどはツケで飲んでいる。月末にそれを回収するわけだが、回収できないと、それは担当ホストの借金になってしまう。

高ちゃんはナンバーワンにはなれなかったけど、ナンバースリーくらいには常に位置するホストだった。客の数は少ないが、莫大な金を使う女がいつも付いていた。けれど不思議なことに、彼の客は足繁《しげ》く通った後、もれなく精神を病むのだった。特に熱心だった三十代後半のいつもピンクの服を着ていた女は、栃木から車を二時間ころがしてきて何百万も使い、最後は飛んだ。その時はしかたなく、高ちゃんがホスト仲間に借りた車に三人で乗って、真夏の暑い日に栃木にある女の実家まで行った。クーラーのない家には年金暮らしの父親がいるだけで、「俺の命でもなんでも持ってってくれえ！」と言われて引き下がるしかなかった。そこで身ぐるみはいだりはできないのが、文夫たちだった。

「女には？」

高ちゃんはホストをやめた後、女の家を転々としていた。

首をひねって「五百くらいかな？」と言った。

たぶん、彼にとって女から借りた金は借金には入らないのだろう。彼の金の話はすべて端数《はすう》がなくて、ずいぶんおおざっぱだと思ったが、それを気にしても仕方がない。

「とにかく、そういうわけで、売掛を払うことができなかった高ちゃんは五十万を借りたわけですが」

良平がまるで落語の口上のように言う。

「誰に？」

「ホストクラブの人に紹介された人」

高ちゃんがたんたんと答えた。

彼が言うことは今一つ要領を得ない。ホスト仲間ということだろうか。

「次の月に返すことになっていたんだけど、返せなかったら、毎月、八万払えば待ってくれるっていう約束で」

「え？」

思わず、文夫は聞き返した。

「だから、毎月八万払うと、待ってくれるの」

高ちゃんがもう一度説明した。

「いや、どういうこと？　待ってくれるって。五十から八万引いて、四十二万になるってこと？」

「いや。その人は五十万ぴったりじゃないと受け取らないから」

当たり前のように高ちゃんは続ける。

「今月はとうとうその八万も払えなくって」

「もう、何ヶ月待ってもらっているの？」

高ちゃんは細い指を折って数えた。

「五ヶ月かな」

「じゃあ、もう四十万払ってるじゃん。本来ならあと十万じゃん。おかしくない？」

高ちゃんは首を傾《かし》げる。

「そういう決まりだから」

「どういうことなの？　それはめちゃくちゃな金利って言うか……金利でさえないと思うし」

どう考えてもまともな筋とは思えない。そのくらいはファイナンシャルプランナーの資格を持っていなくてもわかる。

「いったい、その貸してくれた人っていうのはどんな人なの？」

「よく知らないけど、九州の方の人らしい」

九州……なぜ、九州の人間が歌舞伎町の高ちゃんに金を貸すのだろうか。ますますあやしい。

「俺もよくわからないけど、それを先に返した方がいいんじゃないの？　とにかく、どんな手でも使って五十万まとめて作ってさ。いっぺんに払った方がいいと思う」

良平と高ちゃんは顔を見合わせた。

「俺も協力するから……」

ちらりと、今日、メルカリで買ったばかりのヴィトンの長財布のことが思い出される。あれをキャンセルすれば、彼が次に払う八万の足しになるだろう。でも、あれは手に入れたい。借金しても、ローンを組んでも。

協力する、と言ったものの、自分だってたいした金は持っていないのだ。

「金を借りてるのは俺だけじゃないから」

「俺だけじゃないって？」

高ちゃんは言葉が少なく、とにかく一言一言、一歩一歩しか話が進まない。

前から彼はこういう人だったけど、顔がきれいだから、我慢できたのだ。それでも今夜はちょっと面倒くさい。なぜだろう？　「お財布セミナー」の帰りだからだろうか。

「紹介してくれた人もその人に五十万借りてる」

「ふーん」

「一緒に借りるから貸してくれたんだ。だから、返す時は一緒じゃないと受け付けないって言われていて」

「そこをなんとか頼んだり、交渉したりできないのか」

もう、この話はどうもおかしい、おかしすぎると思いながら、続ける。

「一緒に借りてる人もその人に会ったことないから」

「え、じゃあ、どうやって金を返している、いや、八万を渡しているの？　振り込み？」

「いや、ある場所に」

そこから高ちゃんは黙ってしまった。よっぽどその場所や方法を知られたくないらしい。

けれど、良平が「高ちゃん、ちゃんと話さないとだめだよ。文さんくらいしか相談に乗ってくれる人はいないんだから」と言って、やっとしぶしぶと口にした。

「ある場所に、バッグが置いてあって、毎月そこに入れることになってる」

「八万を？」

「うん」

どういう金の返し方なんだ。あやしいとかおかしいとかを通り越して、なんだか薄気味悪い。

「その場所は？」

「ある神社の境内の、縁側の下にセカンドバッグが置いてあって」

「じゃあ、その人がいつか取りにくるのかな」

「たぶん」

「もしかして、その神社の人ということはないの？」

「それは違うと思います」

文夫は頭を抱えたくなった。そんな取引なら、たとえ、五十万を入れて渡しても、「そんなもの知らない、入ってなかった」と言われたらお終《しま》いだ。

「どうすりゃいいんだよお」

自分の声はほとんど嘆きに近かったと思う。でも、良平が急にケタケタと笑い出し、高ちゃんも彼の顔を見て、笑い出した。

何がおかしい、と尋ねる気力もなかった。

逃げ出したい、と思った。

この世界から逃げ出したい。この仲間から逃げ出したい。こんなとんでもない方法で金を借りる人間たちから逃げ出したい。

自分はこんなところにいる人間ではない。彼らのことは好きだ。というか、今、自分には彼らくらいしか、友達がいない。だけど、逃げ出したい。自分はここまでレベルは堕《お》ちていないと思う。

ちゃんと一度は大学にだって入っているのだから。

だけど、時々、思う。もう自分もここまで堕ちているのではないか。

さっきの「善財夏実のお財布セミナー」、あそこに来ていたブス女なんかと「結婚しない」ととっさに思ったけど、本当は「結婚できない」のではないかと思う。ああいうふうに髪をきれいにカールしてる女は丈夫のことなんて相手にしない。

いや、あの女だけではない。自分はもう一生、結婚は無理かもしれない。借金もあるし、今後、安定した職に就《つ》ける希望もない。

結婚する気もないし、あの女が好きなわけでもないのに、そう思うと急に怖くなってきた。

文夫の絶望的な気持ちを知ってか知らずか、目の前の二人は儲《もう》け話に話が移っている。今月の八万はどうするつもりなのか。

「やっぱりさ、治験が一番、楽じゃないの？　病院で寝てればいいんだから」

「あれはだめだよ。前に検査に行ったら、健康すぎてさ、たいした金はもらえなかった」

「俺ならいけるんじゃない」

「ああ、高ちゃんなら病弱だからなんか病気あって、高い治験を受けられるかも……ってやばいやん。病弱だからこそ、やばいやん。高ちゃん、死んでしまうやないかーって」

良平が合っているのか、間違っているのかわからない大阪弁のような言葉づかいでノリツッコミをし、二人はゲラゲラ笑っている。

「そういえば、この間、ネットで『毎月三十万絶対保証、副業に最適』っていう高いｎｏｔｅ見つけてさ」

高ちゃんが言う。

ｎｏｔｅというのはネット上の読み物で、ただで読めるものもあるが、課金しないと読めないものもある。

「三万でちょっと高いけど、買ってみた」

「買ったの？」

ぼんやり話を聞いていた文夫も三万という金額にびっくりして、思わず声を出してしまう。

急に文夫が声を出したからか、高ちゃんがうっとうしそうな顔でこちらを見る。

「何が書いてあったの？」

「まあ、いろいろ」

「そんなのやばいんじゃないの？　本当に三万の価値あるの？」

「……ＦＸの情報商材に四十二万出した文さんに言われたくないですよ」

良平がヘラヘラ笑いながら言う。

ちょっと痛いところを突かれて、文夫は「あれはちゃんと今、元を取り返してるから」と言い返した。

「とにかく、何書いてあったの？」

「ええと、安楽せどりって知ってます？」

「安楽？　通販の？」

「はい。あれの、ポイントとかを使った方法なんです。安楽の『買う買う駅伝』っていうセール期間があるんですけど、それを利用すると十倍とか二十倍とかポイントが付くんで、その時にまとめて買い物をしてポイントを集めて、さらにゲーム機とかブランドものとか買って、それをメルカリで売ってさらにお金を儲ける」

説明を聞くと、なんだか聞いたことがある話だった。

「つまり、転売屋か」

「いや、ポイントももらえるんで。そのポイントでまた安楽で品物買えるし」

「なるほどなあ」

「それ、始めた人は最初は月十万とかでおそるおそるやってたけど、簡単に儲かるんで、今は毎月、何十万と買っているらしい」

「でも、どんな商品を買うのかっていうのが、問題だなあ。在庫抱えたらしかたないし」

「そりゃ、スイッチとかプレステとか、ｉＰｈｏｎｅとか売れそうなものはいくらでもあるんでしょ。そのｎｏｔｅに続けて課金すれば、今一番売れるものとか教えてくれるらしいし」

「ふーん」

今はなんでも課金、課金だな、と文夫は思う。

「食べ物とか飲み物とか、生活用品はなんでも安楽で買えるし、サラリーマンとか主婦とかでもできて、副業としても結構儲かんだって」

「へえ。じゃあ、高ちゃんもやるの？」

「いや、家の中にスイッチとかが山のようにあるとかウザいし、発送とかしないといけないの、面倒だなって」

三万も出してｎｏｔｅを買ったのに、結局、やっていないらしい。

考えてみれば、そんなに儲かってるはずの人が、なんでｎｏｔｅで商材を売っているんだろう。同じことをする人が増えれば競争率が高くなるだけなのに。そこがせどりとＦＸの違うところだ、と文夫は自らを納得させた。

しかし、本当にどこにあるんだろう。俺たちの金のなる木は。

水野文夫は北関東の街で生まれた。

父は寿司《すし》職人だった。父が働く国道沿いの寿司屋には、背が高くて横幅があり、声も大きな大将がいた。父はたくさんいる寿司職人の一人に過ぎなかった。父は大将とは正反対で、細くて背も低く、弱々しかった。文夫は何度か、母に連れられて寿司屋に行ったことがあったが、父はいつも大将に怒鳴られていた。だから、その寿司屋に行くのは好きではなかった。

文夫が小学校二年生の時に、母が大将と駆け落ちしてしまい、文夫の父は妻と職をいっぺんに失った。父はその後、本人が悪いわけでもないのに、なぜか、その街の食べ物屋では働けなくなった。しかたなく土建屋に就職したが、ひ弱な父はすぐ身体を壊した。

それまで住んでいた駅前のアパートから出て、平屋造りの公営住宅に住むようになった。その頃から、家には「民生委員さん」という人が出入りするようになった。

大将の妻は姉《あね》さん女房で気が強い女だった。大将が去ってからも、人を雇って寿司屋を続けた。けれど、もちろん、文夫の父はクビにした。その家の三人の息子たちは子供の頃はいじめっ子、長じてからは不良になった。一番下の子は文夫と同い年だった。文夫は街を出るまで、ずっと彼らにいじめられ続けた。

周りの人の言葉から、文夫は父や自分が生活保護かそれに近いものを受けているということを知った。父は身体だけでなく、精神も病んでしまい、元気になると少しだけ土木現場で働いて、またすぐに身体を壊した。

母を奪った男の息子たちに殴られたり、蹴《け》られたりしながら、文夫は「男は強くならなければならない」と思った。

十八で高校を出ると、文夫は民生委員にも告げずに、まっすぐに東京に向かった。家に働ける人間がいると生活保護を受けられなくなったり、減額されたりするからと、父に頼まれたからだ。十年以上生活保護を受けて、父はすでにそれなしでは生きていけない人間になっていた。その代わり、父は内緒で貯《た》めていた二十万を持たせてくれた。

一応、受験をして通称Fランと呼ばれる底辺大学に入った。その時はとにかく大学を出ないとよい就職先はないと思っていた。奨学金を借りて、バイトをし、郊外のキャンパスに時々、顔を出した。中国や韓国、さらにタイやベトナム、インドネシアからの留学生ばかりの学校だった。日本人学生だけのテニスサークルにも入って、ちょっと青春を感じたこともあったけれど、二年生の冬にインフルエンザにかかり、一週間バイトを休んでから、いろいろなことがいっぺんに回らなくなった。貯金がまるでなかった文夫は五万円の家賃が払えなくなり、授業料が払えなくなり、しかたなく駅前の消費者金融で年利十三%の金を借りた。次の月からその返済が始まって、今までやっていた居酒屋とファストフード店のバイトでは生活をまかなえなくなってしまった。

大学をやめ、ネットで高収入を謳《うた》っていたキャッチセールスのバイトを始めた。そこで良平と知り合った。

文夫たちが入った会社は、何かを専門に売っている会社ではなかった。事務所に行くと、その日、集めてくる客を言い渡される。「二十代か三十代の女」とか「年寄り」とか。そういう人たちを指示されたビルや部屋に連れて行くと、そこから先の契約は別の人間がやるのだった。一人連れて行くとだいたい一万円がもらえ、契約が決まれば、その内容によって三万とか五万とかさらに成功報酬がもらえる。

「でも、本当にちゃんとカウントされているんですかねえ。向こうが『契約できてない』って言ったら確かめようがないじゃないですか」

一緒に客引きをしていた良平はいつも愚痴っていた。良平は小柄な身体と丸顔が相手に威圧感を与えないのか、意外に良い成績を上げていた。しかし、ビルや部屋まで何人連れて行こうと、契約のボーナスをもらえることはまれだった。

「まあ、そのへんはうちらの事務所がうまくやってるんでしょ」

文夫の成績は良くも悪くもない。でも、一人でも引っかかれば一万もらえ、十分で一人捕まえられれば、時給六万ということになる。もちろん、そんなに連れていくことはできないけど、一度だけ一時間で三人をキャッチできたこともあり、その時は背中がゾクゾクするような妙な高揚感を覚えた。そういう、どこか賭《か》け事のような中毒性がその仕事にはあった。

「それより、その日その日で内容が違うキャッチとか、非効率じゃね？　年寄りと若い女をキャッチするのってコツが違うじゃん。ちゃんと専属でキャッチして、自分で契約まで持っていく方が、専門性が高まると思うんだ」

「やっぱ、文さん、頭いいですねえ」

その頃から、良平のコバンザメ体質は群を抜いていた。

「じゃあ、うちの事務所じゃなくて、いつもお世話になってる会社のどこかに雇ってもらえばいいじゃないですか。ああいう会社、絵とか、美容グッズとか売ってるんでしょう」

「確かになあ」

良平が自分の返事をちゃんと聞いていたかどうかはわからない。その時彼は髪を金髪に近いくらいの茶色に染め、ピンクのストールをして、小型のスーツケースを引いている二十代くらいの女を見つけて近寄っていったからだ。その後ろ姿を見ながら、あの子は落とせるだろうな、と文夫は思った。

　その後、ずっとセールスや営業と呼ばれる、人にものを買わせる仕事をしてきた。雇用は正規のところも非正規のところもあった。不動産、百科事典、英語教材、美容器具……。ろくな学歴もない文夫には、セールスしか会社に入る方法はなかった。人はなかなか文夫からものを買ってくれなかった。文夫にはわからない。文夫はなんでも欲しい。ワンルームマンションも外車も、英語が話せるようになるかもしれない可能性も、金さえあれば絶対に買うと思う。なのに、人々は金があるのに買わない。

　それなのに大学時代の先輩からＦＸの情報商材を勧められ、自分がまた別の客を捕まえることができれば契約金の一部をもらえると聞いた時、これまでの経験からピンときた。自分もネットでＦＸやビットコインの記事を読んで、勉強したいと思っていた矢先でもあった。勉強ができて、将来仕事にもなるなら一石二鳥だ。

　今はまだその商材を売るだけでは生活できないので、また居酒屋でのアルバイトに逆戻りしていた。

「……クーラー屋がいいらしい」

　ぼんやりしている文夫に、良平と高ちゃんの声が聞こえてきた。

「え。クーラー？　クーラー売るの？」

「いや、クーラーを取り付けるやつ。あれってやばいらしいんだよ。春くらいから夏の間数ヶ月でさ、めちゃくちゃ稼げるんだって。一年の間に数ヶ月稼いで、あとは遊んで暮らせるってさ」

「それいいじゃん、歌舞伎町より安全そうだし」

「でも、暑いし、クーラーってめちゃくちゃ重いから、肉体的にものすごく大変だってさ」

「あー。そういうやつか」

「まあ、リアルにやりたいとは思わないな」

「文さん、会社作りませんか」

唐突に、高ちゃんが言った。

「へ、なんで」

「会社作って、金借りるんですよ。俺らが個人でローンとかで借りると利息十五パーとかじゃないですか。でも、会社作って、その運転資金とかで借りれば、公庫とかから三パー、いや、うまくいけば一パーとかで借りられるらしい」

「本当に？」

「はい」

「でも、何にする？　会社作るなら、なんか事業がいるだろう」

「ですね。まあ、適当にネット関係のアプリを作るとか、どうですか。文さん頭いいんだから考えてくださいよ」

「でも、それって、違法とかにならないの？　うその会社作るとか」

「さあ。借りた金返せば大丈夫じゃないですか」

高ちゃんの言うことは、話半分に聞いていたが、少し心を動かされていた。

「もう少し頑張りましょうよ。ね？　もう少しなんです。佐藤君のいいところはよくわかっているんですが、もう少し頑張ることで我々の高みまでたどり着けます。そこまではもう少しなんです。ね？」

顔をのぞき込むようにすると、目の前の男子大学生は上目遣いで文夫をちらっと見て、小さくうなずいた。

「じゃあ、ちょっと反省会してみましょうか。ええと、佐藤君はここで買ってここで売りましたよね」

文夫はタブレットでドル円のチャートを見ながら、指でさした。

「どうしてここで買ったんだろう？」

「……安くなってきたので」

やっと聞こえるくらいの小声だった。

「うん。その狙いは悪くないと思うんだ。ただ、その時期だよね。何事もタイミングって大切。時を味方につけなくちゃいけない、ぼくたちは。それには理由。理由が大切。前に言ったよね？　行動する時には必ず、十の理由を書いてみようって。ノートとかに。書いてみた？」

「……いちおう。十個は書けなかったですけど」

「見せて」

佐藤某はおずおずと手帳を差し出した。

薄い。目をこらさないと見えないほど薄い字だった。

値段が下がってきた。

一〇九円になった。

昨日より二三銭下がった。

明日はバイトがある。

「値段が下がったというより、円高になったということなんだけどね、まあいいや。これ、最初の三つはほとんど同じことだよね。ま、それもいいや。この最後の明日はバイトがあるっていうのはどういう意味？」

「明日はバイトがあるから、買えないので、今日買おうかということで」

「うーん、理由ってそういうことじゃないんだよね」

文夫はイライラを顔に出さないように苦労した。佐藤某はＦＸを始めてからまだ一ヶ月ほどだ。

「そういうことじゃなくて、例えば、明日はアメリカのＦＲＢの発表があるから高くなるんじゃないかとか、安くなるんじゃないかとか、そういうことなんだよね、ま、いいや」

文夫は次に、タブレットで彼が売った時点を指さす。

「なんで、ここで売っちゃったんだろう」

「三万も負けたから」

これははっきりとした理由だった。

「あー、なるほどね。それはそれでいいよね。さらに赤字が増えないように出血を食い止めるっていうか、損切りしたわけね。でも、その理由は？　ちゃんと考えたかな？」

「はい、書きました」

佐藤は次のページを指さした。それもまた薄い文字だった。

「直感」と書いてあった。

「あ、直感か、直感ね。それもいいけど」

本当は頭を抱えたくなった。ちゃんと理論的に考えて、買ったり売ったりすることを毎回教えているのに、まったく理解していない。

こいつ、一度、ちゃんとどやしつけてやった方がいいんじゃないだろうか。

佐藤某は、文夫がＦＸの情報商材を購入した後、さらに誰かに紹介しようかと探していた時、やめた大学の友人から紹介された後輩だ。文夫が喫茶店に友人を呼び出すと、「ごめん、俺、今、金ないからさ」と逃げられ、代わりに紹介された男だった。

そういう場所にすぐに来てくれるような素直な性格のおかげで、すぐに成約にこぎ着けた。しかし、最初の客になってくれたのはいいが、ＦＸの成績も悪いし、別の会員も呼んできてくれない。

この情報商材は、四十二万で商材を買った後もきめ細かい指導やアフターケアをすることを謳い文句にしている。実際はそうやって購入後も会員たちを鼓舞し、さらに別の人間に商材を売ることで自分自身も紹介者も潤《うるお》う。

実際、佐藤が商材を買ってくれたことで、文夫は八万の報奨金を受け取っていた。そして、文夫に商材を紹介してくれた、大学の先輩には四万、さらにその先輩に商材を売って指導をしている「ティーチャー」と呼ばれる人には二万、ティーチャーたちに商材を売った「コーチャー」には一万が入る。今日はコーチャーである柳原《やなぎはら》さんが来て、文夫の隣に座っていた。文夫に商材を紹介してくれた先輩のさらに二段階上の人間が柳原だ。柳原はコーチャーであると同時に、東京北部のティーチャーたちを仕切っている指導者で、時々、文夫や先輩の教育のためにも来てくれる。

レベルの低い人間には時には厳しい言葉を掛けて指導することも大切だとは聞いていた。基本的には笑顔で接することが定められているけれど、一度くらいはキレてもいいらしい。

佐藤君、ちゃんと考えてる？　本気で結果だそうとしている？　努力しないと、何も始まらないよ？

そんな言葉を浴びせかけようと息を呑《の》んだ時、柳原が「水野君、ちょっと」と言った。

柳原は伝説の人だった。去年は世界で二番目に商材を売ったらしい。今日は、薄い青のアロハシャツに短パン、ビーチサンダルというラフな服装だった。ふわふわした茶色い髪によく似合っていた。

「佐藤君さ、そろそろ就職活動だよね」

佐藤が顔を上げて、うなずいた。いったい、この人は何を言い出すんだ、という顔で。文夫も、急にトピックが変わったことに多少驚いていた。

「どうなの？　決まりそうなの？」

「まあ、今は売り手市場なんで、適当に入れるところがあればいいかなあって」

文夫は、自分が佐藤の顔をしかめっ面《つら》で見ていることに気がついて、慌《あわ》てて表情を和らげた。

自分と同じFラン大、だけど、彼は田舎の両親がついていて、バイトもせずにのうのうと卒業し、「まあまあいい」就職をすることができる。人生は、なんて不公平なんだろう。

「そうかあ、懐《なつ》かしいなあ」

柳原はにっこり笑う。

「僕もさ、ちょうど就職を決めた頃だったんだよね、この商材に出会ったの」

「そうだったんですか」

「結構さ、大きな会社に決まってたわけ。どこかわかる？」

二人はそろって首を振った。

「リクル……」

「ええええええー」

柳原の言葉は終わらないうちにかき消された。文夫と佐藤の声の大きさで。彼は苦笑した。

「うるさい、うるさい。声大きいよ」

「でもあそこ、すごい会社じゃないですか」

そうだよ、と柳原はすました顔でアイスコーヒーを飲んだ。

「親も喜んでさ、順風満帆って感じだった。その時これに出会ってさ、迷ったよ、迷ったけれど、結局、こっちを選んだの。あの時、これを選ぶか、会社を選ぶかでどれだけ人生変わったかなって、いつも思う。だけど、本当にこっちを選んで良かったと思うよ。自分の選択に拍手をしたいね。自分良くやったって褒めたい。あの時の自分ありがとうって心から感謝しているんだ。何がって？　稼ぎ方が違うよね。今さ、同期とか、月収三十万くらいだよ。普通の同級生は十八万とか。だけど、僕はその四倍五倍稼いでる。ボーナスもバンバン入ってくるしさ。しかも、毎日、こんな服じゃない？　きっと周りの人間は僕がそんなに稼いでいるってわからないだろうね」

柳原は照れたように自分の身なりを指さした。

「僕ね、子供の頃から親がハワイ好きでさ、毎年ハワイに行ってたわけ。いつもハワイみたいな気分で生きたいのね、一生。それ、かなえられてるもんね。それに、いつでも、好きな時にハワイに行ける。今日でも、明日でも。同級生がスーツ着て、あくせく働いている時にね。それはあの時、選択したから。たった一つの選択なんだよ」

「柳原さん、そんなに稼いでるんですか。うらやましい」

その声は文夫の身体の奥底から自然に出た。

「いや、むしろさ、君たちがうらやましい。佐藤君なんてさ、まだ就職活動も始まらないうちにこれに出会っているわけでしょ。迷いとかないじゃない。僕はやっぱり、少し迷ったからさ」

柳原の話の途中から、佐藤の顔つきや顔色がみるみるうちに変わっていくのを感じた。柳原は佐藤に「本当にもうひと頑張りだから、会員限定のメーリングリスト登録がおすすめかもしれない」と誘った。

「これは毎日、八時半と十五時に今日のＦＸ情報を送ってくれるものなんだ。会費は毎月三万。それを読んで動くだけだから、佐藤君にも簡単にできる」

佐藤はその場で有料メーリングリストを契約し、笑顔で「頑張ります」と言って帰って行った。

「柳原さん、ありがとうございました」

佐藤がメーリングリストを契約してくれたおかげで、文夫にも幾ばくかのお金が入ることになっていた。

彼はすでにスマホを出して、指を動かしている。

「あれって本当なんですか」

「何が？」

「リクルートに就職決まってたのに、やめたって」

「嘘《うそ》だと思ってるの？」

「いえ……」

嘘だと思って尋ねたわけじゃない。ただ、話の接《つ》ぎ穂《ほ》に使っただけなのに、柳原の声は冷たくて、文夫は焦《あせ》った。

しばらく、柳原が黙ったまま、スマホを動かしている時間が続いた。

「そっち」

柳原が、今まで佐藤が座っていた、向かいの椅子《いす》を指さした。文夫は慌てて、そちらの席に移る。確かに、前に人がいないのに、男同士で並んでいるのはちょっとおかしい。

柳原の前で両手を膝《ひざ》において、じっと彼のスマホ操作が終わるのを待っていた。別に正しい姿勢を強要されているわけではないが、自然にそうなってしまう。

「水野君、コーチングの勉強をした方がいいかもしれない」

やっと柳原が声を掛けてくれた。目はスマホを見たままだ。

「コーチングってさ、世界的な資格が一つあるわけ。それから、それよりちょっと小さい団体が出してる資格があるの。その二つのいいところを取ったようなやつを、うちの会社でやってる。商材と検定試験を出してるから取ってみたら？ そしたら、さらに高みに行ける。全部で三十万くらいかな」

文夫は無意識にうなずいていた。


ティーチャーやコーチャーたちには適当なことを言っているが、文夫は実はもうしばらくＦＸをしていない。

商材を買って勉強を始めた当初、口座に十万を入れて、二十倍のレバレッジを掛けてドル円を取引していたら、一瞬で四万を溶かしてしまった。自分にはＦＸの才能はないと思った。だからこれからは、FX自体よりも商材勧誘の方で稼ぎたかった。コーチングでその腕が上がれば願ってもない。

八時過ぎにバイトから帰宅した。赤羽の駅から徒歩十二分、家賃四万五千円のアパートが文夫の自宅だ。ドアポストに不在通知票が入っていた。焦りながら開くと、メルカリからの荷物と書いてあった。

「やった」

拳《こぶし》を握りしめる。

すぐに通知票にある電話番号にかけてみた。

「はい」

不機嫌そうな男の声がした。

「赤羽北の水野だけど、荷物、すぐに持ってきて」

「はい？」

「だから、み、ず、の、赤羽北二丁目の。さっき、宅配便に来たでしょ。紙が入ってたの。だから、電話してんの。すぐに持って来いよ、もう」

「当日配達の受付は六時までです。六時までに連絡してくださらないと」

「は？　そっちが不在通知を入れていたから電話してやったんじゃんか。ヴィトンの財布なんだよ。すぐ持ってきてよ」

「ですから、明日以降じゃないと」

「だから、今日、これから持ってきてよ」

「今日は無理です。最速で明日の午前中になります」

「明日は用があるんだよ」

「では、サービスセンターに連絡してください」

「お前、俺の財布盗るんじゃないだろうな！」

ぷつんと電話が切れた。頭にきて、もう一度かけてみたが、呼び出し音が鳴るばかりだった。

しかたなくサービスセンターに電話し、結局、明日の午前中に持ってきてもらうことになった。

早く財布に会いたいのに、思い通りにならない。電話を切って、ため息をついた。

翌朝、激しくドアベルを鳴らす音がして、文夫は起こされた。

Tシャツにトランクスだけというかっこうで、身体《からだ》を引きずるようにしてドアを開けた。時計を見ると、十時少し前だった。

「宅配便です」

むっとしたまま返事もせずに、小包を引ったくるように取り、サインをした。

配達の男は文夫と同じくらいの歳《とし》だった。前に、「日本の宅配業者のほとんどは大卒だ。客のリクエスト通りに時間を守って配達するのは頭を使うので、大卒でないとできないからだ」というような記事をネットで読んだことがあるけれど、本当なんだろうか。いずれにしても、それを読んでから、中退の文夫は彼らに優しくできなくなったような気がする。

それでも、小包を引きちぎるように開けると、宅配業者のことなど、頭からふっとんだ。

ヴィトンの長財布は丁寧に薄紙に包まれていた。財布の他に箱や紙袋だけでなく、クレジットカードのレシートなども、出品者の情報が黒く塗りつぶされている以外はちゃんとそろっていた。出品者の言う通り新品未使用に見えた。

文夫は服を着ると、その長財布と付属品を持って外に出た。自転車にまたがって駅前まで走り、ブランドものの買い取りもしている質屋に飛び込んだ。鰻《うなぎ》の寝床のような細い店で一番奥に、こちらも文夫と同じ年頃の若い男が座っていた。

「これ、いくらで売れる？」

持ってきた財布や紙袋を、レシート以外すべて彼の前に出した。

じっくりと鑑定するのかと思ったら、ファスナーのあたりをちらっと見ただけで「二万八千円ですね」と言った。

「え、やっす。偽物《にせもの》なの？」

「いえ、本物です。でも、イニシャルが入っていますし、買い取るとなるとそういう値段だということで」

「ちょこっと見ただけでわかるんだ」

「見慣れてますから」

店員は少し自慢そうに言った。

「袋とかもついててもその値段？」

なんだ、そういうことならもう少し値下げさせればよかった、と気持ちが沈む。けれど、本物であることだけは確かなようだった。

「まあ、がんばって……」

彼はもう一度、長財布と付属品を見た。

「二万九千円です」

「そうか……じゃあ、もうちょっと考えるわ」

品物を自分のバッグに戻した。

「二万九千五百円。どうですか」

今までは軽くあしらうような扱いだったのに、急に食い下がってきた。

「もう少し考えまあす」

店を出る時、入口のところにヴィトンの長財布が飾ってあった。シリーズは違うが、大きさは同じものだ。少しくたびれている感じもするのに七万九千円の値段がついていた。買い取りは二万台でも売る時はこんな値段を付けるのだ。七万弱で買った自分は間違っていなかった。

文夫は急に身体が軽くなったような気がした。

実際、売る気はまったくなかった。ただ、メルカリで品物の取引を確定させる前に本物かどうか知りたかっただけだ。スマホを出して、アプリで取引を終わらせる受取のボタンを押そうとし、ちょっと考えてやめた。振り込みは終えていると言っても、それをしてしまったら金が一瞬で向こうに行ってしまうような気がした。ぎりぎりまで、粘ってやろう。出品者はやきもきすることだろう。買取店では三万弱でしか売れないものを、七万近くで売った罰だ。

スキップしたいような気分で自転車のところに戻ると、「ふーちゃんじゃん」と後ろから声を掛けられた。振り返ると、同郷の友達、野田裕一郎《のだゆういちろう》だった。

いた。

野田は中学時代の同級生で、野球部でも一緒だった。文夫は先輩と同級生にいじめられて早々に退部したが、確か、野田はレギュラーになれなくても、最後まで続けていた。

「野田君……」

「久しぶり。ちょうどよかった、飲もうよ」

「飲もうって、今日、仕事は？」

一年ほど前に、駅前広場で彼から「ふーちゃんじゃない？」と声を掛けられた。LINEの交換だけはしたけれど、それっきりになっていた。

「仕事って、今日は土曜日じゃん」

野田は屈託なく笑う。

彼は確か、学区で上から二番目に偏差値の高い高校に行き、東京の中くらいの私大を出て、中堅の電子機器メーカーに就職したはずだった。ここ赤羽に会社の寮があると、前に言っていた。

「そうだったね」

最近は曜日も何も、めちゃくちゃな日々を送っていた。

「なんか用あるの？」

「ないけど」

「じゃあ、付き合ってよ。このあたりのせんべろとか行ってみたいなと思いながら、一人じゃなかなか入れなくてさ。ふーちゃんにＬＩＮＥしたのに返事くれないんだもん」

結局、野田の案内で、一軒の立ち飲み屋ののれんをくぐった。前からネットで調べていた店だという。

「ここに住んで二年くらいになるのに、こうやって昼間の飲み屋に来たの、ほとんど初めてだよ」

野田はビールの白い泡を唇の上に付けて言った。

「俺も……」

赤羽は立ち飲み屋や一杯飲み屋が多い街だということは知っていたが、明るいうちからへべれけになっている老人たちがたむろしている店に一人で入る勇気はなかった。

「ふーちゃん、どうしてるの？」

「いや……」

まぶしかったのだ。

野田と自分とはほとんど同じ境遇だった。中学の一年生くらいまでは成績だってそんなに違いはなかった。

だけど、彼はちゃんと大学を出て、会社に勤めている。それも、寮があるような福利厚生がしっかりしている会社に。前に会った時、「会社の寮に住んでいる」という一言に、鼻をガツンとやられてちょっと血の味がするくらいの衝撃を受けた。

もしかしたら……道がほんの少し違っていたら、いや、ほんの少し正しい方に進んでいたら、自分だって得ることができた未来かもしれない。

良平たちと一緒にいると、ここから出て行きたいと思う。けれど、野田といるのも居心地悪くてしかたがない。

「ちょっとごめん」

慌てて、トイレに立つ。個室に入ってバッグの中から、今、鑑定してもらったばかりの長財布を出して、自分が使っていた人工革の財布から中身を取り出し、すべて移した。これまで二つ折り財布に入っていた札は折れ曲がっていたが、伸ばして入れた。

「お待たせ。実はさ」

トイレから戻ると、座るのもそこそこに言った。

「起業するんだよね」

「えー」

「仲間と会社作ることになって」

「すごいな。どんなことするの？」

「アプリを作るの。ネット上の画期的な……」

居酒屋の壁に旅行会社のポスターが貼《は》ってあるのが目に入った。「ハワイ五泊七日、八万九千円から」と書いてあった。

「旅行関係のシステムを作るんだ」

「へえ。すごいなあ」

文夫は鞄《かばん》からヴィトンの財布を出した。

「これから、その仲間とちょっと打ち合わせがあるから、俺、先にいいかな？」

「あ、ごめん。強引に誘っちゃって。ふーちゃん、ごっつい財布持ってるなあ」

野田は目を丸くして見ている。

「それ、高いんでしょ」

笑顔だけで答えて、「ここ、俺が払っておくよ」と言った。

「え、いいよ、いいよ。割り勘にしようよ」

「大丈夫。会社作るから、金あるんだ」

本当のところ、会社を作る時に金があるのかないのか、よくわからなかった。

悪いなあ、という野田の声を背中に受けながらテーブルを離れた。彼がヴィトンの財布を褒めてくれて、なんだか、もうこれを買った意味があった気がした。

「あー、これ、いつまで待ってればいいの？」

「文さん、静かにしてください。夜は声が響きますから」

文夫、良平は神社の境内の暗闇《くらやみ》にしゃがみ込んでいた。

高ちゃんの返済金八万は結局、良平が消費者金融で借りてきた。高ちゃんはもう借りられる額を超えてしまっただとか、もう借金したくないだとかごねて、良平の枠を使ったらしい。

八万を言われた通りに本殿の縁側の下に置いてあったセカンドバッグに入れ、近くで見張って、誰が取りに来るのか調べることにした。相手を見てから、次の対処を考えようという塩梅《あんばい》だ。

「ああ、もう」

文夫は自分の脚をぺちり、と叩《たた》いた。

「しっ」

良平が怖い顔でにらむ。

「ヤブ蚊がすごいんだよ」

「文さん、酒飲んでいるから体温が高いんすよ、それで蚊が寄ってくるんです」

こんなところで一晩待っていられるか、と文夫はストロングゼロとイカの燻製《くんせい》をコンビニで買ってきた。良平にも買ってきてやったのに、彼は頑《かたく》なに手を付けようとしないから、二本も飲んでしまった。酔っ払ったのか、頭がぼんやりする。

セカンドバッグの場所が見える範囲に隠れる場所はほとんどなく、結局植え込みに身をひそめている。

「蚊ぐらい叩かせてよ」

「でも、音が響くんですよ」

「だいたい、高ちゃんはどうしたの？」

「今日は風邪ひいたって」

むっとして黙ってしまった。文夫の無言の抗議に気付いたのか、良平が言い訳がましく言った。

「高ちゃん、最近、ずっと変な咳《せき》をしているんですよ。この間もなんか、喉《のど》が痛いって言ってたじゃないですか」

しかし、自分のことなのに、友達に一晩寝ずの番をさせて、どういうつもりなのか。

「冬よりましですよ」

「そうかねえ」

もう真夜中を回っている。一時間ほど前に確かめた時にはまだ八万は入っていた。

「しっかし、なんで、高ちゃんはそんな危ないところから金借りるかね」

良平は黙っていて返事をしない。

文夫はまた暗闇で目をこらした。境内の縁側のあたりだけ、電灯があるのでぼんやりと明るい。セカンドバッグを直接見ることはできないが、誰かが来ればわかる。

スマホが「ポン」と控えめな音を出した。見るとメルカリのアプリからの通知だった。開くとヴィトンの長財布の出品者からで「度々すみません。商品は届きましたでしょうか。確認していただきましたら、受取評価をお願いします」と書いてあった。同じようなメッセージが数日前から何度も届いている。無視して画面を閉じた。

「高ちゃんはかわいそうな人なんですよ」

良平がぽつんと言った。

「あんなきれいな顔しているから、何をやってもだめで」

「え、反対だろ。きれいなんだから、なんでもうまくいくじゃん。ホストクラブでも成績良かったし」

「いや、なんていうか、それが裏目に出ちゃう人なんですよね。ホストだって結局は借金を背負ったわけだし。変な友達もできたし」

「そういう考え方もあるか」

話半分に聞き流しながら、ヴィトンの出品者のことを考えた。きっと早く入金して欲しくてやきもきしていることだろう。真新しい、イニシャルが入った財布を使いもせずに出品するなんて、どうせ追い詰められた人間だ。その彼だか彼女だかわからない人間の気持ちやささやかな運命を今、自分が手の中に握っていると思うと、なんだか痛快だった。

話していると、白い塊のようなものが境内に入ってきた。

自然に会話が途切れ、顔を見合わせる。

白いワンピースを着た、髪の長い女だった。遠目だけれど、痩《や》せていて二十代に見えた。彼女は丁寧に手水を使うと、さらに丁寧にお参りした。

何を祈っているんだろう、と文夫は思う。顔はよく見えなくても、どことなくきれいな人のような気がした。所作が美しい。

しかし、彼女は賽銭箱《さいせんばこ》の前で手を合わせて立ったまま動かなくなった。

文夫と良平は何度も顔を見合わせた。十分ほど過ぎたあたりから、文夫は自分の時計を見た。

二十分を過ぎた頃には薄気味悪くなった。人間て、これほど動かないでいられるのか、と思った。三十分過ぎた時には心配になった。

「死んでんじゃねえか」

「え」

「死んでるってことないよな」

声が聞こえるかもしれないとか気を遣っていられなくなって、文夫は良平に言った。

「だって、立ってるじゃないですか」

良平の声が少し震えていた。

「でも、なんかの拍子に立ったまま死ぬこととかないよな」

「知りませんよ」

「良平、ググってみろよ、立ったまま死ぬ、可能性、とか」

「いやですよ。スマホの明かりで見つかるかもしれないし」

彼女が入ってきてから四十分を過ぎた時、もう我慢ができなくなった。

「俺、帰るわ」

「やめてくださいよ、文さん」

良平が文夫の腕を引っ張った。

「一人にしないで」

「だって、あの女があそこにいたら、取りに来るものも来ないって。今夜は無理だよ」

「だけど」

良平が唇を嚙《か》みしめる。でも、強く否定はしない。彼も同じように思っているのだろう。それに、あの女が薄気味悪いのも同じはずだ。

「来月にしようよ。また、来月にもチャンスはある」

「でも」

「じゃ、一時間ほどここを空けよう。どこかで飯でも食おう。それから戻ってくるんだ。その時、まだ八万があればまた見張ればいい」

良平はしばらく迷っていたが、「わかりました」と言った。

二人はそっと立ち上がった。なぜか、あの女に見つかったらやばい感じがした。それに、彼女は真剣にずっと祈っているんだから、脅かしたら悪いとも思った。

足音を立てずに歩き、彼女の後ろを通って境内から出ようとした。

女は相変わらずまったく動かず、祈り続けている。

そおっと彼女の脇《わき》を通る時、ふっとそちらを見てしまった。横顔が見えた。笑っていた。なぜか、女はにたにたと笑いながら手を合わせていたのだ。

「うわっ」

声にならない声が出て、文夫は走り出した。良平も少し遅れて、「文さんっ」と言いながら、あとを追ってきた。

「待ってください。文さん」

その声にも決して振り返らず、文夫は走り続けた。

「また飲まない？」

野田からそんなＬＩＮＥが入ったのは、神社の一件があってから二週間ほど経《た》った頃だった。

良平とはあれからずっと会っていない。

走っていたら、知らない間にはぐれてしまった。そのまま、連絡を取っていない。一度だけ商材の売り込み中に電話がかかってきたけれど出ることができず、折り返しもしなかったら、もうかかってこなかった。もしかしたら、怒っているかもしれない。あんなふうに逃げ出した文夫に良平たちはあきれているかもしれない。それを確かめるのが怖かった。二週間の別離は、今の文夫にはほとんど永遠の別れのように思える。手を離したら、もう、それをつかんでくれる相手はいないのだ。

赤羽の立ち飲み屋で感じた妙な居心地の悪さを思い出しながら、でもどうしようもない人恋しさがあって、つい「いいよ」と返事をしてしまった。

すると、すぐに野田から電話がかかってきた。

「ちょっと聞いたんだけど、ふーちゃん、なんかFXのことを教えてくれるんだって？」

思わず、黙ってしまった。

不思議なものだ。

ずっと契約を取りたいと思っていて、連絡が取れる範囲の友達にはほとんどすべて「会えない？　最近どうしてるの？」と勧誘を掛けていた時期もあった。でも、寂しさから人を求めている時に、仕事の話を向こうから持ちかけられると、なんだか裏切られたような気持ちになってしまう。

ふっと柳原のアロハシャツの派手な柄が思い出された。

「あ、まあね」

不快感を押し殺しながら言う。ここで勧誘できなければ、自分はダメなやつだと思った。

以前、ＦＸの商材のことを野田に連絡しなかったのは、彼が赤羽に住んでいるからだ。自分の近くに住んでいて、いつかばったり会ってしまうような人とは、商材が売れてても売れなくても気まずくなりそうだった。

「そういうテキストみたいなものを教えてくれるんでしょ。堺屋《さかいや》から聞いたけど」

堺屋は品川区に住んでいる友人で、やっぱり同じ野球部だった。一度、目黒のタリーズで会って、商材についてちょっと説明を始めただけで「あ、そういうの興味ないから」と素っ気なく席を立たれた。

「もうちょっと、ましな仕事をした方がいいぞ」

吉田カバンの黒のビジネスバッグを背中に担《かつ》ぐように持った堺屋から、そんな捨て台詞《ぜりふ》も吐かれた。

彼から話を聞いているなら、マイナスのイメージしかないはずだ。

「一年の最初の方だけ野球部にいた水野文夫って覚えてる？　あいつ今、なんかやばい商材みたいなの売ってるぞ。気をつけた方がいい」

そんな会話をしながら、同級生たちが哀れみの笑いを浮かべているシーンまで想像できた。

「俺もＦＸにちょっと興味あるんだよね、教えてよ」

「……いいの？」

自分の方が戸惑っている。だけど、ここでひるんだら負けだ。柳原にはなれなくなる。もしも、万が一うまくいかなくなったら赤羽から引っ越せばいい。彼から八万が入れば引っ越し代になる。

「じゃあ、飲もう」

この間と同じ店で、と野田に言われて、一瞬、もう少し、落ち着いて座って話せる場所がいいかなとも考えた。こちらが飲み代を持ってもいい。立ち飲み屋ではすぐに逃げられる可能性がある。

けれど、ここまで向こうから食いついているのだから、契約が取れるのは時間の問題だろうと思って、「いいよ」と答えていた。

「じゃあ、明日の七時にしようか」と文夫から提案した。

「え、明日土曜でしょ。昼間会えない？」

「明日は午後、いろいろ……あるんだ」

「土曜も忙しいんだ。大変だね。じゃあ、それでいいよ」

電話を切って、ベッドにごろりと寝転ぶ。

やっと二件目の契約が取れそうなのに、少し落ち着かない。

実は、いい話はそれだけではなかった。

良平と会わなくなってから、急に柳原と会うことが多くなっていた。

神社の日の翌日、柳原から「追い込みをかけるところを見せるから来なよ」と連絡が来て、指定された新宿の喫茶店に行くと彼の前に二人の大学生が座っていた。

実際、柳原が二人の学生と同時に契約するところを見せてもらった。最初は迷っていた二人が、柳原お決まりの「自分は決まっていた就職先を辞退してこれを始め、今は好きな時にハワイに行ける」トークを聞いて目を輝かせて契約をした。学生が帰った後、「すごいですねえ」と感嘆すると、柳原は「うん」とうなずいた。

「こういう、コーヒーが一杯千円以上する新宿の喫茶店て、ネットワークビジネスの契約のためにあるんだよね」

「そうなんですか」

「まわりを見てごらんよ」

休日午後の喫茶店には、ぎっしりと客が入っていた。女性同士の華やかな客は楽しそうに笑い声を上げ、おばさんたちのグループはひっきりなしにしゃべっている。そして、中には確かに、書類を広げたり、片方の客だけが立て板に水のように話し続けているテーブルがあった。

「目黒や中目だったらスタバでも契約できるけど、新宿はだめ。こういう喫茶店じゃないと」

「なんででしょうかね」

「さあ。まあ、雰囲気だろうな」

文夫はスマホを出して、今の言葉をメモした。

「今度さ、決められそうな客がいたら回すからさ、水野君がやってごらんよ。あ、もちろん、隣で僕がサポートするから」

「いいんですか！」

「うん」

「どうしてそんなことをしてくれるんですか」

「最近、僕も一匹狼《おおかみ》じゃなくて、ちゃんと下を育てなくちゃって本部に言われたんだ」

「そうなんですか……」

柳原のような人が自分を選んでくれたのかと思うと喜びがわき上がってきた。

「その代わり」

「はい」

「僕が紹介した客と契約したら、報奨金の半分をこっちに回してくれる？」

一瞬迷った。そんなことが許されるのかわからなかったから。

「……は、い」

「じゃ、そういうことで」

実際、柳原は明日午後、客を紹介してくれることになっていた。そのあと、野田と会う。

しっかり契約を決めて、野田と旨《うま》い酒を飲もう、何も考えず、中学の同級生と楽しく飲めればいい、そして、契約が取れれば、さらにいい。

今夜は早く寝よう、とベッドの上の電灯を消した。


立ち飲み屋で野田は一番高い刺身の盛り合わせと、店で一番高い獺祭《だっさい》の冷酒を最初から注文した。

「俺はハイボールでいいよ。あとポテトフライ」

「えー、ふーちゃんもおいしい酒飲もうよ」

そう言われてちょっと迷って、獺祭を頼むことにした。

ヴィトンの長財布の中に、三十八万が入っていることを思い出したのだ。今日、柳原に紹介された相手を契約まで持ち込んで得た金だった。四万はその場で柳原にピンハネされた。契約書と金は文夫が預かり、本部の方に改めて持っていくことになっていた。

野田は、契約を決めたばかりの文夫以上にハイテンションだった。

「ふーちゃんもじゃんじゃん飲んじゃってよ。今日は僕がおごるからさ」

「なんか、いいことでもあったの？」

すると、彼は文夫の背中をばん、と叩いた。

「これから起こすんじゃないか。僕とふーちゃんでさ。僕はふーちゃんからFXを教えてもらって、ふーちゃんは商材売って儲《もう》ける」

はっとする。野田は情報商材の仕組みをわかっているのか。

「そんなに儲かんないよ」

思わず、小声で言っていた。

「大丈夫、大丈夫、僕は本当に勉強したいんだしさ」

「じゃあ、説明しようか」

野田は獺祭を口に含んだまま、うなずく。

「うちのシステムはさ、ＦＸの商材だけを売るわけじゃないんだよね。これまで蓄積したノウハウをすべて売るということになっているわけ。これって、企業秘密の一つでもあるんだけど、アメリカにジョン・レイっていう人がいて、彼はＦＸの黎明期《れいめい》に一ヶ月で十三億五千万円を稼いで伝説になった人なんだ。その人……まあ、話すと長いんだけど、子供の頃はめちゃくちゃ貧しくてスラム街みたいなところに住んでいて、お父さんもお兄さんも若いうちに麻薬の過剰摂取で死んじゃったんだよ。母ひとり子ひとりの彼がバスケットボールがうまくて大学の奨学金をもらってＭＢＡを取って会社起こしてさ、だけどそれもリーマンショックで潰《つぶ》しちゃって。でも、ＦＸで百億くらい儲けて『自分だけでなくて世界中の人を豊かにしたい、助けたい』ってことで始めたのがこのシステム。日本ではうちでしか扱ってないのね。これはつまり、ジョン・レイの頭脳をここ」と、野田のこめかみを指さした。「ここに埋め込むようなものなわけ。商材を買ってもらうだけじゃなくて、その後もジョン・レイの言葉を定期的にメールで送るシステムになっているから……」

「わかった、わかった」

野田が笑いながら、少し遮った。

「なんか、すごくいいじゃん。やってみるよ」

「え」

あまりにもあっけなくて驚く。

「だから、それ、契約する」

「いいの？　これ、四十二万なんだけど」

「ああ、この間のボーナス使ってないから、それを充《あ》てるよ」

ちゃんとボーナスが出るような会社にいるのだ。十二月になればまたもらえるんだろう、と思うと、旧友に勧誘を掛けていることの罪悪感も少し薄れる。

「じゃあ、四十二万だけど、野田は友達だから三十九万でいいよ」

値引き分の三万は自分で補うつもりだった。それでも、報奨金の八万をもらえれば五万の黒字になる。

「じゃあ、よろしくな」

野田が手を差し出したので、がっちり握る。

「じゃあ、落ち着いた店行こうよ。奢《おご》るからさ。契約書、書いて欲しいし」

新しい契約書と朱肉はどんな時でも持っていろ、というのは柳原からの教えだった。カフェでもキャバクラでも、飛行機の中でも、勧誘することはできる。その時、契約書が手元になく、後日また、ということになるとほとんどの人が考えを翻《ひるがえ》すから、と。

「わかった、わかった。後で書くよ」

「よろしく」

「その前に、ちょっと、トイレ行ってくるわ」

野田が席を外している間に、柳原にＬＩＮＥした。

――今会ってる友達の契約が取れました。

――一日に二件か、すごいな。やっぱり、水野君にしてよかった。君、持ってるね。

返事はすぐに来た。その時また、メルカリのアプリから通知が来た。

「お願いします！　商品が届いておりましたら、受取評価を押してください！　このままではメルカリ運営に相談しなければならなくなります！」

血が滲《にじ》むようなメッセージを見て、少し気の毒になった。自分がうまくいっていると優しい気持ちになるんだな。まあ、このおもちゃも十分楽しんだし、とうそぶきながら、文夫は受取評価ボタンを押した。

野田が戻ってきたので、入れ替わりに自分もトイレに行った。

すっきりして出てくると、テーブルに野田はいなかった。飲み物や刺身はまだテーブルにあって、刺身の一部は乾き始めている。足元にあった彼のデイパックもなくなっていた。

電話でもしに行ったのかな、としばらく一人で飲んだ。刺身の乾いていないところを選んで食べ、酒で流し込んだ。ぬるくなっていたけど、獺祭はうまかった。

「ここにいた人、知らない？」

近くのテーブルを拭《ふ》きに来た若いフィリピン人の女性店員に聞いたけど、首を振るばかりだった。スマホを出して、「野田？　今どこにいるの？　帰ったの？」とＬＩＮＥした。既読は付かなかった。

なんか、あったのかなと思った。もしかしたら、文夫がトイレに入っている間に気が変わって、逃げられたのかもしれない。

ちっと舌打ちする。やっぱり、その場で契約書を書いてもらえばよかった。

店員に手を挙げた。

「お姉さん、お勘定」

血の気が引いたのはその時だ。

文夫の鞄の中には、財布がなかった。

ヴィトンの長財布は、その日柳原に紹介された客から受け取った三十八万と一緒に、消えていた。

「ふみおー、何やってんだよ。早く室外機持って来いっ」

怒鳴られても、返事をすることもできない。

アパートの狭い階段を、一人で室外機を抱えて上るのは、今日、三度目だ。

日中の気温は三十五度を超える、と今朝のニュースでやっていた。今は午後二時。もしかしたら、四十度くらいいっているのかもしれない。

野田に財布を盗《と》られたあと、文夫はバイトも情報商材も全部やめた。そして、エアコン取り付け業者に、見習いとして就職した。

ネットで探すとエアコンの取り付け業者はたくさんあり、未経験者ＯＫのところも結構あった。その中で八王子のこの業者を選んだのは、社長がブログをやっていて、エアコン取り付けの仕事についてのいろいろなことを書いていたからだ。そこには、「第二種電気工事士」や「電気工事施工管理技士」の資格を取ることの手伝いもしてくれるとあった。

「どうしてこの仕事をしたいと思ったの？」

面接にも立ち会った社長はざっくばらんな様子で尋ねてきた。

将来性があって……と言いかけたけれど、結局、「稼げそうだからです」と正直な気持ちを語っていた。

なんだか、嘘《うそ》を言うことに疲れていた。

「なんで、そんなに金が欲しいの？」

さらに聞かれ、もう隠すのも面倒になって、借金のことやら友達に財布を持ち逃げされたことやら、すべてを洗いざらい話していた。

「正直、うちの業界もすぐにはそんなに稼げないよ。見習いの間は日給なら一万円、会社に入っても最初の月給は二十万くらい。まあ、それでも大卒初任給くらいはあるし、十年やってれば年収七百くらいなら出せるけど……フリーになればそれこそ三ヶ月で数百万はいくしさ。でも、すぐは無理よ」

文夫はしばらく迷って、「……自分、て、ものが欲しくて」とつぶやいた。

そして、思わず言ってから気づいた。稼げそうだからじゃなくて、自分に何か、一つでも自信を持ってできることが欲しかったのだと。

社長はそんな文夫の顔をじっと見ていたが、「わかったよ」と言って採用してくれた。

借金はまた増えた。野田に盗られた三十八万に、柳原さんにピンハネされた四万。コーチングの契約をまだしていなかったのが幸いだった。四十二万はまた消費者金融から借りた。これから、毎月少しずつ返していくしかない。今の自分はもう、月二十万以上入ってくることはないのだから。

文夫はいろんなことが嫌になっていた。「いつか金持ちになれる」と夢見ることや、まとまって金をもらうことだけを願い続けていることや、友達をだましたりだまされたりすることが。

しかし、室外機は重い。暑い中、よろよろと担いでいると息もろくにできない。夢だとか、希望だとか、言ってられないくらいだ。

一緒に組んだ親方はそろそろ六十になる人だ。経験豊富だからフリーになれば今の二倍は稼げるそうだが、営業や人との付き合いが嫌いでいまだにこの会社にいるそうだ。社長によれば「あまりしゃべらないけど、技術は確かだからしっかり学べるよ」ということだが、ここ数日、クーラーや室外機を運ぶことしかさせてもらっていない。

「次は業務用だから、ちゃんと見とけよ」

取り付けが終わってトラックの助手席に戻ると、親方がぼそっと言った。

「はあ」

「家庭用エアコンの方が簡単だけど、そっちばっか先にやっちゃうと業務用ができなくなるから。業務用を最初にきっちりやっておけば、家庭用はすぐだから」

彼が初めて口にしたアドバイスのようなものだった。

「それから、お前、脇でじっと見てろ。室外機を運んで終わりじゃないんだ。見て覚えろ」

「……はい」

返事もそこそこに、文夫はトラックの窓から外を見た。246は今日も混んでいる。次の現場もやっぱり暑いに違いない。一雨、来ればいいのに。

「真面目《まじめ》にやってればさ、この仕事は家を一軒建てて、娘を大学にやるくらいならできるんだから」

運転席の親方の言葉が耳に入ってきた。

「……お嬢さん、大学生なんですか」

「上智《じょうち》に行ってる」

初めて彼が笑った顔を見たような気がした。

「すごいじゃないですか」

自分もいつか、家族が持てるのだろうか。

窓の外の空に雲一つないのは変わりがなかった。そのどこまでも澄み切った青空を、文夫は「きれいだ」と思った。

第三話　財布は盗む

人生は五千万を作るゲーム。

野田裕一郎のＳＮＳに固定された投稿だ。数千回再投稿され、一万くらい「いいね」がついた。

日々、誰かしらがバズっているＳＮＳの中では大した数でもないが、野田がＳＮＳをやっていた数年間で一番バズった投稿だったから、記念碑的にそこに残した。

実際、そう思っているし。

一千万でも一億でもなく、三億でもなく、「五千万」というのが良かったんじゃないかな、と思っている。

人の生涯賃金は二億とも三億とも言われているけれど、一億まで貯《た》められる人はそういないだろう。でも、五千万なら、二十代からいろいろなことを諦《あきら》め、努力し、投資すればぎりぎり行けるかもしれない数字だ。だから共感を呼んだんじゃないか。

五千万なら都内にアパートを一棟買える。23区内なら中古、少し郊外なら新築で。利回り八から十%なら、年間四百から五百万入ってくる計算だ。慎《つつ》ましい生活を続ければ十分暮らしていける額だろう。さらにそれを担保に、もう一棟、アパートを買うこともできる。

ＪＴやゆうちょ、ＮＴＴなんかの堅い株に突っ込んで、配当生活もできる。ドル円に気をつければ、米国のＥＴＦ（上場投資信託）なんかでもいいと思う。

ああ、もちろん、家やマンションを買ってもいい。そしたら、このとにかく家賃が高い東京で、働いて稼いだ分は好きなように使える。

すべてを一つに投資しなくてもいいかもしれない。三千万でマンションを買い、残りの二千万をＪＴ株に入れて年間百二十万の配当金をもらう。家賃はかからずに、月十万程度の不労所得を得ることができればそこそこ楽しい生活がおくれるはずだ。

もちろん、東京でなくてもいいのだ。地方に好きな街を見つけて住み、そこにいくつか投資物件を買い、のんびり暮らすのも良い人生だ。

つまり、五千万あれば会社をリタイアできるし、セミリタイアしてちょっとした仕事をしながら生きるのもいい。たとえリタイアしないにしても、それだけ資産があって会社をいつでもやめられると思えば、上司にも堂々と振る舞える。心の中に辞表を隠し持っているようなものだ。

そんな意味の五千万だった。

二十代でそれに気がついた自分を、周りよりはちょっと優位に立っている人間だと思っていたし、つい半年ほど前までは、自分も軽く、そこに到達できると信じていた。

幸い、就職した会社には赤羽に寮があり、月一万の寮費を払えば六畳に小さなキッチンとロフトの付いたアパートに住むことができた。食費は自分持ち、給料は手取りで二十二万くらい。自炊して、寮費と食費、携帯代以外はほとんどを貯金していた。月十万以上は銀行口座に残していたと思う。

「あなたのU@株式投資でセミリタイア」というのが野田のアカウント名だ。フォローしているのが二千人弱、フォロワーが三千人弱という、まあまあなアカウントだった。

それなのに、数ヶ月前を最後に今は何も投稿せず放置している。

——やってしまいました。あなたのUはついに退場です。皆様、短い間でしたが、ありがとうございました。

SNSを見ることはなくても、最後にした投稿は覚えている。

文夫のくたびれた鞄《かばん》からルイ・ヴィトンの財布を盗《と》った後、野田はまっすぐ赤羽駅に向かった。最初に来た電車に乗って、新宿で降りる。行き慣れている南口を出て雑踏に紛れ込み、目に付いたマクドナルドに入った。百円のアイスコーヒーを注文し、二階に上がって窓際《まどぎわ》のカウンター席に座る。

下を見降ろせばさまざまな飲食店や家電量販店があり、行き交う人々がいた。しばらくそれを眺めていたら、やっと動悸《どうき》が収まってきた。

デイパックのファスナーを開くと、それはあった。

ピカピカの財布で新品にしか見えなかった。デイパックの中に入れたまま、手を突っ込んで開いてみた。

金字で「M・H」とイニシャルが入っているのが見えて、思わず顔をしかめてしまった。

なんだよあいつ、イニシャル入れてたのかよ、これじゃ俺は使えないし、売ってもたいした値段にならないだろう。しかも、M・Hってあいつ、水野文夫だろ、ちょっとちがうんじゃないか。

「馬鹿《ばか》だなあ。だせえし、使えねえ」

小声で言ったのに、隣に座っていたリクルートスーツを着ている女子大生にちらっと見られてしまった。

札入れのところを開くと、ぎっしり一万円札が詰まっていた。

「よしっ」

もう声は出すまいと思っていたのに、思わず出た。文夫が財布を開いた時にちらっと見えていたから期待はしていたのだが、期待以上だった。

ぎいっと音がして顔を上げると、女子大生が椅子《いす》を引いて出て行くところだった。

もうかまわない、どうせ二度と会う人間でもないだろう。それより金の方が気になった。やっぱり、四十枚くらいありそうだ。あいつは金を持っていそうだと思っていたけど、これほどとは思わなかった。これで結構しのげそうだ。

ここ一週間、同じように友達を呼び出しては、相手がトイレに立つなど、ちょっとした隙《すき》に金を財布から抜いては姿を消す、ということを続けていた。借りられるところからはすべて金を借りて、もう、そのくらいしか現金を手に入れる方法がなかった。

その後友達から何度も電話が入ったりしたけれど無視していた。金を盗られた旧友たちが気がついて、SNSに「あいつ、おかしいぞ、気をつけろよ」と書き込んでいるのを一昨日《おととい》見つけて、もう窃盗はできないと思った。

諦めかけながら最後に文夫を呼び出してみたら、すぐに来てくれた。

文夫は情報商材のネズミ講をしていると噂《うわさ》になっていて、同級生たちは誰も相手にしていない。昔から友達の少ない、いつも馬鹿にされているやつだった。きっと、俺の悪評も届いていないに違いない、という読みは当たっていた。

それでも、店に着くまではドキドキした。もしかして、同級生たちと一緒に待っていたり、警察に連絡して待ち伏せされていたら、と思ったら怖かった。

でもあいつはなんの警戒もせずに、あほづら下げてやってきた。ＦＸの商材？　嗤《わら》わせるな。こっちは株のプロなんだ。一時は四十五万の資金を四千万までのせたんだ。俺自身がテンバガーなんだよ。ＳＮＳでもたくさんの人にフォローされていたし、あの相場の天才「デス」さんや「アラシ」さんにも再投稿されたこともあるんだよ。

あのあほづらがＦＸの解説をしていた時には、何度も吹き出しそうになって困った。お前、俺に投資の話をするとか、百年はええんだよ。結果、思わず途中でさえぎってしまったけど、あんな馬鹿話よく我慢したよな、俺。

頭の中で、文夫を罵《ののし》っていると気持ちが落ち着き、少し愉快な気持ちにさえなってきた。だけど、それは麻薬のようなもので、アイスコーヒーをすすって、一瞬、頭が空っぽになるとさらなる不安が襲ってきた。

ここ数日はいい。だけど、その後は？　もう、同級生たちから金は盗れない。文夫が最後だったのだ。

だいたい、今夜はどうする？　どこに泊まって、どこに寝る？

さっき文夫と飲んだから、腹は減っていない。

会社の寮は昨日、出ていた。昨夜は漫画喫茶に泊まったけど、今夜は無理かもしれない。ああいうところは身分証がいるし、監視カメラもしっかりしている。もしも、同級生たちに被害届を出されたりしたら、一発で捕まってしまう。

もう一度、デイパックの中を見た。

現金があるうちに地方に移動した方がいい。

はあっと息を吐いて、野田はファスナーを閉め、それを肩にかけて立ち上がった。

さっき出てきたばかりの新宿駅に向かい、品川までの切符を現金で買った。前はクレジットカード機能のあるＳｕｉｃａのオートチャージだったけど、カードは限度額いっぱいまで使ってしまって、Ｓｕｉｃａの残高もなかった。

品川駅に向かうホームの椅子に座って、画面がバキバキに割れたスマホを出し、じっと眺めた。今ここですべてのデータを消して捨てていくべきじゃないだろうか、と思った。

文夫と電話してから電源は入れていない。その間にも、たくさんの同級生や同僚から着信があるのはわかった。だけど、誰も自分のことを心配して連絡をくれているわけではないこともわかっていた。

ほとんど、電話の役割は果たしていない。それどころか持っていたら、GPSで所在を突き止められてしまうかもしれない。だけど、スマホを捨てたら、いったい自分に何が残るだろう。

電話番号やメールアドレスだけじゃない、他にもいろいろ情報が入っているのだから、と言い訳してデイパックに戻す。

まあ文夫はともかく、他の友達からは数千円から多くても二万くらいしか盗っていない。そのくらいで警察に被害届を出す人間なんていないと思い込むことが、今の精一杯だった。

野田もずっと前から株式投資をしていたわけではない。

最初は些細《ささい》なことからだった。

会社に入社した頃から、将来や老後のことを考えて貯金をしていた。半年くらいで普通預金に三十万円が貯まって、少しだけ欲が出た。

銀行の定期預金もいいが、利回りは〇・一%もないくらいだ。もう少し金が増える方法はないものか。

アベノミクスだなんだと世間が騒いでいる時期だった。株は怖いけど、そこまで行かなくても他に何かあるんじゃないか。

そんな時に男性誌のマネー特集で見た、「投資信託」というものに野田は夢中になった。

月々五万円ずつの貯金を利回り七%で回すことができれば、三十年後には六千万以上になる……その記事の脇《わき》には右肩上がりのグラフが一緒に付いていた。

つまり、今と同じように貯金していけば自分は五十過ぎで六千万ものお金を手にできるのだ。

ずっと、自分の将来には悲観的だった。このまま一生働いていても、たいして年金ももらえそうにないし、老後は一人で孤独に死んでいくのかな、と半ば諦めていた。

それが三十年後、六千万くらいの金が手元に残る可能性が出てきて、急に目の前が大きく開けたような気持ちになった。

記事には続きがあって、全世界やアメリカの株式に広く投資するタイプの、手数料も信託料もほとんどかからない投資信託の利回りがだいたいそのくらいだという。もちろん、その記事の脇には「投資には為替や景気の影響がでるから要注意だぞ！」という注意書きが、水着姿の女性のイラストの口から吹き出しのように出ていたし、もちろんリスクがあることは野田もわかっていた。

けれど、やってみるしかないじゃないか。だって、自分たちはもう、昇給だとか年金だとかに期待なんかできない世代だ。自衛するしかない。それだけ貯めておけば、なんとかなるんじゃないか。

野田は扱っている投資信託の種類が多く、手数料も安いネット証券、Sに口座を開いた。月五万のうち、二万を全世界の株式に投資するインデックスファンド、二万をアメリカ株のS&P500に連動しているインデックスファンド、一万をトピックスに連動するインデックスファンドに積み立てることにした。

これがまた、当時はおもしろいように増えた。

円安はどんどん進んでいくし、日経平均も二万に届こうかというくらいに上がっていく。

目に見えて増えていく残高を見て、野田は五万だった振込額を八万に増やした。

無駄遣いは一切しなくなった。友達と飲み歩くようなこともなく、会社の飲み会も可能な限り断った。中古の炊飯器をメルカリで買ってご飯と納豆、卵、インスタント味噌汁《みそしる》で食事をした。体調はむしろ良くなったように思う。

その頃からSNSを始めた。

最初は「U@二十代節約リーマン」というアカウント名だった。同じように投資信託に投資している人を中心に、節約アカウントや米国株アカウント、積立投資アカウントなどをかたっぱしからフォローした。おかげで投資や節約の知識、米国の個別株、優待株、サラリーマンにもできる副業、ふるさと納税、NISA、iDeCoを使った節税方法などの情報もどんどん入ってきた。

節約アカには女性もたくさんいて、主婦やOLから節約料理を教えてもらえたり、クレジットカードのポイントを集めたり、スマホのアプリでお得な割引クーポンをもらう方法なども知った。料理の腕やレパートリーもぐっと上がった。もやしのおいしい炒《いた》め方や、豆苗《とうみょう》の育て方を学び、栄養バランスも考えられるようになった。

自分は一冊の雑誌を読んだだけで始めてしまったけど、ノーロード、つまり販売手数料がかからないインデックス投信の積み立て、という今のやり方はそう間違ってもいないらしいということもわかってきた。

もしかしたらあの頃が一番楽しかったかもしれない。

景気はずっと右肩上がりだったし、SNSの投資アカにも活気があった。

皆、投資している自分たちを誇っていて、投資をしない、やる気もない、勉強もしない、その他大勢を少し馬鹿にしていた。

――この間、後輩に「○○さん、貯金とかしてるんですか」って聞かれて、（え、なんでそんなこと知ってるの？）とか焦《あせ》ったんだけど、「S&P500とかにちょっとね」と答えたら「教えてくださいよ」って言うから、格安SIMとふるさと納税とiDeCoの仕組みだけ教えて「浮いたお金だけでもNISAに入れてみたら？」ってアドバイスした。それなのに「あー、自分にはできそうもありませんね」って最後に言われてずっこけたわ。

――結局、目覚めないやつって絶対、目覚めない。いつまでもつまんないもの（ローンで自宅を買う、車を持つ、保険に入る）に金を使って、老後はかつかつの人生なんだ。

そういう投稿が何千という「いいね」を集めていた。

野田も、それはちょっと言いすぎじゃないか、と思いつつ、自然に指が「いいね」を押していた。やっぱり、どこか投資している自分を誇る気持ちがあったのかもしれない。彼らのバイブルは『金持ち父さん　貧乏父さん』で、たいていの人がプロフィール欄に愛読書として挙げていた。

野田は自炊だけでなく、光熱費やスマホ代も節約して、休日は図書館で借りた投資の本を読んで過ごした。

そうして、一年ほど経《た》ち貯金が百万を超えた頃から、これまで楽しかった節約と投信積み立ての生活に時々、ヒリヒリするような痛みを覚えるようになった。

投資信託や節約アカウントの人たちは、他の投資アカに比べればわりに穏やかな人が多い気がしたが、それでも時々、三十代で資産三千万あります、とか、二十七で資産二千万なんですけど少なすぎるでしょうか、などと煽《あお》っているのか、マウントなのか、自慢してくる人間が現れた。穏やかに節約生活をしている人たちが案外、高給取りのエリートなのだということも少しずつわかってきた。

投稿にちらりちらりとはさまれる言葉で、年収一千万以上じゃないか？　とか持ち家じゃないか？　と匂《にお》わせられた。目元を隠したヨーロッパ旅行の家族写真がさりげなく貼《は》られると胸騒ぎがした。今まで自分と同じくらいの年齢の独身リーマンかと思っていた相手だったのに。

自分の属性を明らかにしているフェイスブックほどではなくても、匿名《とくめい》のＳＮＳの人も時々そういう見栄《みえ》を張るんだな、と悲しくなった。野田も学生時代に一応、フェイスブックのアカウントを作って、地元の人間とつながっているが、次第に自慢大会になることに嫌気がさして、クラス会の連絡くらいでしか使っていなかった。

年収一千万、持ち家、東大早慶卒……そんな人たちに自分の入金力ではとても追いつかない。やっと見つけた、安住の地に隙間風が吹いているような気がした。

株式投資は怖くてずっと手控えていたが、優待株に少し興味を持ち始めたのがその頃だった。何かで逆転しなければならない、という焦りもあったのかもしれない。

ちょっと調べて、野田は日本マクドナルドの株が欲しくてたまらなくなった。優待をもらうのに必要な百株で四十万以上もするけど、半年に一回、なんでも好きなバーガーとサイドメニューとドリンクがもらえるチケットが六枚付いてくる。自炊に飽きてたまには外食したい時、マクドナルドならちょうどいい。

投資を始めて一年ほど経った十二月の月末、優待の権利が落ちて、株価が少し下がったところでボーナスの四十万を使ってマクドナルド株を買った。一度にそんな金額を投資したことはない。本当に清水《きよみず》の舞台から飛び降りるような気持ちだった。

しかし、次の年すぐに、それはするすると五万ほど上がった。これなら、優待チケットをもらうまでもなく、マクドナルドに行けると思って、野田は売却した。わずか数週間で四十万が四十五万になった。

それが株との最初の出会いとなった。

品川駅に着くと、足は自然に新幹線乗り場に向かった。

途中、華やかな土産物売り場やにぎわっている弁当売り場を通る。今の自分には、土産を買うような相手はいない、と唐突に思う。

切符売り場の路線図を見上げた。

いったい、どこに行こう……。

大阪？ 広島？ それとも九州方面だろうか。

なんだか、頭がくらくらしてきた。もしかして、今頃になって酒が回ってきたのだろうか。

「大丈夫ですか」

気がついたら、切符売り場の前にしゃがみ込んでいて、制服を着た駅員に顔をのぞき込まれていた。

「あ、大丈夫です」

なぜか、恥ずかしくてたまらなくなって慌《あわ》てて立ち上がる。

「救護室でお休みになられますか？」

「いいえ、本当に大丈夫です」

野田は親切な駅員を振り切って、逃げるように今来た道を戻り、土産物店の並びにカフェを見つけて入った。今度は本格的なコーヒーを入れる店で、店の名前を付けたブレンドを適当に頼んだけど、六百円もした。

それを窓際の、行き交う人が見える場所で飲んだ。

いったい、どこに逃げたらいいんだろう。コーヒーで少しは頭がすっきりするかと思ったけど、混沌《こんとん》は深まるばかりだった。

この店でもヴィトンの長財布を取り出し、そこから一万円札を出して支払った。おつりは札と小銭でじゃらりと重かったが、何事もなかったかのように長財布はそれを飲み込んだ。

気がつくとぼんやりとデイパックの中のそれを見つめていた。

あの文夫はいったいどうしてこんな高い財布を買ったんだろう、と思いながら。

文夫と同じクラスだったのは、中学一年生の一時期だけだ。

もう最初から「負け組」みたいな男だった。

入学式が終わり、各自のクラスに入った時、皆、小学校からの知り合いと挨拶《あいさつ》したり、はしゃいだ声を出したりしているのに、文夫だけはぽつんと一人でいた。野田は、彼が越境か転校で来た人間かと思っていたくらいだ。最初の一学期だけ、彼も野球部に入っていたが、それもすぐやめてしまった。

誰からともなく、彼が生活保護を受けている、という噂が回ってきた。子供の頃から一部の男子にめちゃくちゃいじめられていたということも。

しかし、そんな噂のせいだけではなく、文夫は元からおとなしくて誰とも友達にならなかった。なんだか、すべてを諦めていて、すべてを受け入れているかに見えた。けれど、あれがなかったら、彼はもっと楽に中学時代を過ごしていたのかもしれないなあ、という出来事が一つあった。

一年生の文化祭の前、文夫が唐突にクラスの文化祭実行委員に立候補したのだった。そういう面倒なことは誰もやりたがらないから、すぐに決まった。

休み時間になると、クラスは男女別のいくつかのグループができあがる。実行委員に決まった翌週、今までどのグループからも外されていた文夫が、そのグループ一つ一つに話しかけた。

「今、このクラスでやる出し物についてアンケートを採っているんですよ!」

ご丁寧に、メモ帳とペンまで持って。しばらく黙っていた人の、急に出した声が見当違いに大きかったり高かったりするように、異常に甲高《かんだか》い声だった。

文夫は最初、教室の前の方でかたまっていた、女子の中でもおとなしい、美術部と華道部に所属するグループに話しかけた。彼女たちは礼儀正しかったし、地味だけど優しい人が多いから話しかけやすかったんだと思う。

彼女たちは彼の甲高い声に面食らいながら顔を見合わせ、でも、無視したりせずに「喫茶店とか……何かの展示……？　とかかな」と答えていた。

「はいっ！　喫茶店と展示ですね！　わっかりましたっ！」

異常にテンションの高い文夫の声はクラスに響き、クラス中が微妙なさざ波のような笑いに包まれた。

彼は次に、その隣に陣取っていた、卓球部とバレー部の女子たちのところに行った。クラスのヒエラルキーのトップグループではないが、明るい子がそろっているグループだ。

「今度の文化祭ですけどお、うちのクラスでも何かやろうと思うんですよ！　何かご希望はありますでしょうかっ」

その時はすでに、クラスの誰もが文夫に注目していたと思う。

妙に甲高い声、妙に丁寧な言葉使い、妙にハイテンションな顔……中学生が「そうなりたくない」すべてがそこにあった。

今でも、文夫がなんであんな方法でクラスの出し物を決めようとしたのか、不思議に思う。ホームルームは毎朝必ずやっていたし、そうでなくても、放課後にちゃんと時間を取って、担任の先生の前で希望を募り、決を採ることはできたはずだ。文夫はとりあえず、皆の提案を聞いてまとめておいて、改めてホームルームで採決しようとしたのかもしれない。今となっては何もわからないが。

「ねえ、水野君、文化祭のクラスの出し物、絶対やらなくちゃいけないの？」

クラスで一番華やかな女子のグループが彼に話しかけた。彼女たちは弓道部の一団で、弓道部は我が校が唯一《ゆいいつ》県大会で上位に食い込める部活だったから、男子も女子も態度がでかかった。

しかし、文夫には聞こえてないみたいだった。クラスの中レベルの女子に話しかけることで精一杯で、他にまで神経が行っていなかったんだろう。

「ねえ、水野君、水野君」

クラス一番の人気者で美人で、そこそこ成績もいい麻木《あさぎ》さんが次第にイライラしていくのがわかった。彼女としては、文夫なんかに無視されるわけにはいかなかったんだと思う。

「ねえ水野君、水野……水野！」

最後に怒鳴り声を出して、やっと文夫は振り返った。

「なんですか」

「だからあ、その出し物、絶対やらなくちゃいけないの？」

「あー」

文夫は、言いよどんだ。

「絶対なの？　それって、法律かなんかで決まってるの？」

麻木さんはにやにや笑いながら、文夫を追い込んでいった。

野田はその時気づいた。文夫のペンと手帳を持つ手がブルブル震えているのを。いや、たぶん、クラスの誰もが気づいていたと思う。声をほとんど出せず、身体《からだ》もかたまっている文夫の手だけが動いていた。

「絶対ではありませんが」

ささやくような声で、文夫はやっと言った。

「じゃあ、やめよ。やーめよ。あたしたち、水野と違って部活忙しいし、めんどい。やめよーよ」

「でも……」

「やめたい人！」

麻木さんが勝手に採決を捉して、クラス中の人間が一斉に手を挙げた。

そこでチャイムが鳴った。タイミングが良すぎて、皆がどっと笑った。

次の授業はたまたま担任教師の社会の授業だった。

「どうした？」

教室に入ってきた担任の三十代男性教師は、クラスがなんとなくざわざわしているのに気がついたのか、そう尋ねた。

一瞬の沈黙の後、麻木さんが答えた。

「せんせー、文化祭の出し物って、絶対やらなくちゃいけないんですか？」

「いやあ？」

教師は困ったように、皆を見回した。

「絶対じゃないけど、せっかくだから、やったらどう？」

そして、何事もなかったかのように授業が始まった。

それから文化祭が終わるまで、クラスの中はなんとなく気まずい空気で過ぎた。

文化祭の出し物について、文夫はもう二度と何も言わず、委員になる前以上におとなしくなった。たぶん、心が折れてしまったんだと思う。だけど、担任は「やったらどう」と言っていたし、どうなるんだろう……あの麻木さんの採決って、本決まりなの？　皆、気になりながら、何もせず、誰も言い出せずに、一週間二週間と時間は進み、文化祭当日まで来てしまった。

　他のクラスがお化け屋敷やら喫茶店やら、楽しそうな出し物を企画して、連日、夕方遅くまで作業しているのをただ見ていた。部活の方でなんらかの出し物をする人はまだよかったけれど、部活に入っていない連中はすることもなかった。

　担任が文化祭の数日前に「本当にやる気がないな、お前ら」と朝のホームルームで苦笑いした時、皆、どこか居心地悪そうだった。あの時は勢いで手を挙げてしまったけど、何かやった方が良かったかな、とほとんどの人は思い始めていた。

　文化祭当日、文夫を学校内で見ることもなかった。たぶん、欠席していたんだと思う。

　本来なら麻木さんを恨むべきだろうが、誰もそんなことは言わなかった。だって、皆、一度は手を挙げたのだから。だから、本来なら自業自得《じごうじとく》だったけど、でも、なぜか皆、文夫を恨んだ。

　あんなやつが文化祭実行委員でなければ、あんな進め方をしなければ、自分たちの「青春の一ページ」を飾れたのに、と思った。

　その日を境に文夫ははっきりと、教室でハブになった。

文化祭のせいでもないだろうが、そのクラスでは今の今まで一度も同窓会をやったことがない。クラスにまとまりも生まれなかったし、文夫をハブにしていた、ということも後ろめたかった。

次にその彼の名前を聞いたのが、フェイスブックのメッセージだ。

——水野がなんか、やばい商材売ってるよ。呼び出されたら、勧誘だった。要注意。

そういう文章が一斉に送られてきた。

——水野ってなんだっけ？

——ほら、あの文化祭実行委員の。

それだけで、皆の膝《ひざ》を叩《たた》く音が聞こえたような気がした。ああ、あいつか、と。

——水野、どんなだった？

すでに連絡が行った同級生に誰かが聞いた。

——声は普通だったけど、相変わらずハイテンションでさ、ＦＸの絶対儲《もう》かる商材とかだって。

——やばいじゃん、あり得ない。

——wwwww
本当は赤羽で文夫とすれ違ったことがあったけど、なぜか、それを野田は言い出せなかった。

どうしてだったんだろう、と野田は考える。

――今、同じ駅に住んでいて、時々見かけるよ。一度は挨拶した。

などと言えば、きっと「水野、どんなだった？」「今、何してるって言ってた？」と根掘り葉掘り聞かれるだろうし、そこで皆に情報を提供するのもいやだった。

やはり、文夫を一時はハブにしていたことを後悔していたのだろうか。


コーヒーは特別焙煎《ばいせん》のはずなのに、なぜか、おいしいと思えない。ろくに香りも味もしない。少し前から風邪気味だからかもしれない。

野田は何回目か、デイパックの中を見る。それはやっぱり、そこにあった。

俺だって、あんなことがなかったら、文夫から財布を盗ったりしなかった。

あれは、野田がマクドナルド株を売買してから数ヶ月のころだったと思う。

深夜番組に、株式投資の風雲児として、アラシ池田という男が出ていた。野田もその番組を観《み》たくて観ていたわけではない。残業で深夜に帰ってきて、小腹が空《す》いたのでコンビニのアプリのクーポンでもらったカップラーメンを作った。それをすすりながら、テレビをザッピングしていたら「株式投資で数億の財産を築いた……」というナレーションが聞こえてきて手を止めた。

その男は自宅マンションの一室と思える場所で顔にモザイクがかかったまま、昨年は一億ほどの儲けがあった、とたんたんと話していた。番組では彼の生活を追っていたが、それだけの財産を持っているのに、家賃月十万ほどの部屋に住み、昼食は箱買いしたわかめ入りのカップラーメンだった。

そのカップラーメンの銘柄がちょうど自分が食べているのと同じ、百五十八円のものので、野田は妙な親近感を覚えた。

アラシ池田は今年はこれまで五千万近く損失を出してしまったがあまり気にしていないこと、全体としては三億くらいの資金があること、金があっても「物欲はまったくない」ので特に欲しいものはない、ただ自分がこの世に生まれたことの意味を見いだすため、複数のベンチャー企業に投資していることを話した。

気取りのない、正直な人物に見えた。

「自分、たぶん結婚もしないし、子供も作らないと思うんですよね。ただ、株に特化して金は稼ぐことができる。だとしたら、自分ができる社会貢献て、世の中をよりよくしそうな企業に投資することくらいしかなくて。まあ、そっちは正直、まだほとんどプラスは出てないし、利益は返ってきてないんですけど、気にしてません」

この人、自分に似てるな、と思った。

もちろん、株の才能とかはぜんぜんレベルは違うけど、家族とかに期待してないところとか。でも、社会奉仕までは考えたことがなかった。そこまで余裕がなかったな……すごい人だと麺《めん》がのびるのも気がつかないくらい見入った。

野田は、SNSでアラシ池田を検索し、フォローした。

次の日から、彼の投稿をチェックした。

アラシ池田はやはりくり返し「社会貢献したい」とつぶやいていた。企業だけでなく、ブラック企業に勤める若者やシングルマザーなど、個々の人間にも何かできることはないか、と考えていると言った。「結局、そういう人に株のやり方を教えるしかないんじゃないかって思っています」と書かれていた。

しばらくすると彼は一つの銘柄を指定した。

——情報入りました。Q、来そうです。

Qはバイオ株だった。野田が検索すると、百株八万円ほどで、買えなくもない金額だ。だけど、最初はそう簡単には手を出せなくてじっと見るだけだった。

しかし実際、アラシ池田が投稿してからQはみるみる値が上がった。九万、十万、十一万……「なんであの時、買っておかなかったんだろう」野田が唇を噛《か》みしめている間に数日間で十二万近くまで上がり、アラシが「そろそろですかねえ。気をつけてね」と言うと、今度はすうっと株価が下がってそれは六万になった。

次の日、ＳＮＳの彼のタイムラインはまさに絶賛のアラシだった。「アラシさんのおかげで十万ゲット。これで次の軍資金ができました」「シングルマザーです。手持ちがなく、百株だけ買いました。でも、おかげで三万ほどを手にすることができました。これで娘を修学旅行に行かせてやれます、ありがとうございました」そういう投稿を彼は何十と再投稿した。

――Ｑ祭り、楽しかったね。また、次の祭りをお楽しみに！

彼の投稿に「ありがとうございます！　またお願いします」「待ってます。アラシさんについていきます！」という言葉が続いた。

野田はマクドナルド株を売って得た四十五万を握りしめて、じっと次の「祭り」を待った。それでも、次の週の「情報入りました。Ａです。僕も頑張るので皆も頑張って」という投稿にしばらくは反応できなかった。

Ａもバイオ株で、百株で四万ほどだった。アラシは自分でも豪語している通り、バイオに強かった。もしかしたら、何か秘密の情報が入る伝手《つて》があるのかもしれない、と勝手に想像していた。千百株くらい買えるな、と思ったけれど、実際に買ったのは二百株だけだった。マクドナルドの株しか買ったことがない野田にとって、名前も知らない会社の株を買うのは冒険だった。

これもまた、その日から五万、六万と上がり、七万まで来た時、アラシは「気をつけて」と投稿した。

野田はすぐに売却し、たった二日で六万を得た。

嬉《うれ》しい気持ちはもちろんあったが、一番最初に押し寄せたのは悔しさだった。なんであの時、自分はアラシさんを信じられず、全額Aに行けなかったのか。千百株買っていれば三十万以上の儲けになったのに……これがアラシさんの言う「機会の損失」だと思った。駄目な人間はそこにチャンスがあってもわからないのだ。

次の祭りではもちろん、五十一万、全額をかけた。次の次の祭りではそれまで順調に利益をあげていた投資信託を解約し、自分が持っている金のすべてを突っ込んだ。さらに次の祭りまでの間に、野田は証券会社に新たな申し込みをし「信用取引」ができるようにした。それで、証券会社の口座にある金額の約三倍の取引ができるようになった。

信用を使うようになって、野田の財産は飛躍的に増えた。資産は四千万近くになっていた。

SNSのアカウント名も「あなたのU@株式投資でセミリタイア」に変えた。そして、プロフィール欄には「二十代独身リーマンです。アラシ池田さんの生き方に憧《あこが》れて株式投資を始め、四十五万→四千万にしました。三十代FIRE狙《ねら》っています。皆で天下を取りましょう！」と書いた。

仕事中もそれ以外も、可能な限りアラシの投稿をチェックし、彼が何か言うたびに「いいね」を付けるか、「さすがアラシさんですね！　自分も見習いたい！」などアラシを持ち上げるコメントを付けて再投稿した。

相変わらず、無駄遣いはしなかった。ほんの少しでも金があればアラシ推奨の株を買いたかった。株投資の資金以外は無駄金だと思っていた。

節約生活は変わらなかったのに、SNSの節約仲間は少しずつ減っていった。これまでフォローしてくれて、「一緒にがんばりましょう」と言っていた節約アカが一人二人といなくなった。フォローを外された、と気付いたときにはショックを受けたが、次第に気にならなくなった。逆にアラシをフォローし、彼の投稿を再投稿しまくる「仲間」ができたからだ。

――友達って、結局、その時々でふさわしいものができるんだと思う。自然とね。数ヶ月前にぴったり合っていると思ってた人が、今日は合わなくなっているなんて普通。僕はどんどんフォロー相手も変えていく。服を着替えるようにね。

ある日のアラシの投稿に百万回いいねを押したい気持ちだった。野田も自分のフォロワーを総取っ替えするくらい、整理した。ほとんどがサラリーマンの早期リタイアを目指しているＦＩＲＥ勢だった。

資産が三千万を超えた頃、五十万ほどの腕時計を買った。自分へのご褒美《ほうび》に。それを写真入りでＳＮＳにアップした。

——今まで何も買ってなかったけど、三千万突破を記念して、一つだけ自分へのご褒美。

アラシの信者仲間たちにたくさん「いいね」をつけてもらったし、「さすがですね。憧れます！　自分も続きます！」とコメントしてくれた人もいた。なんだか野田自身も信者を抱えたような気持ちになった。

そうだ、あの頃はあれが「努力の結果」だと思っていたのだ。自分の努力で、自分の才能。下手をしたら、自分は「株の天才」だと思っていた。ただ、あの詐欺師《さぎし》の言いなりになって株を買っていただけなのに。

その日は、アラシが前場《ぜんば》で指定してくれたＲという会社の株に資金全額を信用で突っ込んだ。二時頃、ちらっとＳＮＳを見た時にはまだ何もなかった。アラシもいつものわかめラーメンを食べてその空の容器をアップしていたくらいだった。その画像は「アラシ神の托鉢《たくはつ》」と呼ばれ、信者たちは必ず「いいね」をつける。今日はもう「気をつけて」はなさそうだな、と思った。普段は「祭り」は数日間続くのが当たり前だったからだ。

実際、その日は何事もなく終わり、「祭り」は二日目に突入した。午前十時頃、証券会社のアプリを開くと、そこには四千九百万の数字が見えた。

「よしっ」

思わず、仕事中にも拘《かか》わらず、PCの陰で上司に隠れて投稿してしまった。

——自分、もしかしたら五千、今日中にいけるかもしれないっす。

そう投稿した上に、自分の固定投稿があった。

——人生は五千万を作るゲーム。

だとしたら、自分は勝ったのだ。

しかし、凋落《ちょうらく》は思った以上に早く来た。あまりにも簡単に。あまりにも普通に。

午後すぐにアラシは「そろそろ気をつけて」と投稿したらしい。野田は会議でそれを見逃した。さらに会議後、課長に呼び止められて、「最近、たるんでない？」と三十分ほど叱《しか》られた。仕事中にSNSを開いているのを見られていたようだった。会議室から出ようとした野田を一年先輩の男が呼び止めて「今からイシゲシステムに行くからついてきて」と言った。

そして、後場《ごば》が終わる直前の午後二時半ごろ、イシゲシステムを出て会社に帰る電車の中で先輩の話を聞きながらアプリを開くと、レバレッジをかけて投資をしていた野田の口座は、半値……二千五百万ほどになっていた。

あの時すぐに株を全部売っていれば、と今でも思う。

そしたら、出血を止めることができ、再起の可能性も見えたはずだ。

一方であの時の自分にはやっぱりできなかったろうな、とも思う。まだ株をやって一年数ヶ月、信用を始めてからは一年ほどだ。すぐに損切りするような勇気はなかった。

電車の中で、野田はスマホを取り落としそうになった。隣で先輩がずっと話し続けていたけど、内容は頭に入らなかった。

さっきまで五千万近くの残高があった口座が半分……何かの間違いかと思った。でも何度観ても同じだし、その数分の間にも数字はどんどん落ちていった。

「おいおい、野田、大丈夫か」

気がつくと、先輩が自分の肩を揺らしていた。

「顔色悪いぞ、なんか、真っ白だ。貧血かなんかか」

野田はそっと笑って見せた。

「大丈夫です……でも、ちょっと気持ち悪いので」

それは嘘《うそ》ではなかった。吐きそうだった。

「次の駅で降りて、少し休んでいいですか」

一緒に降りるという先輩を振り切って、一人で降りた。駅のベンチでしばらく頭を抱えた。

そうしているうちに後場が終わり、野田の口座は二千万ほどになっていた。

次の日になっても野田はまだ損切りができなかった。もしかして、また、値が戻るのではないか、と願った。でも、Rの株価はまったく上がる兆《きざ》しがなく、ずるずると下がった。翌日には追証《おいしょう》が発生した。追加で保証金を入れなければ強制決済され、赤字や借金が確定してしまう。

――やってしまいました。あなたのUはついに退場です。皆様、短い間でしたが、ありがとうございました。

最後に投稿したのは、この時だ。それからがまた地獄だった。

銀行、カードローン、消費者金融、親兄弟……ありとあらゆる場所から金を借りまくって、なんとか証券会社に金を納めた。それでもRの株価は下がり続け、結局、損切りすることになった。三百万以上の借金だけが残った。

もちろん、借りた金の返済期限はすぐに来て、野田は毎日のように金策に駆け回った。

会社にも前借りを頼んで断られ、話が漏れたのか上司や同僚によそよそしくされるようになった。さらに、唯一仲の良かった同期に借金を申し込んで断られ、次の日、上司に呼び出された。「社内で借金なんかしようとするな」と厳しく叱責《しっせき》され、ますます会社にいづらくなった。思いつめて退職届を出すと、一週間以内に寮から出ることを求められた。誰も止めてくれなかった。

その一週間で学生時代の友達を可能な限り呼び出して、金を盗んだ。

資産を失った後にやっと、アラシ池田のことをちゃんと調べた。

すると、名前で検索しただけで、ぞろぞろと悪評が出てきた。

――アラシ、あれ、やばいだろ。仕手《して》まがいだよ。

仕手という言葉さえ、野田にはわからなくて検索した。「人為的に作った相場、株価操作」のことらしかった。

――アラシちゃん、そろそろあぼーん、まだあ？

――アラシ、警察に事情聴取されたって噂ある。

――まじか。あれ、やばかったもんなあ。

――紹介したテレビ局はおとがめなしか、信じられないな。詐欺の片棒、担《かつ》いだようなもんだろう。

なぜ、この悪評の数々が、かつての自分の目に入らなかったのか、わからない。いや、もしかしたら入っていたのかもしれない。ただ、彼に関するマイナスの評価は目にしても頭に入ってこなかった。

だんだん彼の手口がわかってきた。アラシは自分がこれと決めた株を「そろそろ来そうだ」と指名する。そして、自分の資産も使って大量に買い進める。値段が上がってきているのを見て、彼の何万というフォロワーも一緒になって買う。上がりきったところで「気をつけて」と言う……もちろん、彼自身はその前に売り抜けているから損をすることはない。

ものすごく簡単にできることだ。アラシは相場の天才なんかじゃなかった。もちろん、自分も天才なんかじゃなかった。

仕手の摘発はむずかしく、逮捕までいくのはまれらしい。ＳＮＳやブログのおかげで、市場を操作することはさらに簡単で巧妙になった。

しかし……と野田は思う。

いまだにアラシ池田を心から悪く思えない。

自分は下手こいたと思うけど、中には上手《うま》く利用し逃げ切って一財産築いたやつもたくさんいたはずだ。

いったい、それのどこが悪いのだろう。

俺らの世代は、そうでもしなかったら絶対に富なんかつかめないのだから。

自らが被害者になってもなお、野田はそう思わずにいられない。いや、被害者とも思えない。自分は自分のせいでこけたのだ。

野田はデイパックからヴィトンの長財布を取り出した。中から金だけ抜き取る。それを自分の二つ折りの布製の財布に移した。大学時代から使っていて角がすり切れている。高級時計を買った時、資産が五千万になったら、次はブランドものの長財布を買おうと思っていた。けれどその機会は来なかった。

——文夫、悪いな。金はもらっておく。なんでかって言えば、これは俺が生きるために必要だからだ。俺はもう必要なものは遠慮なくもらうことにしたんだ。そうでもしなくちゃ、この世の中、生きていけないからな。それをお前もちゃんと覚えておけよ。

財布の中には消費者金融のカードが一枚だけ入っていた。それもいただく。もしかしたら、今後、使える時がくるかもしれない。

——これから俺は鬼にならなくちゃいけない。そうでなければ生きていけないんだよ、文夫。お前もわかってるだろ。失敗したり、騙《だま》されたりしたやつが悪いんだ。

考えてみれば、文夫は野田が唯一見下すことができる男だった。物のように扱える男だった。だから、同級生の誰にも彼の存在を教えなかったのかもしれない。

空になった財布を持って、野田はカフェを出た。新幹線の乗り換え口に行って、大阪までの切符を買った。それを使って改札の中に入る。

長財布を捨てようとしたけれど、改札内にはゴミ箱が見当たらない。

——文夫、俺とお前は同類だから、こんなもの捨ててやる。どうせイニシャルがついていて、売ったってたいした金にもならないからな。質屋のカメラにでも映れば、どこかで足がつくかもしれないし。

ゴミ箱を探してぶらぶらしていると、大阪行きの新幹線の時間がせまってきた。目の前に書店があった。主に文庫や雑誌を扱っている書店だ。

もうゴミ箱は構内にないかもしれない。とっさに店に入り、山積みの文庫本の上に長財布をそっと置いた。

——本を読むような人種は、ヴィトンの財布をパクらずにちゃんと届けるだろう。そしたら財布だけは文夫に帰るかも。まあ、そのくらい、してやってもいいか。

そして、そのまま新幹線のホームに向かった。

ふと、自分が置いてきたのが時限爆弾で、書店が大爆発している絵が思い浮かんだ。白い煙、飛び散る本や雑誌、はらはらと落ちてくる文庫本のページ。それがいったい、どういうところから出てきた想像かもわからなかったが、野田はどこか愉快で、ふふふと笑いながらエスカレーターに乗って降りていった。


「新宿で『鉄道忘れ物市』があるんだって、行こうよ」

スマホを見ている夫が無邪気に言った時、葉月みづほは素直にうなずけなかった。

雄太の借金が発覚してから十ヶ月、自分の母親から金を借り、家中の金目のものを売り払って現金を作り、金をかき集めた。クレジットカード会社にはなんとか払えたものの、完済ではなくいまだ借金があることには変わりない。

母には月に二万円ずつ返している。振り込むたびに「ありがと」とごく簡単にLINEで連絡が来るのがつらい。スタンプではなくて、必ず文字で。こちらが感謝する側なのに……。有難さ、申し訳なさ、心配……いろんな思いが交錯する。

しかし、雄太を見ていると、なんだか、あのことはなかったかのようだ。ぎりぎり生活はできても貯金まではとてもできない状態なのに。

みづほの顔色に気がついて、彼は慌てたように言った。

「たまには気分を変えようよ。節約節約ばっかりじゃ、息が詰まる」

顔だけじゃなく、体中から血の気が引きそうだった。指先が冷たくなる。その状況を作り出したのは、いったい誰なのだ。

「折りたたみ傘、買いたいんだよ。四十六円から、だってさ」

みづほにスマホの画面を差し出して見せた。

こちらの顔色をうかがいながら、でも、どこかのんびりした様子に肩の力が少しだけ抜けた。確かに、彼の折りたたみ傘は少し前に壊れて、まだ新しいものを買えていない。ずっと長傘を使っていたが、それだけでは不便だろう。

それに、彼ののほほんとした態度に助けられているところもあるのは否《いな》めなかった。

これで、彼までがイライラしていたら、家はもっとつらいことになっていたかもしれない。

新宿までなら夫は定期があるし、出費はみづほの電車賃だけだ。

「傘代、家のお金から出してくれない？　必要経費ってことで」

電車の中で、彼は図々《ずうずう》しく提案してきた。

「だめ」

短く答えて、抱いている息子の顔をのぞき込んだ。

ハワイに行った頃よりずっと大きくなった。こうしている間も、機嫌良くうとうとうたた寝してくれている。

この子を預けて働けないか、ということが今一番の懸案だ。保育園と仕事を探している。

忘れ物市の会場は駅からほど近い、雑居ビルの一室だった。

すでに、たくさんの人が来場していた。雄太が目指す傘売り場は一番手前にあって、売り場の中で最も盛況を呈していた。

雄太が傘を広げて試しているのを、後ろからぼんやり見ていた。

短冊《たんざく》には「傘四十六円～」と書かれていたけど、もちろん、そんなに安いのはビニール傘など一部で、一番多い価格帯は五百円くらいだ。それでも、「あら、こんなにいい傘が五百円よ」などと言って中年女性たちが傘を開いたり閉じたりしながらはしゃいでいる。

楽しそうだな……と思ったとたん、みづほは少し胸が苦しくなった。

五百円というのは葉月家三人分の夕ご飯代にも匹敵する金額だ。そう簡単には使えない。

あの人たちはきっと傘なんて何本も持っているのだろう。それでも、「安いから」「かわいいから」「買うのが楽しいから」と買っていく。

今の自分にはその余裕もない。

彼女たちのそばにいるのがつらくて、「ちょっと、他を見てくるね」と雄太の後ろ姿に声をかけた。ベビーカーを押して人混みを進む。

会場は小学校の教室二つ分くらいで、さまざまな売り場に分かれている。洋服がラックに下げられている場所もあれば、バッグが所狭しと置いてあったり、イヤホンが山積みになっている箱も置いてあった。

一番奥にショーウィンドーがあり、一段と明るく輝いていた。見るともなしに目をやると、アクセサリーや時計がガラスケースの中にディスプレイされている。買えないとわかっていても思わずのぞきこんでしまった。

小さな石がついたリングやネックレスがひしめき合うようにあった。これらもまた、きっと誰かの持ち物だったはずだ、まだ探している人もいるだろうに、と思うと気の毒になった。

さらに進むと……ケースの中にブランドものの財布がずらっと並んでいた。使い古したものもあれば、比較的きれいなものもある。ルイ・ヴィトンもあった。嫌な記憶がよみがえった。

見なければよかった、と思った。それなのに、目が離せない。まるで購入する気があるかのように、じっくりとケースの中をのぞきこんでいた。

ヴィトンばかりが集められているところに、三つ折りの少しくたびれたような財布が重なり合うように置いてあった。どれも五千円ほどだ。

一瞬だけ、この値段なら欲しい、と思ってしまった。いや、無理だ。五百円の傘も買えないのだから。

それらとは少し離れたところに、あるものを見つけた。

ほとんど使われていない真新しい長財布が一つだけ、別格のように光り輝いていた。

「ルイ・ヴィトン　ダミエ　ほぼ新品　M・Hのイニシャルあり」

四万九千円の値段がついていた。

息ができないほど驚いた。いや、いくらなんでも、同じものとは思えない。だけど、日本中にどれだけ、M・Hのイニシャルが入ったヴィトンの長財布があるだろう。

「いかがですか」

売り場の女性が声をかけてきた。

「それ、ほとんど新品なんですよ。イニシャルが入っているからお安いけど、絶対にその値段じゃ買えないものですよ」

みづほが何も言っていないのに、彼女は鍵《かぎ》を使ってケースを開け、中から財布を出してくれた。

「ほら、本当に使われてないでしょう？」

彼女は財布を広げて、金文字のM・Hを見せてくれた。

同じものだ、と思った。これは自分がハワイで買い、イニシャルを入れてもらって……でも、すぐに売らざるを得なかった、あの財布だと直感的に思った。

理由はわからない。だけど、イニシャルが入っている場所も同じだったし、ヌメ革の雰囲気も見覚えがあるような気がした。

手に取らせてもらった。

お前……どうして今ここにいるんだい、いったい何があったの？　どうして誰にも使われず、こんなところに。

あの日……発送する前、何度も何度もなでてさすって、頬に押し当てた財布だった。

「何見てんの」

急に後ろから話しかけられて、びくっとなった。夫だった。腕に折りたたみ傘が入ったレジ袋を下げていた。

「そんなの買えるわけないじゃん。見るだけ無駄だよ」

雄太は笑った。まるでハワイでヴィトンの財布を買って、みづほが売らざるをえなかったことも覚えていないようだった。

みづほはそれを女性に返して、会場をあとにした。

雄太が何やら話していたけれど、耳に入ってこなかった。

あれを買った時の自分と今の自分、何も変わっていないような気がしていたけど、確実に変わってしまった。

見るだけ無駄だよ、と邪険に言った、隣の夫を見る。

もうたくさんだ、と思った。

自分はもう、この男に人生を左右されたりしない。いや、この男に限らず、誰かに人生を左右されたりしない。

雄太のことが嫌いになったりしたわけじゃない。そういうことではないのだ。

ただ、誰かに自分の人生を動かされたくないのだ。この男のせいで、貧乏になったりしたくない。ただ、それだけだった。


「生島《いくしま》さんがね、家を売りに出しているのよ」

母がつぶやいた。

忘れ物市に行った、翌週のことだった。

いつもは銀行振り込みにしている母への返済金を、たまには手渡ししようと実家に行った。数ヶ月に一度はそうしている。しばらく話して、母が作ったお惣菜《そうざい》やいらない衣服をもらって帰ってくる。息抜きにもなるし、母も孫と会えて嬉しそうだった。

「なんだか、今日は元気ないね」

母は孫を抱いて、あやしながら言った。

「そんなことないよ」と答えながらわかっていた。忘れ物市で長財布を見てから、ずっと気持ちがふさいでいる。

「生島さんて誰だっけ?」

気を取り直して、聞き返した。

「ほら、昔、パートで一緒だった人」

「ああ」

父と離婚してから、母はありとあらゆるパートをしていたが、たぶん、一番長く続いた駅前のスーパーのパートで一緒だった人だ。母より十くらい年上で、確か、ふじみ野に住んでいたはずだ。

「どうして？　引っ越すの？」

「ほら、あそこはちょっと駅から遠いでしょう。もう少し駅から近くの、お嬢さんの家の方にアパート借りて引っ越したんだって。あの人も旦那《だんな》さんが亡《な》くなって一人になったから、一軒家よりその方が楽だからって」

「へえ」

そういえば、母に連れられて、一度家に遊びに行ったことがあるような気がした。優しいおばさんでおやつもいろいろ出してくれた思い出がある。

「それがね、最初四百八十万で売りに出したんだけど、なかなか決まらなくて、三百八十万にまで下げて……そしたら、指し値って言うの？　買いたい人から二百万でどうだっていう申し出があったんだけど」

「え、二百？　三百八十万が二百ってひどくない？」

「でしょう？　二百万てさすがにあまりにも安くて、人を馬鹿《ばか》にしてるって頭にきて断ったらしいんだけど、それからもずーっと買い手がつかなくてね。いまとなっては二百十万なら売ってもいいって言ってた」

そこまでぼんやりと聞いていたみづほははっと顔を上げた。

「二百十万?!　一軒家が？」

「そう。安いわよねえ。築四十八年だって言うけど、生島さん、きれい好きだから部屋もちゃんとしているしね。駅からはちょっと遠いけど、ふじみ野駅から池袋までなら三十分くらいで行けるし」

「確かに」

新宿までだって、四十分くらいだ。

「お庭も少しはあるし、家の前に自転車も駐《と》められるから駅までは自転車通勤すればいいんだから。水回りは直さないといけないかもしれないけど」

「それ、ちょっと見てみたい。二百十万で一軒家ってすごいわ」

母はにやっと笑った。

「そう？　生島さんに聞いてみてあげようか。買わなくても、見たらちょっと勉強になるかもしれないしね」

「うん」

電話するとすぐに彼女とつながって、仲介の人がいるので聞いてみる、と言ってくれた。その母を見て、もしかして最初からそのつもりで私に話したのだろうか、と思った。

ありがたいことに、仲介さんにもすぐ連絡が取れ、みづほは帰りがけにふじみ野駅で待ち合わせして、車で家まで連れて行ってもらうことになった。

駅まで来てくれたのは、七十歳くらいの老人で、店舗を持って不動産屋をしているわけではなく、売主と不動産屋をつなぐような案件ばかりを請け負っているのだと車内で説明してくれた。

「私も残念なんですよ。古いけどきれいに使っている家だし、すぐに決まると思ったんだけど、なかなか決まらなくて」

生島さんの友人の娘だと聞いているからか、気安くそんなことを言った。

「あちらからお聞きでしょうが、二百十万なら悪くないと思いますよ。ほとんど、業者が取引する値段です。年に何軒かしか出てこないですよ、こんなのは」

目的地に着くと、古さも家の作りもほとんど同じような家がずらりと並んでいた。

「このあたりは当時、建て売りで同じようなものがたくさん作られたんですよ」

そういった古い家の中にぽつぽつと新しい家があった。

「ららぽーとができてから、ここらも人気があって、今ある家を取り壊して新しい家を建てる人もいますよ」

小さいけれど、一応、門がある一軒家だ。狭いというより、細い庭もついている。全体は白いモルタルの壁で屋根は茶色い瓦《かわら》だった。

中を見せてもらった。

一階はキッチンとトイレ、風呂《ふろ》、ダイニングというより居間と呼んだ方が良さそうな一室に四畳ほどの小部屋、二階は六畳間が二つに小さな木製のベランダがついている。子供が一人なら十分な広さだと思った。

きれい好きだから、という言葉に違《たが》わず、古びているが汚い感じはしない。ただ、風呂とトイレは旧式で、それは取り替えないといけないだろうと思った。キッチンはステンレス製のものだった。これも取り換えれば見違えるだろう。一階は床にカーペットが張ってあって、二階は和室だった。

「床を張り替えれば明るくなりますよ。和室も洋室に変えられます……あの、ここを買ってどうするつもりですか」

老人がみづほに尋ねた。

「……どうするかって、住もうかなって……まだわかりませんが」

冷やかしに見に来たことを見透かされたような気がして、少しどきどきした。

「あ、そうですか」

「逆に、住む以外に何かあるんですか」

「こういう場所を買う人のほとんどは投資家です。買って直して、貸すんです」

「あ、そういうこともできるんですか」

「ええ、百万くらいかけて直せば人に貸せますから」

「へえ。月いくらくらいで貸すんですか」

百万で直したら、全部で三百万ちょっとか、と考える。

「四万とか五万くらいでしょうか。そのくらいの値段なら、生活保護の人にも貸せますからね」

「生活保護?!」

「知らないですか。働けない人や老人を、国や役所が面倒見るんですよ」

「ああ、聞いたことあります」

「このあたりだと、生活保護の人の家賃は四万三千円、管理費二千円を付けて四万五千円とかが上限なんで、そのくらいの家賃がいいでしょうね」

「へえ」

「直すのも、自分でやったりする人もいますよ。若い人ならカーペット張ったり、壁を塗ったりできるでしょう。今はホームセンターになんでもそろってるし」

確かに、壁や床は自分で好きなようにできそうだと思った。

「ご自分で住むつもりなら住宅ローンも組めるでしょう。金利も今は安いからね」

「住宅ローンの金利ってどのくらいですか」

「銀行やその人の属性にもよるけど、一%くらいじゃないですか」

一%！　リボ払いの十五%と比べたら、ただのようなものじゃないか。

合計三百万くらいの家を四万五千円で貸すことができたらいったい利益はいくらになるのだろう。自分で直せればもっと安く上がるはずだ。

みづほはその古くて小さな家の中で、老人の話を聞きながら稲妻に打たれたような衝撃を覚えた。

この家をローンを組んで買って、自分で直せるところは直しながら住み、きれいにして人に貸したらどうだろう。その頃にはローンも返し終わるに違いない。次にまた別の家を買って次のローンを組めば……。

五百円の傘は買えない、五千円の財布も買えない。だけど、二百十万の家は何としても買いたいと思った。だってそれはまさに「不動産」、財産なのだ。土地はなくなったり、古くなったりしない「資産」で、ずっと自分のものだ。

「もう少し、詳しい話を聞かせてもらえますか……あと、あのシミってなんでしょう」

気がついたら、天井の小さなシミを指さしていた。買うかもしれないと思ったら、そんな細かいことが急に気になりだしていた。

第四話　財布は悩む

『金持ち父さん 貧乏父さん』は投資のバイブルだと言われているけど、それは本当に言い得て妙だ、と善財夏実こと蛇川《へびかわ》茉美《まみ》は思う。

あれは確かに投資の基礎だし、小説仕立てで読みやすく、実際、あれを読んで「目覚めた」という人は多い。しかし、一方で、あの本の名前を出してヤバい投資に誘う、詐欺師《さぎし》も存在するのだ。

聖書を盾に詐欺まがいの新興宗教を立ち上げる輩《やから》が後を絶たないのを考えれば、まさにあれは、特に日本では投資における「聖書」と言えるかもしれない。

なぜ、今そんなことを考えてしまうかと言うと、目の前の編集者、保坂《ほさか》がその本の名前を出すからである。

「先生に、日本のロバート・キヨサキになっていただきたいし……いや、ロバキヨは日系人だからその言い方はちょっと違うか……次のロバキヨになっていただきたいってずっと応援して参りました」

思わず、鼻先で笑ってしまう。相手は下を向いているから顔は見えないけれど、そんなこと茉美にできるわけないと思っているはずだ。

何十冊も世界的ベストセラーを書いているロバート・キヨサキと、財布の使い方一本でなんとかのし上がってきた自分。

「次はもっと根源的なお金の話……十年先、百年先も読者が付くような作品は書けないでしょうか。たまには自分のテリトリーから出て、別の世界を見ることも大切ですよ」

茉美が黙っていると、彼はさらに言葉を重ねた。

「先生もそろそろアラフォーでしょ」

「まだ三十四ですよ」

思わず、声が出た。保坂は自分の思い通りになったのが嬉《うれ》しかったのか、顔をのけぞらせて笑った。

「年末には三十五でしょ。四捨五入すれば四十ですよ」

こんなことを言われるのも、五年以上の付き合いになるからだ。

保坂とは、茉美の最初の本となった『マジックテープ財布を使っている男は結婚できないし、年収300万以上にもなれない』を作ってからの付き合いだ。蛇川茉美という名前を「善財夏実」に変えたのも、彼の発案だった。

当時、SNSで大炎上した茉美にはさまざまないたずらDMが来ていた。茉美のアイコンは、伏し目がちな自分の写真を加工したもので、五つは若く美人に見える上に、胸の谷間ものぞかせていた。「会いたい」「おっぱい見せて」「割り切ったお付き合いできませんか。三で」等々、誘いのDMはたくさん来たし、それ以上に脅迫まがいの文言を並べているリプライもたくさんきていた。

その中で唯一《ゆいいつ》、返事を書いたのが彼だった。

――貴殿の投稿をすべて読ませていただきました。当社はサラリーマン向けの情報誌を作っており、原稿をお願いしたいと考えています。一度お会いしてお話しできないでしょうか。

どうして彼のDMにだけ返事をしたのか、今でもよくわからない。出版社で働いていることはプロフィールに明記されていたものの、聞いたこともない会社だったのに。

五年前、指定された新宿の喫茶店にいた保坂はさえないおやじで、サイズの合わない背広を着ている上、重そうな鞄《かばん》を肩にかけていたので、形が崩れていた。

「あなたの投稿にはぐさっときました」

そして、彼は鞄の中からぼろぼろのマジックテープ財布を取り出した。

茉美は思わず、口元が緩んでしまった。

「そうです。マジックテープ財布です。大学の頃から使っています」

保坂は情けなさそうな顔をして、茉美は声を上げて笑った。しかし、ふと、もしかしてこの男、編集者の肩書きを使って、文句を言いにきたのかもと思いついて、表情を引き締めた。そんな恐れを抱くほど、当時は炎上していた。

「財布を馬鹿《ばか》にされて、何くそっと思ったんです。でも、実際、自分は結婚してないし」

「独身ですか」

「ええ、今は。バツイチですが」

「ふーん」

それじゃ、一度はこのマジックテープ財布男と一生を過ごそうと思った女がいたわけだ。もの好きな、と思った。ちょっとおもしろくなかった。

「どんな感情にせよ、自分は心を動かされたわけです。私が何に魅《ひ》かれたのか、あなたに会って確かめたかった」

まるで、愛の告白のようなことを保坂は言った。

茉美が最初に風水に興味を持ったのは、大学生の時だ。

大学の一般教養の建築学の先生がちょっと風変わりで、いわゆる「風水」はどのくらい実際の建築と相関関係があるのか、という講義をしてくれた。

例えば、風水で北の方角にトイレを作ってはいけないというのは定説だ。確かに、一日の大半が日のあたらない北の便所は寒いし、じめじめしてカビが生えやすい。また、台所を西にしてはいけないのは、西日が差して高温となり、食べ物が腐りやすいから、と言う。

そんな事例を聞いているうちに風水の合理性に興味を持ち、関連の本を少し読んだ。本格的に取り組むようになったのはＯＬになってからだった。

就職時はリーマンショック後の民主党政権下で景気は最悪だった。

最初は在学中に学んだ経済学と得意な英語をいかせそうな仕事を、と総合商社や貿易会社を受けていたが、東京の中堅どころの私立大学出では無理とすぐに気が付いた。メーカーや運輸、食品……とにかく手当たり次第、エントリーしまくった。

そして、五十社以上の会社を受けて、やっと決まったのが、チェーン系の居酒屋を経営している外食産業だった。内勤を希望したのに、最初の二年間は系列の居酒屋で働かされ、「これでは学生のアルバイトと変わらないのではないか」と絶望的な毎日を過ごした。

その後、本社に戻ったものの、仕事は地域の居酒屋の統括本部……つまり、日々、担当地域の居酒屋を回って、疲れ切った店長たちに売り上げを伸ばせと檄《げき》を飛ばす役割となった。

自分自身も数ヶ月前までやっていた仕事だ。彼らの努力不足で売り上げが悪いわけではないことは痛いほどわかっていた。

茉美は二十六で居酒屋チェーンをやめ、派遣会社に登録して、大手保険会社の事務に入った。景気も少し好転していたし、これまでとは打って変わって、ノルマも檄もない、会社内に上司の怒鳴り声が響かない職場だった。

茉美にも多少の打算はあり、そういう場所で、エリート社員と結婚できる可能性があるのでは、と思っていた。けれど、正社員の結婚相手に選ばれるのは、派遣でも新卒でかなりの美人だけだった。

学生時代には同級生と付き合っていた。でも、うまく総合商社にもぐりこんだ彼と、居酒屋チェーンでアルバイトと変わらない仕事をさせられている茉美の立場はどんどん離れていった。会うたびに肉体労働の辛《つら》さを愚痴っていたら簡単に振られてしまった。それからずっと、ちゃんとした彼氏ができていなかった。自分がエリートにちやほやされるようなことはもうないのだと気づきながら、男のレベルを下げることは許せず、時間だけが経《た》っていった。妙なプライドがあることを自覚しながらうつうつと過ごした。

さらに、派遣社員は三ヶ月ごとに更新時期が来るので、いつもびくびくしなければならなかった。精神的には居酒屋チェーンに勤めていた時よりずっと不安定なのではないかとさえ思うようになった。

自分は人並みに努力してきた。小中高とずっと優等生で、学校一の美人ではなかったけれど、クラスの三、四番手くらいの容姿だった。中学以降は陸上部で、それなりに活躍していたから、告白してくれる男子も結構いたのに。

仕事もダメ、男もダメ、どうも自分は何か、どこかで大きな間違いをしたのではないだろうか。

そう考えて、再び手に取ったのが、風水を始めとした占いの本だった。

「歯をきれいにしておくと、お金が貯《た》まる。抜けたり欠けたりしているところからお金が逃げていく」という風水には改めて強くうなずけた。街頭インタビューで見る歯が抜けている老人にお金がありそうな人はいない。歯がそろっていれば見栄《みば》えもいいし、食べ物がよく嚙《か》めて胃にも負担がかからなそうだ。現代では、健康や長生きが一概に金持ちに繫《つな》がるとは言い難いが、風水が作られた古代ならそういうことが信じられていても不思議はない。

「部屋の中がきれいになっている家にはお金が貯まる」というのは、今も女性誌のコラムなどによく書いてある風水だ。キッチンの収納棚の整理、ワードローブの管理などがきちんとできていれば、無駄な買い物を防ぐことができる。

「ピンクやイエローなどパステル系の、コンサバ寄りでかわいらしい、今年買ったばかりの服が良縁を引き寄せる」……学生時代、最初に読んだときは「クソがっ」と思っていた。けれど、こうも男性関係がうまくいっていないと、素直に受け入れてみようかという気持ちになっていた。服装についてはもっと細かく、スカートは末広がりのフレアミニスカート、トップスは袖なしのタートルネックがいい、バッグや財布も新調してシャンパンピンクに、髪型は肩までのセミロングをふわっと巻いて……などという文章が続いた。風水が勧めるようなファッションの女を頭の中に思い描いてみれば、どこか納得がいった。流行のファッションを身につけ、きれいに髪を巻いて合コンに現れる女性。キーワードは「素直」と「わかりやすさ」だ。

女性雑誌に書いてある風水アドバイスの通りにパステルカラーの服を着て新しいバ

ッグを持って肩の上でふわふわした髪を揺らす女、それは男の言う通りに動きそう、という記号に満ちている。すべてのイメージがふんわり。そういう女が、黒ずくめの服を着た女より、いい結果を招くのは当然ではないだろうか。

再び風水の合理性に気づき、関連の本を読みふけった。そのうちに「これを職業にできないか」と思うようになった。

「この間、新作の海外ドラマを観《み》ていたら、『財布はその人の考え方を表す』ってセリフが出てきて」

「へえ」

あいづちを打つ保坂の目は死んでいる。

「殺人事件が起きてFBIが出向くんですけど、その時、身元不明の遺体から財布を取り出しながら主人公がそう言うんです。次はそれを書こうかと」

「また、財布ですか。まあ、ちょっとした話のネタにはいいけど」

「いや、それは文章の冒頭に持ってきて、本当に書こうと思っていたのはスマホの料金についてなんですけどね」

茉美は焦《あせ》りながらも精一杯の抵抗を見せる。

「スマホって、格安スマホを使えってことですか？　それって前にやりませんでしたっけ？　もうさんざん、いろんなところでこすられた話じゃないですか」

「でも、未《いま》だにスマホに月一万円出してる人って結構いるんですよ。そこを見直すとは、家賃につぐ、固定費の見直しとして有効です。引っ越しするよりずっと楽ですし。それに、私が考えているのは、格安スマホで数千円安くするとか、そういうことじゃないんです。スマホを完全にただにする方法で」

「え、どういうことですか」

　彼はさすがに身を乗り出した。

「安楽経済圏に身を沈めるんです」

「安楽経済圏？　安楽ってあの安楽？　安楽市場の安楽？　球団持ってる？」

「はい。あの安楽は通販のみならず、いろんなサービスを提供しています。クレジットカードを始めとして、銀行、証券、携帯、保険、電気、旅行、書店、衣料、テレビ、雑誌、美容関係など……そして、それらを一定の条件下で使用した場合、ポイントの加算が二倍、三倍、四倍と、高くなっていきます。さらに、月に何回か開催されるキャンペーン下で買い物をすると、さらにポイントがたまるんです。そのポイントで安楽の携帯料金を払うことができます。さらに元々の料金も格安スマホなみに安いので」

「ふーん、実質ただで使うことができるんですね」

「ええ、次はそれを書こうかと」

「なるほどね」

彼はあいづちを打ってうなずいていたが、手帳を広げて書き込もうとはしない。否定はしないけど、そんなに関心はないという時の仕草だ。

茉美は慌《あわ》てて次の話をつなげる。

「あと、この話、知ってます？　お財布に、お札の番号を足して合計で三十三になるお札を入れておくと、お金持ちになるって。どうも花柳界では昔から言われているみたいで、その次の回はこの話を書こうかと……」

「もういいです、もういいんです」

保坂は手を振った。

「いいでしょう。来月は安楽経済圏に身を沈める話でも、花柳界の話でもお好きなことを書けばいい」

しかし……と彼は身を乗り出した。

「再来月はそのどちらか、書かなかった方を書くことも許しましょう。だけど、三ヶ月後は……」

彼は茉美の目をのぞきこんだ。

「その手の話ではもう編集長のＯＫは出ないものと思ってください」

「え、だって、編集長って、あなたでしょ？　あなたがＯＫならいいんじゃないの？」

そう言ってしまってから、茉美は自分の発言を後悔した。

目の前の編集長がじっとこちらをにらんでいたからだ。


恵比寿《えびす》駅から徒歩十二分の部屋に帰ると、真田《さなだ》がでかけるところだった。

「今出るの？」

「お帰り」

言葉が重なった。

同棲《どうせい》しているわけではない。ただ、彼の店が近いので、時々泊まりに来るだけだ。

真田は恵比寿の雑居ビルの地下でバーをやっている。細長い店内にはカウンターがあるだけで、他の客の背中をこすらないとトイレに行けないような狭さだが、店全体が黒光りする金属のような色に塗られていて、ブリキの小箱の中にいるような雰囲気だ。花もないインテリアがシンプルで落ち着く。

最初は出版記念の飲み会の帰りに、保坂に連れてきてもらった。氷が入っておらず、最後まで薄まらずに飲めるハイボールが一番人気だった。きんきんに冷えた強炭酸の水と凍らせたウィスキーを使い、極薄のグラスに入ったそれがおいしくて、二次会なのに五、六杯飲んでしまったのを覚えている。

その時は近くに住んでいるんです、という話をしただけだったけど、それから数回一人で行ったり、飲み会の帰りに誰かを誘ったりした。自分も飲食店で働いたことがあるから、彼とは話が合った。

三回目か四回目に、「実は薄まらないレモンサワーというのを開発しているんですよ。ちょっと飲んで、感想を言ってもらえますか」と頼まれた。もちろん、レモンサワーの分のお代はただで、「もしかしたら自分はもう常連扱いなのかな」と思った。

「夏実さんて、風水師なのにそれっぽくない服を着ていますよね。風水好きな人ってもっとふわふわした色の服を着ているイメージがあるんですけど」

店に二人きりの時、急に言われた。確かに、その時はパステルカラーの服を着ていなかった。

「風水のこと、知ってるの？」

「まあ、少しは。前に付き合っていた女の子で好きな子がいたんで。それに、詳しいお客さんもいて話していてなんとなく覚えましたし」

「なるほど」

真田が付き合っていたのは、やっぱり、ピンクの服を着た女だったのだろうか。

「本当は風水なんて信じていないんじゃないですか」

そう言われて、どうしてか「うん」とうなずいてしまった。風水を信じていた女と一緒にされたくないなんて単純な理由ではなかったけど、どこか目の前の男に媚《こ》びていた。

「信じる、信じないというよりも、これが商売道具だから」

後ろめたくて、そんなふうに言った。

「冷静に判断する気持ちをどこかに持ち続けていかないと、とはずっと思ってる。信じてないわけじゃない」

「そうか。でも、そういうところ、好きですよ」

好意をはっきり表されて、彼の目を見返せなくなった。

自分がバーテンダーと付き合うことになるとは思わなかった。バーテンダー、バンドマン、美容師というBで始まる職業の男とは付き合ってはいけないとネットの記事で見ていた。でも付き合うことになった時、この人はただのバーテンではない。経営者で事業家なのだ、と自分に言い聞かせた。

だけどこうして男女の関係になってみれば、やっぱり彼は「彼氏にしてはいけないB」なのだと思い知らされる。

茉美が三十四になろうが三十五が近づこうが、結婚のけの字も言い出さないし、どこまでも家庭の匂《にお》いはなく、いつもふらりと生きている。時々、他の女……彼は店の客だと言った……と店の終わりに飲みに行っているのも知っている。

ここ一ヶ月ほど、男女の関係もない。そろそろ終わるのだろうか、と覚悟している。

「今日はご飯食べてこなかったんだ」

「うん」

編集者の保坂と一緒だというのは言っていた。

「冷蔵庫に牛モツのトマト煮込みを入れてあるから、食べたら」

「作ってくれたの？」

急に声が明るくなったのを彼にさとられたくなかった。

「店のメニュー開発でやってみた残り」

「ふーん」

それを持ってきてくれた気持ちを測りかねているうちに、真田は出て行ってしまった。

着替えた後、彼が作ったトリッパを温め、冷凍してあったフランスパンを焼いて、これもまた残りの白ワインとともに食べた。

家の中にいつもちょっとこじゃれた食べ物と酒があるのが、バーテンと付き合う利点だな、と思う。

食べ終わると、さっそくパソコンを開いて、ほろ酔いの頭で、保坂に話してあった「安楽経済圏に身を沈めて携帯をただにする方法」の原稿を書いた。

だいたいの下書きが終わると、風呂《ふろ》に入った。疲れていたから少し迷ったあと、もしかしたら今夜も彼が来るかもしれないと思って髪を洗った。

風呂上がりにまた白ワインを飲みながらテレビを観た。

なんの未来もないが、男と付き合っている利点はここにもあると思った。彼がいなかったら、きっと自分はもっと自堕落な生活を送るに違いない。

結局二時頃まで待っていたけど、真田は来なかった。

「蛇川起きてる？　たまには会わない？」

電話を取ると、外食産業ＯＬ時代の同僚、稲森瞳《いなもりひとみ》だった。

喜びと面倒くささが同時にこみ上げてきた。今、自分を本名で呼んでくれる友達はほとんどいない。というか、友達というものがほとんどいない。

瞳は小柄な美人で、同僚だった頃から社内でも社外でもよくモテた。しかし、ひっきりなしの誘いには目もくれず、大学時代から付き合っていた二歳年上の彼と三十少し前に結婚した。それから数年で妊娠し、今は二歳の子供がいる。

瞳ほど「地に足のついた」「賢い」女を見たことがない、と茉美は思う。

彼女の夫は理科大出身で、背が高いだけが取り柄の、真面目《まじめ》だけど面白みのない男だ。お堅いメーカーに勤めている。

独身時代の瞳は社内で一番イケメンで仕事もでき、将来有望とされていた男に何度も誘われていた。外に出れば深夜番組に出ていた芸人にナンパされたこともあったし、合コンで自称「青年実業家」という男と知り合い、高価なプレゼントを押しつけられたこともあった。

今では豊洲《とよす》のマンションを買い、かわいい子供と背の高い旦那《だんな》と楽しそうに暮らしている。茉美も何度か家に呼ばれたが、マンションは推定八千万、彼と自身の親の援助を受けて買ったらしい。彼は地方の農家の次男坊で、実家は土地持ちで両親は長男と同居し、将来の面倒を看る必要はなさそうだった。

堅実だけど贅沢《ぜいたく》。彼女の生活を見ていると、自然、そんな言葉が浮かんでくる。アベノミクスの初期に買ったマンションは、今はがっつり値上がりしているだろう。それをはかったわけではないだろうが、買い時もローンの組み時も絶妙だった。

茉美は、自分が文章の中で、「主婦」と書く時、知らず知らずの間に瞳をモデルにしていた。しかし、実際は彼女ほど成功した主婦はそこまでいないだろう。

「今、新宿まで来ているの」

「瞳も新宿なんて来るんだ？　銀座とかで買い物してるのかと思った」

「義理のお母さんに頼まれた買い物があって、伊勢丹まで来たの」

「ああ」

時計を見ると、十一時だった。昨夜寝たのは夜中の三時近かった。

「もしかして、まだ寝てたの？」

彼女の声は温かく、笑いを含んでいたが、茉美は慌てて起き上がった。

「いや、ちょっと……起きてる起きてる」

瞳にはいつまでも寝ている女とは思われたくなかった。

「せっかくだから誰かに会いたいなあ、と思ったんだけど、この辺りで昼間も出てきてくれそうなのは蛇川くらいだからさ」

いや、私は暇人じゃないんだけど、とちょっとイラっとし断ろうとした時にふっと頭の中で保坂の声がリフレインした。

――たまには自分のテリトリーから出て、別の世界を見ることも大切ですよ。

「わかった、わかった。今から行くわ」

電子煙草《たばこ》の電源をオフにして、茉美は立ち上がった。


待ち合わせはルミネの中のカフェだった。

入口からのぞくと、一番奥の四人掛けのテーブルから手を振っていた。瞳はこちらが見えるように奥に座り、隣の椅子《いす》を片付けてもらってベビーカーを入れている。

「茉美ー、久しぶり」

「こちらこそ。連絡ありがとう」

瞳は上質なキャメルのAラインのコートを着ていた。ふんわりとセットしたセミロングの髪やフレアのワンピースも決まっている。二歳くらいの子がいる母親と言ったら、普通は髪を振り乱して育児をしているのではないだろうか。ベビーカーの中の娘もワンピースを着て髪を結っている。二人のコーデが見事にリンクしていた。

子供のいない茉美にはどんな母親が満点なのかはよくわからないが、瞳がこの姿を作るのに、大きな努力をしていることは伝わってきた。

独身で自由業の自分の方がくたびれ果てている、と茉美は思った。黒のパンツにグレーのセーターを着て、トレンチコート。どれもブランド品だが、何も考えずに手近なものを引っつかんで着てきた。

「茉美、忙しいから悪いと思ったんだけど会いたくなって電話しちゃった」

「ううん、ありがとう」

本当は、断り文句が口の先まで出かかっていたことは秘密にして微笑《ほほえ》む。

「私も瞳に、久しぶりに会いたかったしね」

瞳は、茉美が会社をやめて、風水師を始めたばかりの頃はとても応援してくれていた。

駅ビルの一角の占いコーナーで「スピリチュアル風水鑑定士　魔美先生」として月に何度か席を持たせてもらえるようになると、足繁《しげ》く通ってくれた。それでも、「魔美先生」の顧客は数人で、担当させてもらえる日は増えなかった。

あの頃、三十分の占い時間で料金は二千円だった。本を一冊買うより高かったのに、瞳は何度も来てくれた。次の客が来なければ、時間を無視してひそひそと何時間も話したものだ。

こうして向き合っていると、当時のことが懐《なつ》かしく思い出された。

しばらく、元同僚のことなどの噂話《うわさばなし》で盛り上がった。今は彼らとほとんど付き合いもない茉美と違って、瞳はいまだに年賀状のやり取りやSNSでのつながりがあるらしい。

そんな話もしばらくすると尽きてきた。ふっとした沈黙の後、瞳が声をひそめた。

「実はさ、蛇川が来るのを待っている間に見つけたものがあって」

「何？」

「ちょうどここにくる通り道に鉄道の忘れ物市があったの」

「忘れ物市……ああ」

昔、少し取材したことがある。大手鉄道の落とし物を入札で買い付けて、売る業者がいるのだ。落とし物は箱ごと、何が入っているのかわからない状態で買うので、ゴミばかり入っていることもあるし、そう利益は大きくないのだ、と業者の社長は言っていた。だから、家族と近所のパートのおばさんくらいで細々とやっていると。

「そこにね、ほぼ新品のヴィトンの長財布があって」

瞳は倹約家だが、結構ブランドものが好きだ。ママ友や近隣の友達と会う時には、そういうものを持っていないと肩身が狭いのよ、と昔言っていた。メルカリや質屋で買うと言っていたけど、忘れ物市まで足を延ばしているとは知らなかった。

彼女の家の会計は優雅な見た目と違って、意外とかつかつなのかもしれない。

「へえ、財布か……」

正直、あまり関心はない。ヴィトンの財布くらい、いつでも新品を買えるし、ほぼ新品とは言え、人の手を渡ってきた財布にどんな来歴があるのかわからない。もしも、悪い「気」がついていたら、それもまた背負い込むことになる。

「本当なら十万以上はするでしょ。それが最終週だから、四万九千円のものが三万九千円まで値段が下がってるの」

「確かに安いけど……」

新品の財布を落とし、それを取りに来ない、探しもしない持ち主とはどういう人間なんだろう。理由をちょっと想像しただけで、良い来歴があるとは思えなかった。それでも、話を合わせるために言った。

「いいんじゃない？　瞳、買ったら……？」

「それが、イニシャルが入っているのよ。M・Hって……だから値段が下がっているの」

「ああ……」

勧めてしまった手前、今さら「そんなの良くないよ」とも言えず、茉美は口ごもった。

「ね、蛇川にぴったりでしょう。最終日までに売り切りたいみたいだから、交渉したらもう少し安くなるかも」

ふっと気が付いた。

古びた財布にはパワーがなくなるから三年以内に買い換えること、変な気がついているとよくないので安くてもいいから新品を買って使うこと……茉美の本の中でも幾度となく書いている。瞳が本を読んでくれていたら、絶対に、知っているに違いない。

いつも応援しているよ、また新しい本が出たの？　読んでおくね、すごいね、とずっと褒めていてくれたけど、あれは嘘《うそ》だったんだろうか。瞳が茉美の本を一冊も読んでくれていないとは思えなかったし、考えたくもなかった。

「ねえ、一緒に見に行ってみない？　まだ置いてあると思う」

「中古の財布ねえ」

「本当に新品なのよ。あれは絶対、誰も使ってない気がした」

興味はなくても断り文句が思い浮かばなかったのと、その財布を見た後なら自然に帰れるかもしれない、と思いついてうなずいた。

「そうね、ちょっと見てみたいわ」

会計を済ませて立ち上がった。コーヒー代は「経費で落ちるから」と言って、茉美が払った。瞳はベビーカーを押しながらも、先に立って歩く。

「見たら驚くよ。たぶん、ほとんど新品だと思う」

「そうなんだ」

適当なあいづちを打ちながら彼女の後についていくと、確かに駅近くの雑居ビルに「忘れ物市」の旗が立っていた。

入口のところに傘売り場があって、山のように傘が置かれ、中年女性たちが群がっている。茉美は一瞬躊躇《ちゅうちょ》した。

しかし、ベビーカーを押した瞳は果敢にも進んでいく。さらに驚いたことに、モーゼの海割りのように、彼女たちはさあっと道を開けてくれたのだ。

「すごいわね」

思わず、茉美がつぶやくと、瞳は気が付かなかったようで「何が?」と無邪気に言った。もしかしたら、育児経験のある中年女性には、ベビーカーに自然と道を開ける習慣が出来ているのかもしれない。

財布などの革製品売り場は一番奥にあって、宝石やバッグなどと一緒にガラスケースに並んでいた。

「ほら、これ」

瞳は迷いなくそれを指さした。

ガラスケースの中の他の財布と少し離れた場所に、ヴィトンの長財布はあった。同じように別格に扱われているシャネルの財布と並んでいた。

「ね？」

瞳は誇らしそうに、満面の笑みでこちらを振り返った。

しかたなく、茉美はガラスケースをのぞいた。

「確かに新しいね」

表面に傷一つないし、端もよれていない。ただ、ここで売られているという印象が邪魔しているのか、もやがかかったような、まるっきり新品とは言えない何かがあるように感じられた。オーラ……高級品の新品だけが持つ、きらびやかなオーラがないような気がした。

しかし、それは自分の考えすぎかもしれない、と思ったりする。

すぐに近くに立っていた女性店員が寄ってきて、頼んでもいないのにケースの鍵《かぎ》を開けて品物を出してくれた。自分たちの風貌《ふうぼう》を見て、購入してくれそうだと思ったのかもしれない。

忘れ物市にしてはずいぶん厳重に扱っているんだな、とおかしくなる。しかし、こういう場所にはさまざまな人間がくるし、厳しくしないと危ないのだろう。

「どうぞ、いかがですか。こちら、本当に新品同様なんですよ。傷やこすれなどもいっさいないんです」

彼女は白い手袋をはめた手で、財布のジッパーを開いて中を見せてくれた。

「ね、ヌメ革の部分も汚れなんかないでしょう？　ヴィトンは使っているとここから汚れますからね。一目瞭然《いちもくりょうぜん》ですよ。でも、使い込んでいるうちにいい感じに変色してきますから」

確かに、金字でＭ・Ｈとイニシャルが入っていた。

「店では十万以上するものですよ」

彼女はちょっと押しつけるように、茉美の手の上に財布を置いた。「いいですか」と断って、茉美は財布を手に取った。確かに傷一つない。傷一つないが……。

やはり、不思議と新品という感じもしなかった。

「どう？　蛇川ならイニシャルもぴったりじゃない？」

瞳が茉美の顔をのぞきこむ。

「うーん」

瞳と女性店員、二人がまるで結託しているように、自分に財布を勧めてくる。

「……もう少し、考えてみるわ」

「えー、やめちゃうの。蛇川、こんなのもうなかなか出てこないよ」

止める言葉も、まるで店員のようだった。

翌日、書き上げた原稿を保坂にメールで送ると、すぐに「恵比寿の近くまで来ているので、お会いできませんか。駅前のサンマルクで待っています」と返事が来た。すっぴんだしすぐに出られませんよ、と抵抗してみたが「他にもやらなきゃいけない仕事もあるんで、ここでやってますから、都合のいい時に来てください。原稿は読みましたからその話もしたいですし」と折り返された。

二千字程度の原稿だからすぐに読めるだろうけど、それを人質に取られたようで、行かないわけにいかなくなった。

部屋着としてグレーのジャージを着ていたのを、下だけデニムに穿《は》き替えて、コートを羽織って家を出た。手には財布とスマホしか持たなかった。保坂に、「仕事中にしかたなく出てきたんですよ」ということを見せつけてやりたかった。

サンマルクに入ると、奥の方から保坂が手を振っているのが見えた。親しげなしぐさなのに、表情は硬い。

「うちの雑誌の読者層をご存じですよね」

席に着くと、保坂がいきなり言った。

「男性……二十代……三十代の……サラリーマン……ですよね？」

もちろん、それは以前から言われていたことだし、毎月、彼が送ってくる掲載誌を読んでいるのだからよく知っている。だからこそ、改まって尋ねられたのが怖くて、顔色をさぐるように疑問形で答えてしまった。

「そうです。二十代三十代のサラリーマン男性をターゲットにした経済情報誌です。それも、はっきり言ってエリートサラリーマンやビジネスマンといわれる人じゃありません。年収二百万から四百万、高くても六百万くらいの男性をメイン読者に考えています」

「はあ」

「だから、割り切ってエロ……AVや風俗の体験記も載せていますし、表紙はグラビアアイドルです」

それもよくわかっていた。わかっていなければ、三年以上も連載を続けていない。「善財夏実先生の萌《も》えるお金研究所」は保坂と本を作ったあと、すぐに始まった連載だ。題名やターゲット層を意識したからこそ、胸元がざっくり割れた白衣にメガネという衣装で写真まで撮った。

「実はそういうハードルの低さが意外と受けていて、ターゲットよりもう少し上の年収の人や家庭持ちの人も読んでくれていることがわかっているし、さらに女性や主婦の読者も少なくありません。でも、やはりその中心は彼らです……正社員や派遣社員で年収三百万円台、底辺とまではいかないけど、多くはない。貯金や投資に興味があってもなかなか手が出せないような若い男。将来に絶望していて、結婚も子供も半分諦《あきら》めているような……」

「そんな人が雑誌なんて買いますかね」

思わず、口を挟んでしまった。

「まあ、中には一縷《いちる》の望みをつないでうちを見つけてくれる人がいるからなんとかやっているんです。彼らが手に取ってくれそうなアイドルを表紙にしているのもそのためです。業界では半分エロ雑誌と言われながら、でも……」

保坂は一瞬、息をついた。

「彼らにできるだけ手軽で効果的な投資や節約の方法を身につけてもらって、経済的自由を手に入れてもらいたい。ここを踏み台にさらにマネーリテラシーを身につけて、もっと高度な投資を扱う雑誌に移ってもらってもいいくらいの気持ちで初歩的な投資を扱っています。大きく言うと、彼らマネー童貞の面倒を見てやりたい。そのくらいの自負を持ってやっています」

大きく言うと、という割りに目標が小さすぎないか、と心の中で突っ込みを入れる。

「私もそれはわかっているつもりですが」

保坂は、はあっとため息をついた。

「今回の先生の原稿ですが」

「はい」

「安楽経済圏に身を沈める……安楽カードを作って、安楽で買い物をし、安楽スマホを使い、安楽で本を読んで、安楽でふるさと納税して、安楽で予約して髪を切って……貯めたポイントで携帯代を払うということですよね。言葉もおもしろいし、今までの格安スマホの記事とも少し違っていていいんじゃないですか。きっとうちの読者も食いつく」

茉美はほっとした。

「よかった。なんか話があると言うからいったい何かと思いましたよ」

しかし、保坂の顔はますます硬化していた。

「まだ話は終わってません」

「え」

「おもしろいやり方だと思いますよ。安楽経済圏。だけど、あれはせどりの一歩手前でしょう」

「せどり……」

「最近、時々、ネットで見かけるせどり。先生もご存じでしょう」

もちろん、わかっている。同じ方法でさらに品物を買い込み、それをフリマアプリなどで売買して、さらなるポイントと利益を得るやり方だ。もっと本格的になると、買ったものを買取業者に売る方法もある。

「あなたも原稿にちらっと書いている。毎月の買い物で、もう自分で買うものがなかったら、アップル製品やゲーム機などを買ってメルカリで売るという手もありますよ、と」

「ああ」

思わず声が出た。

「これ、つまり転売じゃないですか。転売屋。安楽経済圏だなんだって言って、そこまでいくと結局やってることは転売屋です」

まあそうかもしれないけど、それのどこが悪いんですか、と言いそうになって茉美は言葉を飲んだ。保坂がこれまでにないくらい悲しそうな顔でこちらを見ていたからだ。

「私はね、先生、今の世の中の嫌なことの半分くらいは転売屋が起こしていると思っているんですよ。他人が必要とするものを買いあさって市場を枯渇《こかつ》状態にして、値をつり上げて売る。本当にそれを必要としている人のところに適正な価格で行き渡らないし、作っている企業だって困る。慌てて増産した時には市場にものが有り余っていて大暴落することもある。在庫を抱えて倒産する企業だって実際出てきています」

そこまで転売を勧めていないと言いたかったが、保坂の声は熱を帯びていて、口を挟む隙《すき》がなかった。

「何よりあいつらが姑息《こそく》なのは、自分は何も生み出していないし、人々が汗水たらして作ったもので上前をはねているだけの詐欺師《さぎし》や泥棒と同じなのに、自分たちがしていることを副業だ、起業だとぬかすことですよ。それどころか、この日本経済が生み出した妖精《ようせい》だとうそぶいている」

保坂は顔をしかめた。

「今までいろいろな節約法や副業についての記事を載せてきました。だけど、これは駄目だ。うちの読者は確かに低所得であがいている若者かもしれないけど、詐欺師じゃない。皆、真面目にまっとうに働いている人間だ。それをこういう道に引きずり込むようなことを匂わせでも書いて欲しくない。それだけは絶対に許さない」

「匂わせなんてしていませんよ」

「いや、転売につながることを書いているのは、あなたの中に転売に対する罪悪感がないからです。別にかまわないと思っているからです」

「……何を、偉そうに」

心の中でつぶやいたつもりだった。だけど、気がつくとそれは声に出ていた。保坂の顔色が変わる。

「ちょっとした間違いですよ。悪気はないです。つい筆がすべりました。すみませんね」

吐き出すように言った。言葉面《づら》は謝罪だが、まったくそうはなっていなかった。

「いや、今日は言わせてもらいます。先生は最近、セミナーだとか銘打ってあやしげな講座もやっているじゃないですか」

「あやしげな講座って……」

怒りと恥ずかしさが入り交じって、目頭が熱くなる。

「あなたの講座を開催している業者、一方で、仕手まがいの株講座や情報商材の販売もやっているの、知っていますか？　業界でも話題になっていますよ」

「あれは人から頼まれてしかたなく……」

そうではなかった。二時間五十万という、茉美の知名度にしたら破格の講演料に引かれたのだ。

「あなたがスピリチュアルとか、風水とか、そういうところから出てきたことは知っていますよ。だけど、あなたが書いていることや提唱していることはどこか真実があった。だから、ずっと連載を続けてもらっていたし、細かいことには目をつぶってきたんです。しかし、もう、ここらでちゃんと自分の生き方を考えた方がいいですよ。せどりもそう、スピリチュアルもそう。あんなのインチキじゃないですか。あなたの良さは、そのインチキとすれすれのところにある真理だったのに、最近、本当にインチキになってきた。ピンクの財布と結婚が、とか本気で言ってるんですか。まあ、あれは別の会社の仕事だから別にうちがどうこう言うわけじゃありませんが、そういう微妙にやばいことをいつまでも扱っていると痛い目をみますよ。もっと根源的な何かをつかまないと、これから四十、五十とライターとしても生きていけませんよ」

そんなことはわかっていた。自分が一番わかっていた。言い返してやりたいのに言葉が見つからない。

ただ、彼をにらみつけているつもりだったのに、じっと自分のかさついた手を見ていた。

保坂に会ったあと、気がつくと電車に乗っていた。

まっすぐに新宿に向かう。

電車の中でつり革につかまった自分の姿が窓に映り、思わず、苦笑いしてしまった。前が開いたコートから見えるジャージに突っかけサンダル。とても、新宿に出かける格好とは思えなかった。

確かに、昔、自分は色についての風水には懐疑的だったな、とさっきの保坂との会話を思い出した。風水というのはもともとはその「色」が大切な要素だというのに。「黄色いものを西に置いておくとお金が貯まる」「赤い財布は金が逃げていく」「黄色い財布はお金が入ってくる」「いや、黄色いお財布は金も入ってくるけど出ることも多い。黒の財布がいい」……エトセトラ、エトセトラ。そんなことは馬鹿《ばか》みたいだと思ってきた。

でも、ＯＬ時代に恋愛と色の風水の関係に気づいてから、一概に関係ないとは言えないのではないかと思うようになった。そのことを保坂にちゃんとぶつけてやればよかった。

最近はその一つ一つの意味などあまり考えていなかったのも事実だ。

「貯蓄をしたかったら、地のイメージを持つ茶色の財布を持ちましょう。収入を増やしたかったら黄色の財布はいいけれども、同時にたくさん出て行くようになります。赤い財布は絶対にだめです」などと根拠のないことをなんのためらいもなく書くことが出来るようになっていた。

新宿に着くと、まっすぐに駅から出た。行き先はあの雑居ビルだ。

今日は忘れ物市の最終日のようで、赤札が目立つ。品物によっては値下げをしているようだ。でも値札をまったく見ずに「これください」とヴィトンの長財布を指さした。

いくらでもいい。この財布を買おう。この、一見、新品に見えながら、何があったのか、誰が持っていたのかもわからない財布を使ってみよう。

持ち主は十万以上払ってイニシャルまで入れてこれを買ったのに、どうして紛失し、取りに来なかったんだろう。

どうしても来られない理由があるのか。例えば、外国人で帰国したとか、この程度のものなら落としてもかまわないほど金持ちだとか……それならいいけれど、もしかしたら盗まれたものかもしれない、悪人が持っていたものかもしれない。いや、持ち主は殺されたのかもしれない……。わけありなのは間違いないし、きっと悪い気がついている。

しかし、そんなことを一切気にせずにこれを使ってみよう。風水から足を洗い、風水なんてないところで勝負してみたいし、しなければならない。

包もうとした店員を断って、その場で開く。自分の財布の中身をすべて出し、ヴィトンの長財布に移し替えた。

これまで財布を買うのは一仕事だった。良い日、良い方角を調べて買い、中身を移す時にはさらに良い日を探した。すべて細心の注意を払ってきた。

今日がなんの日か、まったくわからない。

店員だけでなく、他の買い物客までが好奇の目でこちらを見ていた。いきなり、部屋着同然の格好で現れて、そこで一番高価な財布を買い、中身を移し替えている自分は奇異な女だろう。

だけど、私はこれを使う。

「これ、捨ててください」

今まで使っていた財布を店員に差し出した。

「いいんですか」

それだって、七万くらいはしたセリーヌのものだ。店員が驚いている。

「いいんです」

長財布とスマホだけをポケットに入れて歩き出すと、身も心も軽くなったような気がした。長財布は少し飛び出していたけど。

これで本当の運を開くのだ。


埼玉の築古《ちくこ》住宅を内見した翌日、会社から帰宅した雄太に、みづほは言った。

「引っ越すから」

「え」

寝室でネクタイを外していた彼は手を止めた。

「今、何て言った？」

「引っ越すから。家を買うから」

雄太が何か言い返す前に言葉を重ねた。

「私は引っ越す。決めたから。私や母の貯金で借金を補ってもらったあなたが反対する権利はないと思う」

そして、抱いていた息子の圭太を抱き直した。もしかしたら、それは子供を人質に取っているように見えたかもしれなかった。

しかし、あの家を見てから一日ずっと考え、いろいろ計算したり、ネットで検索したりして、どうしても買いたい、買うしか自分には道がないと思えてきた。

もちろん、もっと穏やかな言い方もあっただろうし、少しずつ話して説得する方法もあった。

雄太は絶対に反対するだろうし、きっとぶうぶう文句を言ってこの話を反故《ほご》にするだろう。こちらにはなんの権利もないような言い方さえするだろう。

シミュレーションするうちにそんな彼の一挙手一投足がリアルに思い浮かんで、彼がまだ反対したわけでもないのに頭にきて、気が付いたらそんな言い方をしていた。

「そんなことを言われても」

あまりにも唐突だったからか、彼は怒ることも忘れているみたいだった。というか、引っ越しのところだけしか聞こえていなかったのかもしれない。

　雄太の様子を見て、みづほも少し気が抜けた。

「実は埼玉に家を見つけたんだ」

　やっと落ち着いて説明し始めた。

「実家の近くだけど、そんなに近くない」

　そう付け加えたのは、実家の近くに住むことを夫の両親が以前、異常に気にしていたからだ。同じ路線に住むのさえ嫌がった。

　だけど、今回、それを理由に反対されても気にしないと決めていた。

　あの家を買うのは母の家の近くに住むためでは決してない。

　とにかく、どんなことをしても二百十万を作り、一人でもあの家を買うつもりだった。

「古いしボロいけど、ぎりぎりなんとか住める家が二百十万円で売りに出てるの。住みながら自分で直して、お金を返してリフォームが終わったら、別の家にまた引っ越してそこは人に貸して家賃をもらおうと思ってる」

　一気に説明した。

「はあ？　古い埼玉の家？　頭大丈夫？　それ、どこにあるの？　俺、会社に通えるの?」

「会社のある西新宿から駅まで四十分くらいかかる」

「はあ?」

「それから駅からも徒歩十四分かかる」

「そんなの通えないよ」

「だけど、自転車なら五分だよ。ドアツードアで一時間で通える距離だよ」

「簡単に言うなよ。毎日残業あるし、朝も早い時あるし」

「二年だよ。二年だけ、お願い」

みづほは拝むように手を合わせた。

「二年だけ、私にちょうだい」

「そんな……だいたい、そんな金どこにあるんだよ」

「住宅ローンを使えば、年利一%で借りれるって」

年利という言葉が出た時、昔の借金、リボ払いのことを少しは思い出したのか、雄太は黙った。

「今、払ってる毎月十万八千の家賃を返済に回せば、二年くらいで返せるよ。ローンが終わって、その家を月四万五千円で貸せば、不労所得が入ってくる」

「そんなうまくいくかよ……」

わからない。正直、みづほにもわからなかった。だけど、一度は二百万以上の借金を抱えたこともある自分たちには逆転の可能性はここにしかないような気がしていた。

その週末、嫌がる雄太を引きずるようにして古い家まで連れて行き、内見させた。

だが彼には家の印象は見る前よりもずっと悪くなった。

「こんな家、無理だよ」

狭い玄関、畳の擦り切れた和室の部屋、水色のタイルを一面に貼ったバランス釜《がま》の風呂、ヒビの入った素っ気ない白い便器、小さな台所。

「なんか、昔の映画に出てくる家みたいだ」

彼の声は少し震えていたように思う。そそくさと十分ほどで見て、すぐに「帰ろう、帰ろう」と子供のようにくり返した。

内見時には不動産業者もいたので小声で反対するくらいだったが、帰宅すると彼の不満は爆発した。

「あんな家、人間が住める空間じゃないよ。ぶっ壊して新しく建てるならともかく」

雄太は吐き出すように叫んだ。

「俺は絶対、無理。不可能。会社からも遠くなるし」

「たった、二年だよ」

「二年だって無理なものは無理。あんなところに住んでたんじゃ働けないよ」

「そこをなんとか」

みづほはまた手を合わせた。

「お願い。私のわがままだと思って。二年ください。絶対に、数ヶ月で見違えるようにしてあげる。みづほは家をなんだと思ってるの？　俺は家族の根幹だと思う。どんな家に住むかってことはその人間の生活や生き方に対する考え方の答えなんだと思う。あんな粗末なところじゃ、粗末な家庭しか作れない」

粗末な家庭？　みづほは夫の顔を見る。

雄太がそんな高尚な家族観を持っているとは知らなかった。

赤字を垂れ流すような家計を長年させていて、家庭も何もあったもんじゃないのに。

みづほが黙っていたからか、彼はさらに言いつのった。

「あんなところに住んだら、親が泣く。親は俺をあんなところに住まわせるために産んだんじゃないって言うと思う」

そのご立派な両親は、息子が借金を作った時、一円も貸してはくれなかったじゃないか。

　しかし、さすがにそこまで言うことだけは控えた。ただ、静かにこう言った。

「じゃあ、離婚するしかない。私は一人でもやる」

　え、と彼の表情がかたまった。

「私はどんなことをしてでもやる。圭太を今のような家計や貯蓄のままで成長させてはいけないと思うし」

　雄太はさすがに衝撃を受けたのか、やっと言い返してきた。

「……金どうするんだよ。みづほには借りられないだろう」

　結局、それを言うしかないのか。みづほが専業主婦だから。

「じゃあ、返してよ」

「え」

　みづほは手を出した。

「あんたが借りたリボ払いの借金。あんたの実家は一円も出してくれなかったの、忘れたの？　あれは私の母親の金。それから私が持ってた貯金や財布を売ったお金も使ったよね？　それをそっくり今返してよ。私はそのお金であの家を買う。足りない分は地を這《は》ってでも作る」

みづほは雄太の目をじっと見つめた。本当にそういう気持ちだった。先に目をそらしたのは彼の方だった。

「銀行がお金を貸してくれないよ。あんなボロい家。それを探せたら、考えてやってもいい」

それが実質上のOKとなった。

住宅ローンを組んでくれる銀行を探すのは、本当に大変だった。

建物の築年数が古すぎることがやはり一番のネックになっていた。また、担当者は誰も言わなかったが、夫の過去のリボ払いの記録も、関係しているのかもしれなかった。

一つだけ築古住宅にも融資をしている地方銀行を見つけ、なんとか貸してもらうことができた。その代わり、金利は住宅ローンにしては少し高めに設定された。二百十万に引っ越し代やリフォーム代をのせて、二百五十万円を金利一・八%、月約十万ずつ二年で返すことになった。

みづほは圭太を連れて銀行を駆けずり回った。それが多少は有利に働いたのかもしれない。どこでも「奥様お一人で大変ですね」といたわってもらえたから。

そして、なんとか、新年には埼玉の一軒家に移ることができた。

不動産屋で契約書の判子を押した時、みづほは少し泣いた。隣で、雄太はそっぽを向いていた。

ただ、彼は家の権利をみづほと共有名義にしてくれた。みづほがおそるおそる頼むと、当然のようにいいよ、と言ってくれた。

たぶん、二百十万程度の家の権利を言い立てるなんて男が廃《すた》ると思ったのか、あるいはあまり意味がわかってなかったんだろう。

みづほはまず、二階の二つの部屋からＤＩＹを始めることに決めた。

荷物や家具を可能な限り、一階に下ろし、それでも残った家具はどちらかの部屋に作業ごとに移して行うことにした。

まず、ネットなどで知識を得て、「オイルステイン」という染料を取り寄せた。

これを木の柱や天井に塗ると、簡単にアンティーク調の仕上がりになる。それだけでボロ戸建てから古民家風に変わった。

天井を塗るのはとても大変だった。手を上にあげたまま、仰向《あおむ》けにした顔にぽたぽたと染料が落ちてくるのを耐えるのは、天井画を描いた時のミケランジェロもかくや、と思われるほどの苦行だった。でも部屋全体の雰囲気がぐっと変化したのを見て、みづほは跳び上がるほど嬉《うれ》しかった。実際、圭太の前でぴょんぴょん跳んで喜ぶと、圭太も嬉しそうに笑った。

「きれいになって嬉しい？ ね？ 嬉しいね」

次にシミだらけで破れもあったふすまを貼り替えることにした。これもまたネットで調べると、本格的にやるには枠をはずしたりしなければいけないらしい。しかし、壁紙を使って貼《は》り替えるだけでも大丈夫という情報を見つけて、糊《のり》付きの壁紙を買ってきた。色は迷いに迷い、結局、無難なオフホワイトにしてみた。最初、糊がぶよぶよのひどい仕上がりで絶望的な気分になったが、翌日には乾いてぴんと張った。

いかにも和室っぽい砂壁もなんとかしたかった。本当は漆喰を塗って、ギリシャ風に仕上げたかったが、とてもむずかしく、手間がかかると知って諦めた。

幸い、砂壁がぽろぽろ落ちてくるほどには劣化していなかったので、下地用のシーラーを塗り、完全に乾いたあと、パテで埋めて壁を平らにした。さらにそれを紙やすりで整え壁紙を貼った。その柄もとても迷ったけれど、結局、オフホワイトのごく普通のものを選んだ。

そこまでくると、床はまだ畳のままだけれど、ちょっとした古民家カフェのようになった。畳の床も自分でフローリングにする方法を検索してみた。しかしその工程はさすがに複雑で、素人《しろうと》には無理だと思った。しかたなく、畳にカーペットを敷いて、これは次に誰かに貸す時に考えることにした。

一連の作業が、圭太を近くに置いたままできるのはとても助かった。また、自分にはこういうＤＩＹが合っているな、とさえ感じた。こつこつ作業をして、部屋がきれいになっていくのを見るのはとても楽しかった。

一階の床には一部、クッションフロアが敷いてあったが、使い古していて、細かい花柄も古臭かった。これも張り替えることにした。無難な木目調の柄のものを近所のホームセンターに行って買った。

この頃になると雄太も少しずつ態度を軟化させていった。ホームセンターに行く時にはお隣さんに車を貸してもらって、夫に運転してもらった。

「生島さんがいなくなって、どんな方が引っ越してくるのか心配だったんだけど、お若い方が来てくれてありがたいわ」

時々、顔を合わす隣の坂井《さかい》さんは定年後の夫と二人暮らしだ。心底、嬉しそうにそう言ってくれるのに「二年くらいで引っ越します」とはとても言い出せなかった。

バランス釜でタイル張りの風呂《ふろ》をどうするかはずっと懸案だったのだが、不動産屋が知恵を授けてくれた。

「今、ここは都市ガスですが、プロパンガスに替えてくれるなら、お風呂のリフォームを丸々してくれる会社を紹介できますよ」

「え。でも、プロパンは高いんでしょう」

「まあ、少し高いですけど、いずれにしろ、ここはすぐに貸すんでしょ。風呂のリフォームしたら何十万なんだから、いいじゃないですか。どうせ、このあたりの安い賃貸物件のほとんどはプロパンですよ」

「うーん」

みづほが迷っていると、不動産屋は決定的な言葉をささやいた。

「他に、冷房二台とインターフォンも付けてくれますよ」

「ええ？　なんでそんなことしてくれるんですか」

「まあ、古くからの付き合いですから。でも、他の業者じゃ駄目ですよ。うちから頼まないと……」

結局、プロパンガスの業者と十年契約を結んだ。風呂場は新品の最新式の風呂、冷房を一階と二階に一台ずつ設置、インターフォンも付けてもらった。いったい、どういうからくりになっているのか正直よくわからなかったが、確かに、二年後にはここを引っ越すのだから、と納得することにした。

ローンで借りた金の残りでキッチンをリフォームし、トイレは温水洗浄便座を買った。

トイレの中の壁や床に余った壁紙やクッションフロアを張ったりしていると、家の中はだんだん明るい雰囲気になってきた。

圭太は二歳になってから走り回ることも多くなった。どたどたと足を踏みならしても大声で泣き出しても、階下や隣の住人に文句を言われることのない一軒家は気が楽だった。壁に落書きされても、出る時に自分で貼り替えればよい。

ガス代は確かに高くなった。最初の月はまだ初春だったこともあって、それまでの倍近い料金に気が遠くなりそうになった。

みづほはガスの使い方を徹底的に見直した。

煮物料理は、これまで鍋物《なべもの》にしか使っていなかった土鍋で煮て、沸騰《ふっとう》したら新聞紙で包み、さらに使っていない布団《ふとん》で包んで保温調理した。風呂は普通の蓋《ふた》以外に保温効果の高いアルミシートを買って湯に浮かべ、冷めにくくした。もちろん、風呂の残り湯は洗濯や食器を洗うのに使った。

幅一メートルもない細い庭にハーブと季節の花を植え、余ったところには芝生を張った。夏は小さなビニールプールを置いて、圭太に水浴びさせた。圭太は何よりもこれが気に入って、きゃあきゃあと嬉しそうにはしゃいだ。レジャー代と冷房代の節約にもなった。

その様子を見ていた雄太が「やっぱり、一軒家っていいよね」と言った時、みづほはふいに目頭に涙がにじんでくるのがわかった。やっとここまできた、と。

しかし、みづほはまだ夫には言っていないことがあった。

住宅ローンはできるかぎり繰り上げ返済をしていてあと半年もしないうちに払い終わることを。不動産屋にはすでに「次はもう少し新しい、平成築くらいの安い物件はないか」と声をかけていることを。この家を貸すことを駅前の不動産屋に相談していることを。そして、その賃料を当てにして次のローンを組めないか、銀行にも相談していることを。

みづほは夫に言うつもりはなかった。もう、二度と、夫にお金のことは話さないし、お小遣い以上の金を持たせたり、管理させたりする気もなかった。

その代わり、息子は絶対にお金で困らせたりはしない。

そう決心しながら、みづほは狭い庭で遊んでいる息子と夫を笑顔で見つめた。

第五話　財布は学ぶ

給料日まであと四日。

平原麻衣子《ひらはらまいこ》は今、マックシェイクのために百二十円を出したばかりの財布の中をのぞく。コーチの三つ折りの黒い財布は、メルカリで中古を買ったものだ。

千六百五十二円。

なんとか、やっていけるか、いけないか、ぎりぎりのところだ。

だけど、銀色に輝く五十円玉が少し嬉《うれ》しい。もちろん、百円玉も五百円玉もすばらしいが、五十円玉にはなんだか豊かな気持ちにさせられる。十円玉が五個あるより嬉しい。世界的にも穴の空いたコインというのはめずらしいらしいと聞くし。

そんなことを考えていたら、隣にすっと女が立った。

「あたし、お金ないんだよね」

斉田彩《さいたあや》が座りながら言った。

思わず、笑ってしまう。

「ほんと？　私も」

「よかった。先週、結構仲良かった子がやめてさ。送別会、断れなくて」

「じゃあ、このまま話そうか」

新宿南口のマックの二階。ここなら百円でコーヒーが飲めるし、席さえ確保できれば何時間いても追い出されたり、嫌な顔をされたりしない。

「お腹《なか》、空《す》いてない？」

「ぜんぜん」

麻衣子はマックシェイクのカップを振って笑った。シェイクは麻衣子の大好物だ。子供の頃、時々連れて行ってもらった大型スーパーにマックがあった。母親の機嫌がいい時だけ飲ませてもらえた。それも兄と半分ずつだったが。

シェイクは幸せの味がする。

マックシェイクさえ飲めれば、私は何もいらないの。胸がいっぱいになってお腹もいっぱいになる気がする。そう何度、彩に語ったことか。

「そうだったね」

彩がにやっと笑った。

「あたしも飲み物買ってくるよ」と言って、下に降りていった。

飲みものの一杯くらいは買って座る。そのくらいの常識はお互いにあった。そういうところが合うところかもしれない。

だいたい、こんなにお金がない麻衣子も彩も、ちゃんと四年制大学を出ているのだ。一応。

「最近、どうだった？」

彩がホットコーヒー片手に戻ってきて、尋ねながら座る。

「相変わらずだよ」

「ね、聞いて聞いて、本店の部長がさ、さらにわけわかんないこと言ってきて」

お互いの会社のことは知り尽くしている。最低でも月に一度は会っているし、ＬＩＮＥで頻繁に連絡も取っているから。

きっと、彩の財布の中も自分と同じくらいだろうな、と麻衣子は話を聞きながら思う。給料日後なら一緒にハイボールが二百円で飲める居酒屋に行って、つまみを頼んで一人千円くらいで酔っ払う時もある。

麻衣子は新宿の観光案内所の案内員で契約社員だった。彩は新宿のカラオケボックスに勤めている。八王子の無名私大を卒業した彩は就職先がどこにもなくて、アルバイトしていた店でそのまま正社員になった。

麻衣子も彩も大学を卒業したのは二〇一〇年、震災の前の年で、リーマンショック後の不景気が続いていた。あと数年卒業が遅かったら、と思う。そしたら、自分たちだって、新卒で一部上場の大会社に正社員で入れたんじゃないか。もうアラサーなのに、こんなにお金がないことはなかったんじゃないか。

でも、しかたない、いくら考えても歳《とし》が若くなるわけじゃない。ほとんど人生、諦《あきら》めかけている。

契約社員でもらえる月給が手取りで十五万、ボーナスはなし。新宿から一時間くらいかかる郊外のアパートの家賃が六万円、食費日用品代が一万五千円、携帯代が約一万円、母親への仕送りが一万円、光熱費が一万円……手元に残るのは四万とちょっとだ。でも、この中から奨学金の返済、三万円を払わなければならない。

会社の人にはこんなこと絶対に話せない。

給料十五万で安いよねーっていつも言い合っているけど、奨学金のことは話せない。八人いる案内員の女の子たちは正社員と契約社員がちょうど半分ずつで、仕事内容も給料も待遇もそう変わらない。正社員の女の子はボーナスが年二回半月分ずつ出るが、その分、月々の給料が安い。ただ、麻衣子たちは次に契約を更新してもらえなくても、文句は言えない。正社員か契約社員かを分けるのは入社した年の景気によって、親会社に入ったか、子会社で契約されたか、ということだけだ。まさにタイミングと運だった。

年次的には麻衣子が一番年上で仕事上では彼女たちを束ねるような立場にいる。そして、麻衣子以外は全員、親元から通っていた。

入社したばかりの頃、同期の一人が「私の知り合いで、大学、奨学金で行った子がいてさ。お金とかなくてめちゃくちゃかわいそうなのー」と言った。周りも「ヤバいね」「あたしも知ってる子でいる」「親が貧乏なの？」などと口々に言い、悪気はないと思うが笑っていた。

それから何も言えなくなってしまった。

最初に説明しておけばよかった、と時々後悔する。自分は奨学金の返済があって毎月三万払わなければならない、と。そうすれば一回に数千円かかる、部内や女性社員同士の飲み会の時に「お金ないから行けない」と堂々と宣言できただろうに。

今は無理して、月一回くらいなら行く。それ以上は別に予定がある、と嘘《うそ》をつくしかない。もしかしたら、付き合いの悪い人と思われているかもしれない。

数千円の飲み会に行ったら、それから何日もマックシェイクだけで生きていかなければならないなんて、誰も知らないし、想像すらつかないだろう。
「平原さんて、なんでそんなにお金貯《た》めてるの？」と手作りのおにぎりを頬張ってい
る時に聞かれたことさえある。驚いて、おにぎりが喉《のど》に詰まってしまった。あまり人
には見せないようにしていたけれど、節約しているのは誰の目にも明らかだったのだ。
貯金なんて一円もないのに。
でも彩とは少ない言葉で気持ちが通じ合う。彩も奨学生だった。
彼女とは大学時代、野球場のビール売りのバイトで知り合った。同じくらいの時期
に採用となり、休憩室で話しているうちにお互いに奨学生だということがわかり、そ
れから無二の親友になった。
彩は学生の頃から八王子の家賃四万五千円のアパートに住んでいる。遠くて不便だ
けど、都心まで通えない距離でもないし、交通費は会社が出してくれる。引っ越すお
金もないらしい。
「実は最近、職場に入ってきた子がいて」
彩が話し出す。
「その子は昼職してて、夜だけバイトでカラオケボックス来てるの。まだ二十四で奨
学金は借りてないいんだけど、親に大学の学費を毎月返済しているんだって」

「え、親に払ってもらったのに？」

「うん、そういう約束で大学に行ったんだって」

「でも、それ、私たちよりましじゃない？　いざとなったら、親なら少し待ってもらうこともできるだろうし」

「あたしもそう思ったんだけどさ」

彩は大きな目を見開く。その目尻《めじり》にはきれいにアイラインが引かれている。彩は指先が器用でメイクが得意だ。

「ぜんぜん違うの。少しでも返済が遅れると親からがんがん電話がかかってくるんだって。親もお金が厳しいらしくて、老後の資金もないし、二言目には絶対に返してもらうからね、って言ってくるらしい。せちがらいし、つらいよね。その子、自分も奨学金にすればよかった、って泣いてた。奨学金なら、金利とかかかるけど、どうしてもダメなら滞納できるじゃん、一ヶ月なら。でも、親に泣きつかれたら返さないわけにいかないし、親とは縁を切れないし」

お互いに、はあ、と大きなため息をついた。

どちらが不幸だろう。

奨学金だって少しでも遅れたら督促状がくる。麻衣子も彩も一度ずつ経験済みだ。

下手すると、給料を差し押さえられると脅されている。だけど、親から返済の催促をされるのもつらいだろう。

「その子によると、今、そういう子、多いらしいよ。大学行かせられるくらいのお金は親にあるのに、返済を約束させられてる子。今の親は老後とか心配だから、そう簡単にお金を出してくれないらしい」

「へえ」

彩はコーチの黒のバッグから、前に三百円ショップで買ったと自慢していた小さなボトルを取り出して、コーヒーの残りを半分詰めた。きっと明日の朝飲むつもりだろう。それから、ポーチを開けてアイシャドウのケースを取り出すと、目元の化粧をチェックし始めた。

麻衣子のバッグもコーチの黒だ。ただ、彩のより大きくA4のファイルが入るサイズ。時々、会社から渡される資料が入るものを選んだ。

バッグはコーチの黒がいい、というのは彩に教えてもらった。それならどこに行ってもまあまあ恥ずかしくないし、メルカリで探せば送料込みで三千円以内で結構新しくていいのがある。古くなっても、うまくいけば千円くらいで売れる。

服もユニクロは高いし、皆着ていてユニバレするので、メルカリで探す。駅ビルに入っているようなブランドの二シーズン前くらいの服を千円台で買う。スマホも一応、iPhoneを、機種代も込みの料金プランで払って持っている。

彩はメイクが上手で、百均の使える化粧品情報とかに詳しいのでいつも教えてもらっている。髪も自分で上手に染めて、華やかだ。麻衣子も仕事柄、いつも髪をまとめ、メイクも丁寧にしている。

服装もメイクもちゃんとしているし、iPhoneも持っている。部屋だって、ユニットバスだけど風呂《ふろ》トイレ付きだ。きっと、自分たちを見た人は、数百円をやりくりして生きているとは思わないだろう。

そこそこ豊かなOLが時間つぶしに、マックでおしゃべりしていると思うかもしれない。

だけど、本当にお金はないのだ。

「彼氏とか欲しいね」

しばらく黙っていた彩がぽつん、と言った。

「うん」

「二人なら、助け合えると思うの……あ」

彩は慌《あわ》てて言葉を足す。

「麻衣ちゃんがいてくれて、あたしはすごく助かっているよ」

「わかってる」

自分だってそう思ってる。だけど、男はまた違う。

「私だって同じだよ」と言うと、彩はやっと安心した顔になった。やっぱり、彼女にはなんでも話せるし、話が通じる。

「でも、恋人には奨学金のこととか話せないよね。借金あるなんて、絶対引かれる。死んでも知られたくない」

大学に行かない方が良かったのだろうか。だけど、行かなかったら、今の就職さえできなかった。

「奨学金、いくら残っている？」

麻衣子は日頃はあまり具体的な数字を出したりしないようにしているが、つい尋ねてしまった。

「……やっと三百万くらい返して……あと三百くらいかな」

「私も同じくらい」

「結婚とかできないよね。借金ある女なんてやだよね、きっと」

「うん」

「普通に幸せになりたい。普通でいい……好きな人と結婚して、子供産んで」

そんなの夢のまた夢だ、ということはお互いにわかっている。

「四十くらいになって借金返したらできるんじゃない？　彩、美人だし」

「麻衣ちゃんだって、若く見えるから大丈夫。子供とか無理でも、いい人にめぐりあえたらいいのに」

互いに容姿を褒めたのは本心だったけど、どこか虚《むな》しく響いた。

「四十ならぎり、産めるかもよ」

「うん……ねえ、ハンバーガー買ってくるから一個を二人で分けない？　おごるよ」

あまりにも本音が出てしまってつらくなったのか、彩はすぐに話を変えた。


麻衣子は中部地方のSという都市に生まれた。

子供の頃は父と母、兄と自分の四人家族で、ごく普通の家だったと思う。けれど、小学生の時、父が心臓病で急死して、生活が一変した。

母は二つの仕事、スーパーのパートと夜の工場の清掃を掛け持ちして家計を支えるようになった。時にはさらに早朝のお弁当工場での作業と三つの仕事を抱え、麻衣子が朝起きる前に出て行って登校の直前に戻るようなこともあった。

しかし、麻衣子が中学生の頃、母は「疲れすぎて夜眠れない」とこぼすようになった。昼間、学校から戻ってきても寝ていることもあり、病院に行くと、軽いうつ病と診断された。昼間のスーパーのパートだけにはなんとか行っていたが、それ以外は家で寝ていることが多くなった。代わりに高校生の兄がアルバイトをして、家にお金を入れた。

けれど、兄はそれがずっと不満だったらしい。夜遅く帰ってくると、ものも言わず壁を蹴《け》って壊したり、母に乱暴な言葉を使ったりするようになった。そして、高校を卒業すると同時に、家を飛び出してしまった。今ではどこにいるのかもわからない。

高校生になると、麻衣子もスーパーやファミレスでアルバイトをしながら家計を支えた。その中で麻衣子は「大学に行きたい、いや、行かなければならない」と考えるようになった。なぜなら、アルバイトで出会う先輩やパートのおばさんたちは皆高卒で「仕事がない」「もっと楽な仕事をしたい」と毎日のようにこぼしていたからだ。大学に行かなかったらきっとずっとこの街にいて、同じような仕事を続けることになるだろう、と思い詰めた。そして、高三になった時、どうしても大学に行きたい、と母に頼んでみた。

「奨学金を借りるし、アルバイトをして仕送りするから」と約束することで、やっと母は進学を認めてくれた。

麻衣子が大学に入った頃、母の具合は少しよくなり、市役所の人に紹介されて、家賃の安い市営住宅に移っていた。麻衣子の仕送りとパートで、なんとか食べていけそうだった。

麻衣子は借りられる奨学金の全額……月十二万を選んだ。低所得家庭には利子のないタイプの貸し付けもあったけど、それだと月六万四千円が上限で、とても足りなかったのだ。

大学を卒業して「普通の会社」に入れれば、問題なく返せると思っていた。高校時代相談した担任にも「平原さんは成績もいいから奨学金を借りても大学に行った方がいいでしょう」と言われ、返済については特に何も言われなかった。

大学は就職も意識して、観光関係の学科を選んだ。旅行にはほとんど行ったことがなかったが、修学旅行などで経験したそれは本当に楽しかったし、遠くに行けてお金をもらえるなんて、夢のようだと思った。大学でもさまざまなアルバイトはしなければならなかったが、アパートを借りての一人暮らしや新しい友人との学生生活は幸せで、少し華やかでさえあった。

しかし、在学中にリーマンショックが起きて、景気は最悪になった。

志望した旅行会社の正規雇用はどこも無理で、結局、非正規とはいえ、ほんの少しでも観光に近い仕事を……と就《つ》いたのが、今の観光案内所の案内員だ。

地元に帰ることは少しも考えなかった。あそこに一度でも帰ったら……母の面倒をみながら老いていく未来しか見えなかった。母のことは本当に大切に思っているし、いつか介護するのは自分だと思っているが、それまでは自由が欲しかった。それに地元で今以上に稼げる仕事があるとも思えなかった。

何年やっても自分のキャリアが上がる仕事でもないし、昇給もほとんどなく、土日はほとんど出勤だ。同じ仕事をしていても、正社員になれる道もない。

制服はないのに、黒か紺のスーツか上着を着て、清楚《せいそ》な髪型や化粧をするようにと言われていた。もちろん、その分のお金が支給されるわけでもないから、結構、服代もかかる。

それでも、人と接することは嫌いじゃないから仕事は苦痛ではなかった。

彩と会った次の日、出勤すると、案内所の後ろにある八畳ほどの事務所に上司がいた。

彼は一応、課長と呼ばれる人で、この案内所を運営している会社の親会社からの出向職員だ。彼が一人で女性案内員八人を統括している……ことになっている。

けれど、彼はいつもこの部屋にいて、パソコンを叩《たた》くだけだ。画面が見えないところに座っているからわからないけど、たぶん、ゲームでもやっているんだろう、と麻衣子たちは噂《うわさ》している。彼の仕事はただ一つ、案内員が提出した出社希望日を見て、シフトを組むことだ。それだけなのに、よく間違う。指摘するのも面倒なので、皆でお互いに調整している。

「おー」

麻衣子が部屋に入ると、彼が急に大きな声を出した。何か手元の封筒をのぞき込んでいる。

「どうしたんですか」

やめればよかったのに、驚いて思わず反応してしまった。

彼はニヤニヤ笑いながら手招きした。

「今、本社から明細が届いたんだけどさ」

「なんの明細ですか？」

「次のボーナス、俺、ついに百万超えるらしい」

得意満面で、それをめくって見せた。

「へえ、すごいですね」

声が震えないように言うのがやっとだった。彼の手元も見られなかった。

彼の会社は元国営企業が民間企業となったところだ。多角的経営をする中で子会社に、首都圏の都市部の「観光案内所」を運営する部署ができた。元は本社採用だったのが、何も仕事ができなくて追い出され、こういう場所を転々としているらしい。

それでも本社採用だから、こいつ……四十過ぎてハゲかけて、家族どころか恋人もいなくて、いまだ実家から通っている、毎日、オンラインゲームかＳＮＳをしている男が、次のボーナスで百万円をもらう。ここにいる女の子の正社員とは世代が違うだけで給与形態も違うらしい。麻衣子は自分の気持ちを律するのに必死だった。

「あとさ、平原さんから他の人にも言ってもらいたいんだけど」

彼はまたパソコンに目を移しながら言った。

「は？」

「本社から子会社の社員に向けて、希望退職者を募っているんだよね。希望者がいたら、俺の方に知らせてって、言っといて。今なら退職金も少し出るって」

さらに衝撃的なことを言われて、胸がドキドキする。

「希望退職って……」

「まあ、今のところはあくまでも希望だけど、それだけで人数が集まらなければ、次はどうなるか……平原さんは契約社員だけどそういう人は再契約しない可能性もあるかもね。希望退職者がたくさん集まればいいねえ」

他人事《ひとごと》のように言う。実際他人事なわけだが。彼のたった一つのいいところは、馬鹿《ばか》だから、あまり深いことを考えず、真実をべらべら話すことだ。

「私にも退職金出るんでしょうか」

「え、麻衣子ちゃん、退職する予定あるの？　なら」

「いえ、ただ聞いただけです」

「さあね、契約社員とかなら、数十万じゃない？　でも、七、八年働いてそれだけもらえるなら、御の字だよね。やっぱり、うちの会社、すごいなあ、一応元国営企業だからその辺はちゃんとしているよね」

なんで、こんな馬鹿が百万のボーナスをもらえて、ずっと真面目《まじめ》に働いてきた私が数十万で追い出されなければならないのか。

頭にくるが、やはりそれ以上に、もしかしたら自分の仕事がなくなるかも、ということの方が心配になった。

最近は人手が足りないなんて言うけど、そのわりにどこも給料が安い。三十の女にはいい仕事なんてない。それはどこも同じだし、昔から変わらない。昔、彩と夜の仕事をしてみようか、と話したこともあった。でも、なんとなく、お互いに腹を探り合うような会話になって、「やっぱり怖いよね」「親、泣くよね」と言い合ってやめた。

たぶん、お互いに度胸がないのを確かめて安心したかったのだと思う。けれど、三十になって、もうその機会さえなくなってしまった。

家に帰って、パスタを茹《ゆ》でながら考える。

給料日には、業務用スーパーで五キロ千二百九十円の米か五キロ八百七十円のスパゲッティを買って、どちらかが絶対家にあるようにしている。それさえあれば、最低限、何かを食べられる、と安心できた。

米は昼食用のおにぎりに使うので、夜はパスタが多い。茹であがったものに一玉九十八円で買ったキャベツを刻んで入れて、キャベツのペペロンチーノにした。オリーブオイルやニンニク、唐辛子を買う余裕はないからサラダ油で炒め、塩こしょうで味付けしただけだけど、一パック八十八円の卵を自分で温泉卵にしたものを添えた。からめるようにして食べると見た目も味も悪くない。

課長が言うように希望退職者が集まらず、会社がクビを切るとしたら、自分のような契約社員が先だろうな、と思うと食が進まなくなった。

——次の契約を結ばないだけで、向こうはなんの苦労もなく、クビにできるんだから。

契約は半年ごとで、確か来年の三月には切れるはずだ。更新してくれるかどうかは会社次第なのだ。

数十万でももらえるうちに退職した方がましなのかもしれない。

冷め始めたパスタは卵の黄身が皿に張り付いて、急にまずそうに見えてきた。

もったいない、と思って無理に口の中に押し込む。

食べながら、それでも、ぎりぎりまであそこで働こう、と結論づけた。希望退職者がたくさん出て、杞憂《きゆう》におわるかもしれないのだから。

それに今でもなかなか休みが取れないくらい忙しいのだ。この現状を本社が知れば、人を減らすことなんてできないことがわかるはずだ。

——でも、それもこれも、あの課長が本社にちゃんと主張してくれれば、という条件付きなんだ。あの人がそんなことできるわけないか。

ため息をつく。それは生卵の臭《にお》いがした。

――急だけど会える？　ちょっと相談したいことがある。いつものマックで。

彩からメッセージを受け取ったのはそれから一週間後のことだった。

あのあと、希望退職の話は聞こえてこない。事務所内で麻衣子も他の女性たちに話したものの、反応は今ひとつ鈍く「大丈夫じゃない？」「まあ、最近、転職もわりにいいし」「やめさせたいなら、やめてやるって感じ」というくらいの会話で終わってしまった。麻衣子以外、皆二十代半ばだし、実家から通っているからあまり気にならないらしい。希望退職者がすでに定員を上回ったのか否《いな》か、まったくわからないまま、日常が続いている。

その話も彩にしたい。

――いいよ。

この間会って一週間で連絡が来るなんてよっぽどのことだ、と思って、すぐに返事をした。

――こっちも話したいことがあるし。

彩に話せば、少しは気持ちが楽になるに違いない。

しかし、彼女が麻衣子に会いたい理由は思いがけないものだった。

「これ見て」

彩はめずらしく自分のパソコンを家から持参してきていた。いつものコーチのバッグには入らないからか、わざわざ布製のトートバッグを肩からかけていた。

「彩ってパソコン持ってるんだ」

麻衣子は大学時代に使っていたのが壊れて以来、持っていなかった。

「友達のお下がりだけどね。スマホでもよかったんだけど、パソコンで見てもらった方がわかりやすいから」

彩があるホームページを開いて見せた。

「何これ」

真っ黒なページに白の文字で「奨学金　裏サイトの館《やかた》」と書いてある。

「あたしが奨学金を借りてるって知ってる、カラオケ屋のバイトの大学生が教えてくれた。彩さんの悩みって、これで解決しませんか、って。なんだか、ネットでちょっと話題になっているんだって」

しばらく見ていると、赤い花びらがちらちらと落ちてきた。そういうプログラムになっているようだ。しかし、文字のフォントは普通の明朝と丸ゴシックを組み合わせたシンプルなものだし、企業などが作っているようなホームページではない。無骨で気味が悪かった。

「おもしろいから、もう少し見てて」

彩がにやっと笑ったところで、赤い花びらが急に大きくなり、ページの端から血のようなものがざあっと流れた。

「うわっ」

思わず、声を上げた時、急に画面が明るくなって普通の白い画面が現れた。

そこにはさらに、「奨学金　裏技の世界にようこそ」と黒い字で書かれている。

「何これ」

「バカみたいだよね。古いタイプのホームページの作り方だと思う。それに、このデザイン、なんて言うの？　厨二病《ちゅうにびょう》って感じでしょ」

「これ、もう何年も前のじゃない？　今も生きてるの？」

彩がページの下の方をカーソルで指した。そこには「更新日　２０１８・３」と数字が打ち込まれている。

「本当だ」

「ここからが大変」

彩が題名にカーソルを当ててクリックした。

また別のページになって、今度はびっしりと文字列のみのページが現れる。

麻衣子が文句を言おうとすると、彩がウィンクして「ちょっと待った」と言った。

「ただのめちゃくちゃな文字列に見えるけど、これはホームページのプログラム。このままだと未完成だから、少し足りない文字を足してやると……」

彩はその文字をコピーして、自分のパソコンのテキストアプリを立ち上げ、貼《は》り付けた。さらに手早くキーボードを操って、いくつかの文字を足した。

「こんなの今時使う人いないんだけどねえ……いくらでもただの作成ツールあるからさ、これ作ったの、絶対四十代以上の人だよ」

「彩、プログラムもできるの？　すごいじゃん」

「大学の授業で一年やっただけ。まあ、自分で何か作ったりはできないんだけど……」

最後にカタッとエンターキーを押すと、文字が浮かび上がってきた。

また同じ言葉が麻衣子の口からもれた。

「何これ……」

そこには、「奨学金返済困っている方、ご連絡ください。誰も知らないウラワザ、お教えします。奨学金に人生を狂わされている方、ご連絡ください。わたしだけが知っているウラワザ、お教えします。渡る世間は鬼ばかり。だけど、情報がこの世を支配します。知るか知らないかで、人生は変わるのです。信じるか信じないか、あなた、シ、ダ、イ、です。奨学金を払わないですむ、ウラワザお教えします。ナナシノゴンベ」と書いてあった。そして、最後に、一目でフリーメールだとわかるメールアドレスが記してあった。

「なんか……気味悪い」

「でも、ここまでやるのは逆に本気の証拠かもしれない。手間をかけないと見れないんだから」

「普通は文字列のところで投げ出すよね……」

「噂だと、このフリーメールにメールすると返事が来て、奨学金の裏技？　払わなくてすむ方法を教えてくれるらしい」

「あやしいよ」

麻衣子はすぐに言った。

「でも、ちょっと聞いてみるくらいならいいじゃん」

「変な詐欺《さぎ》だったり、こっちの情報を盗むのが目的だったり、危険なスパイウェアを仕込むためだったら？」

「でも、失うものも何もないよ。このパソコンだってもうボロボロだし」

「……まあそうか」

三十の女にそうたいそうな価値があるとも思えなかった。

「こっちも新しいフリーメールを作って、連絡してみよう」

「うーん」

「二人で対処すれば、なんとかなるよ」

彩に押し切られた形で、メールアドレスを作り、相手に送った。文面は手短かに「奨学金返済で困っています。何か方法があるなら教えてください」と書いた。

その後、麻衣子が会社の希望退職の件について話していると、彩がパソコンを見て「あ、もう、返事が来た」と言った。

「うわ、どうしよう。メールを開くだけで変なウイルスに感染させられたりして」

「もうしょうがないよ！」

二人でわちゃわちゃ言いながら、結局、開いてみた。

――氏名、歳、誕生日、住所を送れ。

ただ、一行、そう書いてあった。

「なんじゃ、こりゃ」

「もう、やっぱりやめようよ。絶対あやしいって。生年月日じゃなくて誕生日だって。子供かよ」

しかし、彩はもう気持ちが決まっているのか、「田中あゆ　一九八八年……」と書き始めた。

「田中あゆって、何」

「適当に書いたの。とにかく送ってみよう」

住所は少し考えて、カラオケボックスの本社の住所を書いた。それはまずいんじゃないの、と言おうと思った時に、彩は送信ボタンを押していた。

すると、送ってすぐに「顔写真を送れ」と返事が来た。

思わず、顔を見合わす。

「やっぱりやめよう」

麻衣子は彩を諦めさせたくて、パソコンをぱたんと閉じた。

「こんなのいたずらか、愉快犯だよ」

「まあ、ちょっと待って」

彩は麻衣子からパソコンを取り上げると、ネット上で見つけた、適当なグラビアアイドルの写真をメールに貼り付けて送った。その子の髪色と髪型だけが、彩と少し似ていた。

「とにかく、やれるだけやってみよう」

しばらくまたおしゃべりした。

「実は、課長から希望退職を勧められて……」

「え」

彩はアイスコーヒーのストローをくわえたまま、目を見開いた。

麻衣子が彼からされた話を詳しくすると、「そのくらいなら、勧められたってほどじゃないよ。大丈夫だよ」と慰めてくれた。

「そうかなあ」

「大丈夫、大丈夫」

彩の言葉は麻衣子に向けられているというより、彼女自身を励ましているように聞こえた。

「あ、返信来たよ」

彩がパソコンをのぞき込む。

——会ったら教える。明日、十九時に新宿東口のルノアールに来い。でも、ただで教えてもらえると思うなよ。

思わず、顔を見合わせた。

「どうする？」

「ルノアールって……意外に本気だね、向こう。私は空いてるし、新宿なら会社の後すぐ行けるけど」

「ただじゃないって……どういう意味だろう」

急に、彩の顔が曇った気がした。ここまでは強気だったのに、相手の要求がリアルになったとたん、怖くなったのか。

「やめよう」

麻衣子はきっぱりと言った。

「こんなこと、どう考えてもあやしいし。きっと途方もないことを要求されるよ」

そして、彩が伏し目がちに考えている隙《すき》にパソコンを引き寄せ、メールボックスからすべてのメールを消した。

「もう、絶対にこんなものに惑わされたらダメ。お互いにこつこつ返していけば、いつかは解放される」

「……そうだね。なんか、ごめん」

「いいの、いいの」

麻衣子はしゅんと肩を落としてしまった彩を抱きしめたいくらいだった。

そして、一つの決心をした。

麻衣子は彩と別れた後、帰宅する電車の中でスマホを開いた。ドキドキしながら勇気を出して、メールを書いた。アドレスが人気アニメの主人公の名前とフリーメールのドメインであることは記憶していた。

――さっきメールした田中あゆは来ません。私はあゆの友達です。私が明日は行きます。それでもいいですか。

返信はしばらく来なかった。でも、家に帰宅したところで、着信の印が灯《とも》っているのに気がついた。

――名前と年齢、住所、性別、写真を送れ。一つでも嘘を書いたら、もう取引はしない。

麻衣子は一度目をつぶった。覚悟はできていた。彩に「やめよう」と言った時から。

――すみませんでした。私の名前は麻衣子と言います。歳は三十、住所は足立区、女です。それ以上は勘弁してください。

そして、元の顔がわからないくらいにアプリで加工した写真を、自分のところだけトリミングして送った。

今度はすぐに返事が来た。

――奨学生なら、奨学生番号があるはずだ。奨学生証か、返還誓約書に印字されてる部分を写真に撮って送れ。

麻衣子は書類を探して、十一桁《けた》の番号を送った。

――明日、さっきメールした時間、場所に来るように。

――ルノアールに行くだけでいいんですか。私はどうしたらいいんですか。

――俺の方から声をかける。

――お金とか必要ですか。

返事は何もなかった。

翌日、麻衣子は仕事の後、ルノアールに向かった。ぐるりと見回すと、待ち合わせのような人たちや、商談をしているサラリーマンらしき人、ぼんやりコーヒーを飲んでいる老人などが座っていた。この中にナナシノゴンベがいるんだろうか。

「お一人様ですか」

ウェイトレスに声をかけられる。

「……待ち合わせなんですけど、たぶん、後から来ます」

彼女は奥の方に空いている席を探して、麻衣子を案内してくれた。あとをついて歩きながらそれらしい男を目で探す。ジャージの上下を着ている太った男が一人でスマホを見ながらコーヒーを飲んでいて、もしかしたらあれじゃないか、と思った。けれど、彼は麻衣子が横を通っても、顔を上げなかった。

一人で座って、アイスコーヒーを頼んだ。いつものマックのコーヒーの七倍の値段なのに、なんの味も香りもしない。

三十分ほど、緊張で胃が痛くなるような気持ちで座っていた。結局、これはいたずらじゃないか、と思い始めた時、自分の前に男が座った。

「あの、ここは……」

とっさに断ろうとして、顔を上げるとグレーのスーツを着た男だった。

「麻衣子か？」

「あ」

男はたぶん、四十歳ぐらい。中肉中背、ごく普通のどこにでもいる男に見える。だけど、麻衣子が気になったのは彼の目だった。

細くて小さくて垂れ目、有名な漫才師に少し似ていて、一見、人が良さそうにさえ見える。だけど、黒目しか見えないので、本当の表情や感情がわからない。なんだか、ぞっとした。

「……奨学金で困ってるんだって」

彼は投げ捨てるように言った。声が小さいのでよく聞き取れない。自然と、身体《からだ》が前に出てしまう。嫌でも彼に近づくことになった。

「はい」

「ホームページにも書いたけど、奨学金を払わなくてもいい方法を知ってる」

「どういう方法ですか」

すると、彼はすっと目をそらした。

「身体で払える？」

「え」

「これからホテルに行って、俺の言う通りにしたら教える」

彼が席に座ってから、五分と経《た》たないうちに身体で払えと要求された。少しは予想していたものの、実際に言われるとたじろぐ。彼は貧乏ゆすりをしながら麻衣子と目を合わさず、ずっと店の中を見回していた。

「言う通りにってどういう意味ですか」

「言ったままの意味だよ」

「……身体の関係を持つ、ということですか」

彼は何も言わずにうなずいた。

「それは……」

「いやなら、別にいい」

「……いくらかお支払いする、ということではいけませんか」

すると彼は麻衣子の方を見て、にやっと笑った。

「麻衣子、払えるのかよ。金あるの？」

急に名前で呼ばれて、思わず、身体を引いてしまった。まるで自分のもののような扱いだ。

「あんまりないですけど……いくらかお支払いして、それでお金で出来る場所に行っていただく、というわけにはいきませんか」

「風俗に行け、ってこと？　そういうの、好きじゃないんだよね」

「は？」

「そういう女、好きじゃないの。ああいうのって、システマチックだからさ。向こうも合意の上だし。俺、本当に嫌がっている女にしか興味ないのね。嫌がる女にしか興奮しないの。ああいう店の娘《こ》って、結局、演技だし」

麻衣子は何も言えなくなってしまった。ふっと顔を上げると、相手はにやにやと笑っていた。今すでに自分がこうして嫌がっている様子が相手に快楽をもたらしているのだ、と思うと、気分が悪くなった。

「ひととき融資って知ってる？」

急に彼が尋ねた。

「ひととき融資？」

「身体の関係を持って、その代償にお金を貸すの。まあ、利子を身体で払ってもらうわけ。俺、それもやってて……人に金を貸すくらいだから別に貧乏じゃないんだよね。麻衣子が払えるくらいの金なんてどうでもいいわけ」

麻衣子は思わず、ため息をついた。そういう反応の一つ一つが相手を楽しませているとわかっていても、どうしても止められなかった。

「ねえ、やろうよ。あんたもそこそこ楽しめると思うよ。奨学金返済の方法も教えてあげるし、よかったら今後、お金を貸してあげてもいいよ。麻衣子、歳《とし》より結構、若く見えるよね。悪くない。最近、金を貸してる女も皆慣れてきちゃってさ、下手すると、俺と付き合ってる気になってるような女もいるわけ。他に女がいるんじゃないでしょうね、とか言い出して。バカだよね。それに比べたら、麻衣子、本当に嫌がってるし、フレッシュだし」

それでも黙っていると、彼はいらだつように言った。

「ね、別に俺はどっちでもいいわけ。金はあるし、できる女はいくらでもいる。あんたが嫌なら、帰るだけ」

そして、本当に立ち上がりかけた。

「待って」

彼は座り直して、また笑った。

「くださいは？」

「え」

「待って、ください、は？」

「待ってください」

「そう。決心はついた？」

「本当に教えてくれるんですね」

「うん」

彼は鞄《かばん》から名刺くらいの大きさのカードを取り出した。

「このホテルに来て。受付で、麻衣子って言えば、わかるようにしておくから」

まるで、勇気づけるように親密な笑顔を見せて出て行った。

麻衣子は手の中のカードをぼんやりと見ていた。彼の図々《ずうずう》しい微笑が残像のように消えなかった。


喫茶店を出る時にスマホを見ると、彩からのLINE通話の着信履歴が何個も残っているのに気がついた。折り返しかけ直すと、のんびりとした声が聞こえてきた。

「麻衣ちゃん？　あたし、今、新宿のマツキヨにいるんだけどさ、昨日、麻衣ちゃんが言ってたパックってなんて名前だっけ？」

その声のトーンと麻衣子の置かれた状況とがあまりにも違っていて、急に自分の中に日常が流れ込んできたような気がした。

「あ、なんだっけ？」

「ほら、昨日、麻衣ちゃんの同僚のお母さんがものすごく肌がきれいで毛穴一つ見えなくて、それは若い頃からなんかのパックをしているから、って教えてくれたじゃん。あれ、なんだっけ」

確かに、雑談の中でそんなことを言ったような気がする。しかし、今は頭が混乱していて、すぐに思い出せなかった。

「あ、あれ……私も今ちょっと思い出せない……ちゃんとした化粧品とかじゃなくて健康食品の粉みたいなものを水で溶いて顔に塗るんじゃなかったかな。でも、よくわかんない。また、ちゃんと確かめて連絡する。ごめん、今、手が離せない」

これ以上、彩の声を聞いていたら泣いてしまいそうだったし、決心が鈍《にぶ》りそうだった。

「じゃあね」

彩が何か答える前に電話を切った。

ホテルのカードに書いてある住所は、歌舞伎町だった。住所をスマホのマップに入れて探していると、また、彩からＬＩＮＥ通話がかかってきた。

無視して歩き出す。しかし、それは一度切れたあと、また鳴り出した。今度はＬＩＮＥ通話の方ではなく、スマホの電話番号だった。薄暗がりの道で呼び出し音が鳴り響き、前を歩いているカップルが振り返る。慌てて電話に出てしまった。

「麻衣ちゃん？　今どこにいるの？」

彩の声は早口で焦《あせ》っているように聞こえた。

「ごめん、今、忙しいんだ。また、後でかけ直すから……」

「もしかして、あの男と会ってるの？」

麻衣子は足が止まった。

「ね、麻衣ちゃん、あの男と会っているんでしょう」

「だから、後でかけ直すから」

電話を切ろうと、耳から離そうとした時に、彩の言葉が入ってきた。

「わかってるんだよ。だって、あたしもあの男と明日会うから」

「え」

思わず、スマホを握り直した。

「あたしも約束したの、あの後」

「どういうこと？」

「麻衣ちゃんと別れたあと、やっぱり、思い直して深夜に連絡を取ったの。そしたら、初めは今日会おうと言ってたのに、急に他の予定が入ったから、明日って言われた。それって麻衣ちゃんのことでしょ」

「なんで、そんなことするの？　あの人とはもう連絡しないって言ってたじゃん」

「だって、麻衣ちゃんに……危険なことさせられないと思って。あたしが持ってきた話だし。でも、あたし一人ならどんなこと要求されても我慢できるもん。自分が我慢して方法を聞き出して、麻衣ちゃんにも教えてあげようと思って」

彩も同じことを考えていたのか。嬉《うれ》しさと悲しみが同時に胸に押し寄せた。

「でも、今日、麻衣ちゃんに電話したら何度かけても出ないでしょ……昨日は明日空いてるって言ってたのに……だから、ピンときた」

「……私だって、同じだよ……彩をあんな気持ち悪い男に会わせられない」

「麻衣ちゃん、戻ってきて。ううん、あたし、新宿にいるからそっちに行く。お願い。やめて。麻衣ちゃん。麻衣ちゃんがあの男と会ってるって気がついて、あたし、自分がどんなに無謀なことをしているか、わかった。麻衣ちゃんが危険な男に会ってるなんて絶対に許せないもん。ね、麻衣ちゃんの親やあたしの親だって、そうだと思う」

「でも……」

「奨学金のことはもう一度、二人で頑張ろう。どうしてもうまくいかなくなったら、また、考えればいいじゃん。その時は二人であの男に会いに行けばいい」

「でも、彩。私、もう、こんな生活嫌なんだよ。これからあと何年、こんなこと、続ければいいの？」

するとと、彩は一瞬黙った。

「今日一日我慢すれば……」

「ダメ。やっぱり、それでもダメだよ。あたし、麻衣ちゃんが嫌な思いをするなら、その方法、絶対に使えない。親友を犠牲にした方法なんて使えないよ。麻衣ちゃんだって逆の立場になって考えてみなよ」

確かに、と麻衣子は思った。

「いいね？　あたし、そっちに行く。今どこにいるの？」

「歌舞伎町……」

彩に何度も聞き返されて、自分の声が出ていないことに気がついた。

麻衣子は歌舞伎町の脇道《わきみち》でしゃがんで泣いているところを、彩に見つけてもらった。彩は何も言わず、麻衣子の肩を抱いて駅に向かって歩いた。そして、いつものマクドナルドで、コーヒーとマックシェイクを買って、二階に上がった。幸い、八時過ぎのマクドナルドはわりに空《す》いていて、四人掛けのテーブル席に座ることが出来た。

麻衣子はマックシェイクを飲みながら、今日あったことを一つずつ彩に話した。彩も時々涙しながら、それを聞いてくれた。

「あの、すみません」

麻衣子が男に歌舞伎町のホテルのカードを渡された、というところまで話した時、急に声をかけられた。驚いて顔を上げると、隣のテーブルに座っていた女性が、二人のテーブルの横に立っていた。自分たちより二つや三つは上に見える女だった。黒いコート、黒いパンツ、黒いセーターという出《い》で立ちだけど、どことなく、すべてのものが高そうに見える。席に置いてある黒のトートバッグもディオールのものだとすぐにわかった。テーブルの上にはＭａｃＢｏｏｋも置いてあった。

彼女は泣いている麻衣子に小さなハンカチを差し出した。

「あ、いいえ、いいんです」

麻衣子は慌《あわ》てて、手を振って断る。さすがに見ず知らずの人にハンカチを借りるわけにもいかないし、少し恥ずかしかった。

「いいの。これ、百均で買った物だから。あげます」

「え、でも」

「ごめんなさい。今ちょっと聞こえちゃったんだけど、あなたたち、奨学金で困ってるの？」

麻衣子と彩は顔を見合わせた。

「私、もしかしたら、お二人のお役に立てるかもしれない」

麻衣子は気味が悪くなった。彩の方を見ると、同じように感じているらしく、腰を浮かし始めている。

「……私たち、急いでいるんで……」

さっきの話を聞いていたうえにこんなふうに近づいてくるなんて、もしかしたら、さらに変な投資話や詐欺話を持ちかけてくる、ヤバい輩《やから》なんじゃないか、と思った。

「ごめんなさい。私、あやしいものじゃないの」

女は慌てて自分のバッグを取り、中から名刺入れを取りだして、麻衣子と彩に一枚ずつ渡した。

——善財夏実

表にそれだけ大きく書いてある名刺は彼女の自信を表しているようだった。裏を返すと、恵比寿の住所が書いてある。

「あと、これ」

一冊の本を出して見せた。『婚活女子はピンクの財布を持て』という題名で、著者名にはまさに善財夏実とあった。

「あ、これ、知ってる！」

彩の方が先に大きな声を上げた。

「前に、バイトの子が読んでるの見たことある」

「ありがとう」

善財と名乗った女はやっと余裕の笑みを浮かべた。

「よかったら、それもあげます。持っていってください」

麻衣子はまだ半信半疑だ。だいたい、名刺と本だけなら、この女が本当の善財なのかわからないじゃないか。

その気持ちを察したかのように、彼女は本の裏表紙をめくって、著者の写真を指さした。メイクとプロのカメラマンの効果なのか、目の前の女より五つは若く見えるが、確かに善財が写っていた。

「で、なんでしょう……」

納得はしたものの、急に話し掛けてきた善財が怖くて、麻衣子はおそるおそる尋ねる。

「今の話、よく聞かせてくれないかしら」

「今の話？」

麻衣子と彩は顔をまた見合わせた。

「お二人の話。できたら、二人の過去や生まれも……詳しくインタビューさせてくれたら相談に乗れるかもしれない。私、これでも、一応、ファイナンシャルプランナーの資格も持ってるの。それに、その奨学金の裏技、私も知ってるやつかもしれない」

「話をするだけでいいんですか？」

　彩が身を乗り出す。

　それを見計らったように、善財が言った。

「ね、よかったら、私もこっちの席に座っちゃ駄目？　こうやって立っていると、目立つから」

　いたずらっぽく笑うと、本を書くような人には見えなかった。そのくらいなら、と麻衣子が尻《しり》をずらすと、すかさず荷物を持って移ってきた。

「二人にインタビューして、できたら、エッセイのような形で発表させて欲しいの。もちろん、名前や歳、出身地なんかの個人的なプロフィールは全部変えて、わからないようにする。原稿は発表前に二人にチェックしてもらう」

　どうする？　と目の前の彩がこちらをのぞきこむ。麻衣子は小さく頭をかしげた。まだ、彼女に対する猜疑心《さいぎしん》が拭《ぬぐ》えない。

「もし、そうさせてくれたら、あなたたちが完済するまで私ができる範囲でお手伝いする。約束する」

　善財はきっぱりと言った。

「それから、あなたたちが話す間、時給二千円をそれぞれ、別に支払う。もちろん、ご飯もごちそうする」

え、二千円？　思わず、声が出かかった。

少し困って、彩の様子をうかがった。

「……私はやってみてもいいと思う」

彩がささやくような声で言った。

「話をしても別に減るもんじゃないし……今のままでもどうにもならないでしょ。この人、女の人だし……麻衣ちゃんと一緒なら。失うものは何もないし」

そうだ、あんな男に会って、恐怖を味わった後、失うものは何もない……それは麻衣子も一緒だった。

「それに、あたし、自分のことについて書かれたもの、ちょっと読んでみたい。インタビューなんてされたことないし」

なるほど。確かに、一応著名人である善財が自分たちのことをどんなふうに書くのか、麻衣子も興味はあった。

「じゃあ、まず、彼女から話してもらうことにしようか」と善財は彩の方に顔を向けた。

「その様子を見てもらってから、あなたは決めれば？」

「今、もうすぐに、ですか」

麻衣子は驚いて尋ねた。

「あとでもいいよ。別日がよければいつでも」

「今でいいです」

彩はきっぱりと言った。麻衣子も少し気が楽になりうなずいた。

善財は手帳を広げながらスマホを出して「録音させてもらっていい？」と言った。

その時、これは確かに遊びなんかじゃなく、本当のインタビューなんだとわかった。

「じゃあ、まず、二人の名前と出身地、お歳を聞いていい？　なんて呼んだらいいかな？」

善財に「平原麻衣子です」「斉田彩です」と本名を名乗って、話は始まった。


週末の午後、麻衣子は休日なのに新宿に向かっていた。週末の休みは数ヶ月に一回くらいしかもらえないのだが、その貴重な日を使っていた。

出会った当日善財とはマックで一時間ほど話し、その後、彼女が誘ってくれたイタリアンレストランでご飯を食べながら話した。

まずは、彩が自分の生まれや家庭環境、ここに至るまでの話をした。

善財はなかなかの聞き上手で、「え？　そうなの？」「すごいじゃん」「それで、それで？」などと、気安い口調で先を促してくれるので、話は意外に盛り上がった。

少し警戒していた麻衣子も、彩の話に口を挟んでいるうちに、気がつけば自分のことも自然に話していた。

彩は四国で生まれ、大学入学と同時に上京した。それまで八王子というところがどういう場所か、まったく知識がなかったらしい。

「同じ東京なのに、こんなに都心から離れてるなんて考えてもいませんでした」

彩について、これまで何年も彼女と付き合ってきて、すべてを知っていたつもりだったが、初めて聞くことがいくつかあった。特に小学生の時に実の父親が母と自分を残して出て行ってしまった、という話には思わず涙した。

「そんなこと、知らなかったよ……」

「今のお父さんにはよくしてもらったし、もうほとんど本当の父親と同じような感じだったから……あたし自身も普段は忘れてるくらいだし」

彩はたんたんと説明した。

「今、実家にはその新しい父親と母の間に生まれた弟と妹がいて、まだ中学生と小学生なんです。これから二人ともお金がかかるし……あたしの方にもちょっと見栄《みえ》も遠慮もあって、お金のこと相談できないんです。義父に『大丈夫？』って聞かれても『大丈夫、大丈夫。これでも結構、稼いでるんだよ』とか強気なことしか言えなくて」

やっぱり、本当の親とは違うのかな、と最後にポツリと言った。

善財が連れて行ってくれたイタリアンレストランは、パスタが一皿二千円以上する店で、こんなにおいしいものを食べたのは久しぶりな気がした。そこでは「もう、しばらく過去の話はしなくていいから」と彼女が言って、お互い気楽に今の仕事の話や愚痴などを話した。

その後もう少し話そうということになり、彩が働くカラオケボックスに行ってまたインタビューを受けたり、歌を歌ったりした。

善財は最終電車の前にお開きにした。

「ここまで話してくれたし、奨学金のことはもちろん、教えてあげるけど……」

彼女は二人の顔を交互に見ながら言った。

「よかったら、週末にでも、もう一度会えないかな。二人の話を聞いて、私もう少しできることがあるような気がするんだ」

「それはかまいませんけど、できることってどういうことですか？」

「ただ、奨学金を払わなくてもいいようにする、ということじゃなくて、さらに、二人の生活全体を変えるようなこと、二人の金銭状況、生活環境をすべて変えるようなこと」

最初にそんなことを言われていたら、かなり警戒していたと思う。けれど、その時には、善財のことを信用していた。

「……まず、聞きたいんだけど、二人の奨学金の残りの全額と、金利は何%なの？」

「二人とも残りは三百万くらいだよね？」

彩が答えた。

「金利は……どのくらいだろう」

「ね、そういうことを正しく知りたいのよ。だから、その奨学金の書類、それから二人の今の家賃、生活費、光熱費、食費……なんかをざっとでいいからまとめてきてくれない？」

「あ、でも……」

そんなことを言って、このまま逃げられたら困る、と麻衣子は急に頭がはっきりした。「奨学金の裏ワザだけはここで教えてください」

善財は麻衣子の気持ちを見透かしたようににやりと笑った。

「そうだよね、そこが聞きたいよね。じゃあ、話しとくわ。すごく簡単なことなのよ。奨学金ていうのは、学生が学校に行くために借りるお金だからさ、学生の間は返済は免除になるでしょ」

「はい。だけど、そのためには大学に行かないといけないし、それにはお金がかかりますよね。私たち、仕事もあるし、大学なんて今さら通えない」

「数万円で入れて、通わなくてもいい大学があるでしょ」

善財は二人の顔をのぞき込む。

まったく思いつかなくて、頭をかしげた。

「放送大学」

「あ」

麻衣子も彩も声を上げた。

「放送大学に入って、その間、返済を一時的に待ってもらいましょう」

「でも、借金がちゃらになるわけじゃないし、放送大学に入るのだってただじゃないですよね」

「そう。だから、その詳しい方法を次に会った時、話し合うの」

あの日の自信満々だった善財の顔を思い浮かべる。本当にそんな方法あるんだろうか。

話してて気がついたのは、善財の行動力と知識だった。特にお金については時々、「私はお金が大好きなの」「お金のことを考えるのも大好きなの」と言葉の端々に挟み込んだ。思わず、笑ってしまったけど、あれはきっと冗談じゃないに違いない。

不思議だ、と新宿に向かう電車の中で、麻衣子は思う。

ただ、自分のことを話しただけなのに、なんだかすごくすっきりしたし、話せば話すほど、「もっと自分をなんとかしなくちゃ」という気持ちになった。何をしたらいいのかはまだわからないが……。

善財が指定した新宿のコメダの前で、彩が待っていた。

「彩ー！」

手を振ると向こうも同じことをする。笑顔がないのが気になった。

彩からは、ここに来る電車の中でメッセージを受け取っていた。

——待ち合わせの店の前で待ってるから、先に入らないでね。話したいことがある。

話したいことって、いったいなんなんだろう。

「大丈夫？　どうかした？」

彩は小さくうなずいた。

「麻衣ちゃん、よかった？」

「何が？」

「なんか、あたしが一方的に決めちゃったじゃん。善財さんのインタビュー受けること……麻衣ちゃんは本当によかったのかなって、気になってさ」

「あ、いい、いい。私も最初はちょっと迷ったけど、結果的にいろいろ話せてなんかすっきりしたし」

「それならよかった」

「それに、彩も言ってたように、失うものは何もないでしょ、私たち」

「うん。だけど、変な契約とか、変な仕事とか紹介されそうになったら、絶対に断ろうね」

　思わず、大声で笑ってしまった。

「それはもちろん」

「今後も善財さんとの待ち合わせは絶対に、人目のあるところで、二人でね」

「約束する」

　思わず、彩の手を取り、そのまま店の中に入っていった。

「ここ、ゆっくりできて、いいんだ」

善財は先に来ていて、一番端の目立たない席に座っていた。

「この間は楽しかったね」

日を改めるとまた緊張が戻ってきたけど、彩と事前に話したのと、彼女がにっこり笑ってそう言ってくれたので、少しほぐれた。

「私、あんなに遊んだの、久しぶりだったからさ。すごいストレス解消になったよ」

「そうなんですか」

善財さんて、恵比寿に住んでるし、一応、著名人なのに遊んだりしないのかな、と意外に思った。

イタリアンレストランで、彼女がダメ人間のバーテンダーと付き合っているという話も聞いた。彼は顔はいいけど、まったく結婚する気もなく、他の女の影がうろちょろしているのだと。

こんなしっかりした人でもそんな男と付き合っているのか、と思うと少し親近感がわいた。

「さて、じゃあ、二人の家計を見せてもらっていいかな」

麻衣子と彩は一度顔を見合わせた後、手帳に書いてきた家計を見せた。

「ちょっと恥ずかしいんですけど……」

思わず、そうつぶやいてしまうくらい、善財は二人の家計をじっと見た。それは、箇条書きで書いただけで、たいそうなものではない。

麻衣子の家計は、月給十五万、家賃六万、携帯代一万、食費一万、日用品五千、母親への仕送り一万、光熱費一万、服飾費五千、奨学金の返済三万。

彩の方が月給十四万、家賃四万五千、携帯代一万、光熱費一万、食費一万、化粧品と日用品一万、奨学金三万……というところだった。

「残りはお小遣いとか、交際費にしています」と麻衣子が説明すると、善財はうんとうなずいた。

「貯金とかぜんぜんできなくて」

その簡単なメモを穴が開くほど見入られて、彩も恥ずかしくなったのか、そんな言い訳めいたことをつぶやいた。

しかし、善財は「いいね」とつぶやいた。

「いい？」

思わず、声が出てしまった。こんな家計……手取りはたった十五万ばかりで、その中から奨学金を払って、貯金なんてほとんどできない、この家計がいい？

「どういう意味ですか」

善財は自分たちのことを馬鹿《ばか》にしているのだろうか。

彼女はやっと顔を上げた。

「いいって言うのは、ものすごく改善の余地がある、ってこと」

「え」

「これが完璧《かんぺき》な家計だったら、正直、困るかなって思ってたんだけど、これならまだ改善の余地がある」

「でも、これでも、結構、節約してますよ。無駄遣いなんてほとんどしてないし」

それには応《こた》えず、善財は早口に尋ねた。

「年金や健康保険料は給料から先に引かれているんだよね？」

二人はうなずく。

「じゃあ、奨学金についての書類を見せて」

バッグの中から出すと、それもまた、彼女はじっと見た。

「……金利はわりに安いんだね。一%ちょっとくらいなのか……」

なるほど、なるほど、と善財は何度もうなずく。

「安いほうですか」

「うん。正直、この金利、例えば、商売を始めるにおいて、銀行から借りたりすることとを考えたらずっと安いわけ。普通だと三%とかだし、カードローンなんて十三%以上取られることもあるから。それどころか、今は銀行だってなかなか貸してくれないことさえある」

麻衣子と彩は顔を見合わせる。いったい、彼女は何が言いたいんだろう。

「借金や奨学金が一概に悪いとは言えないのね。時にはね、借金をすることで、事業を早く進められたりすることもあるから。例えばね、奨学金でさえ、あえて借りるって親もいるの。金利の低い借金だから。必要がないのに、子供に借りさせてそのお金でアパートを買うとか自分の商売のために使うのね。もちろん、それは親が返すわけだけど」

「つまり、学費を払う余裕があるのにあえて奨学金を借りる親がいるってことですか」

「そういうこと」

「でも、確か、奨学金には親の経済状態の審査があったはずです。年収がいくら以下、とか。あんまり高いと、申し込めないはずです」

「ああ、それもね。自分で会社を作っている親なら、自分のお給料をいくらとか決めることが出来るから調整できるわけ。会社には収入があっても、自分のお給料はすごく少なくすることも可能なのよ」

「なるほど」

うなずきながら、麻衣子にはちょっとわからなかった。あまりにも自分の状況とはかけ離れた世界だ。子供の学費どころか自分の生活費さえまかなえない母親のことを思った。

「二人に言いたいのは、そういう世界もあるってこと。世の中には裏返して考えればいいこともあるのよ」

「はい」

「それで、私の提案なんだけど」

「お願いします」

「まず、固定費を減らしましょう。二人は節約を頑張っているみたいだけど、今の方法では限界がある。食費や日用品、化粧品なんかを削っても、よくて一万か二万でしょ」

「はあ」

「家賃、携帯……それから、交通費や光熱費もがっつり削れる方法がある」

「なんですか」

善財は二人を指さした。

「二人で住む」

「え！」

それはこれまでも時々、二人で話したことがあった。いつか近くにか一緒に住めたら楽しいね、と。

「二人でならさ、都内のもっと新宿に近い場所に住むことが出来る。お金だけじゃなくて、時間の節約にもなる。どう？　幸い、仲もいいようだし、嫌じゃなければ」

嫌どころか、ぜひにでもやりたいことだけど……。

麻衣子は彩の方をおそるおそる見る。すると、彩も目を見開いてこちらを見ていた。

二人の様子には頓着《とんちゃく》せず、善財は自分の手帳を出して、メモを書き出した。

「新宿から電車で三十分以内の2LDKに住む、と……二人なら、家賃八万で探しましょう。それなら、家賃はお互いに四万ずつ。それから、携帯は格安携帯か、安楽のにして、できるだけ無料かそれに近づける。これで、一万以上の節約。二人なら、食費や光熱費も削れるよね」

善財は、さらさらと計算する。

「そして、奨学金の返済をその間免除してもらえれば……放送大学の入学料と授業料を払っても、月五万ずつは貯金できるはず」

「……あの、少し考えたんですけど、そんなことしていいんでしょうか」

「え？」

「それって裏技でしょ？　違反とかになりませんか」

「確かに、この裏技には賛否両論ある。中には不正に使う人もいるから」

「そうなんですか」

「だけど、あなたたちは決して奨学金を返さないって言ってるわけじゃないでしょ。ただ、ちょっと待ってもらうだけだから。私の案は、この月五万を投資して残金の三百万が貯《た》まった時に一括返済するってことなの」

彩は素直にうなずいていたけれど、麻衣子は投資、という言葉がでたところでちょっと緊張した。

ここで、もしかして、善財は何かヤバい投資話を持ちかけるのではないか。

「その投資ってなんですか。どこに預けるんですか」

「なんでもいい」

「え」

「普通の証券会社で売ってる、ノーロード、つまり販売手数料がかからなくて、信託報酬が一％以下の投資信託をＮＩＳＡ枠で買う。それなら税金もかからないからね。できたら、できるだけ幅広い対象に投資するものがいいと思う。全世界株式とか」

よくわからない単語がポンポン出てきた。

「まあ、詳しい話はまた改めてするけど、そういう投信はだいたい平均で六％くらいの成長が見込めるから、たぶん、遅くても四、五年後にはいけると思う……でも、これは投資だから確約はできない。マイナスになってしまう可能性もある」

「あ。でも、善財さん」

「なあに」

彩がもじもじしながら言った。

「あたしたち……貯金がないんです。その……引っ越しするお金なんてない」

そうだ、それがあったら、もっと早く彩と近くに住んでいた。

「それは私が貸す」

善財はさらっと言った。

「え」

本当に善財は驚くようなことばかりを言う。

「二人で暮らせて、敷金も礼金もただのいわゆるゼロゼロ物件を探して。Ｗｉ－Ｆｉ

完備だとなおいいわね。そしたら、引っ越し代は私が貸してあげる」

「でも、私たちは返せないかも……」

「その代わり、これから奨学金の返済が終わるまで、あなたたちの記録を取らせて欲しい。家計簿も付けて、時々会って話を聞かせて」

「……それだけでいいんですか」

「そしたら、私も少しはアドバイスできるしね。その過程を文章や本にさせてもらうわ。もちろん、二人の名前は仮名で」

「……どうしてそこまでしてくれるんですか。もしかしたら、私たち、ちゃんとできなくて逃げるかもしれませんよ」

麻衣子は言った。

「そうねえ」

善財は頭をひねって、指で髪をすいた。

「強いて言えば、好奇心かな。この間、二人と話して、真面目《まじめ》に頑張っているっていうのはよくわかったし……こういう人たちに幸せになってほしい、それにはチャンスが必要で、一回くらい、二人にチャンスがあってもいいんじゃないかって思うし」

「ありがとうございます」

「いや、お礼には及ばないよ。だって、もしも、失敗したとしても、それはそれで、ネタになるしね」

「ネタに？」

それに私も一回くらい馬鹿なことをしてみたいとも思ったんだよね、と善財はつぶやいた。

麻衣子は彩の顔を見る。どうする？　とその顔も聞いていた。

「まあ後は二人で話し合って決めて。決まったら連絡して」

善財は席を立とうとした。

「私はやりたい」

麻衣子は思わず叫んでいた。善財が行ってしまったら、この幸運はなくなってしまうような気がした。

「私はやりたいと思うよ、彩」

「あたしも。麻衣ちゃんと住めるなら、なんでも」

「決まりだね」

「よろしくお願いします！」

「あ、そうだ」

善財はバッグを開いて、長財布を出した。ルイ・ヴィトンのものだった。

「これ、あなたたちにあげる」

「え、どういうことですか」

彼女は財布を開くと、クレジットカードやお札、小銭を全部出し、空にしてこちらに渡した。

「これを二人の共通財布にしたらいいわ。新しい生活が始まったら、これに一ヶ月の予算を入れて使うの」

「こんな高価なもの、いただけませんよ」

「いいの、いいの。好きなように使って。ほらこれ、麻衣子ちゃんと同じイニシャルが入っているしちょうどいい」

確かに、金字で「M・H」と書かれていた。

「私からの門出のお祝い。実は、この財布、ちょっと自分の気持ちや運勢を変えたくて買ったのね。でも、もういらないから」

「運勢、変わったんですか」

「そう。たぶん、あなたたちのおかげでね」

善財はにやっと笑った。

私たちは天使と契約したのだろうか。それとも悪魔と契約したのだろうか。麻衣子にはわからなかった。

一ヶ月後、二人は読売ランド前駅から徒歩十一分、家賃七万九千円のアパートに引っ越した。

築四十八年で古いけど、ちゃんと中はきれいに直してある物件だった。2LDKで、一人一部屋ある。

引っ越しにかかった二十万ほどは、約束通り、善財が貸してくれた。彼女はアパートまで来て、二人の生活を写真に撮って帰って行った。

「さあ、あとは二人次第だよ」

善財からもらった長財布は生活費を入れたあと、冷蔵庫の上に置かれた。

「つまり、佐竹さんの家に行ったら野田がいた、ということですね？」

善財夏実がノートから顔を上げて尋ねたので、葉月みづほは小さくうなずいた。

「そうです。でも、最初に会った時は彼……野田裕一郎だとは気がつきませんでした。若い男がいて、佐竹さんが『遠い親戚《しんせき》の子だ』と言いました。男もその言葉にうなずいていたので」

「それって、二〇二一年の六月、ということでよろしいですか？　今から八ヶ月前になりますよね。確か……東京は緊急事態宣言下でしたよね」

「はい、その頃だと思います」

「彼は何か話しましたか」

「ほとんど何も……佐竹さんの家のエアコンの調子が悪いということでうかがったんです……あそこは自己管理、つまり私が管理していて」

「なるほど」

善財はまた視線をノートに移した。

善財からの取材依頼は先々週、不動産屋を通して入った。

「葉月さん、取材とかOKでしたっけ」

電話をくれたのは、二軒目の築古物件を買った時に、仲介をしてくれた不動産屋の社員、芝崎《しばさき》だ。みづほと同じくらいの年頃の男性で気心も知れているし、時には、ネットや店頭に上げる前の物件情報をくれることもあるから、ありがたい存在だった。

みづほの方も、盆暮れの挨拶《あいさつ》は欠かさないし、彼から連絡があった物件は必ず、内見する。

不動産投資を始めて四年、彼とだけでなく、そういう関係がいくつかの不動産屋とできあがっていた。

「今、葉月さんに取材したいって連絡があったんですよ」

「またですか……どこの、なんの取材ですか？」

実は、みづほは何度か、女性不動産投資家として取材を受けていた。

「健美家」「楽待」など、収益不動産を専門に扱っているサイトはいくつかあり、その一つ「にっこり大家」という大家のネット情報サービスの「レディース大家参上！」という特集にたびたび取り上げられていた。ライターに話を聞かれ、二時間で図書カード三千円分もらえた。

インタビューというのも最初はもの珍しく、何より、自分の来し方行く末を尋ねられるのはまるで有名人にでもなったようで嬉《うれ》しかった。女性大家というのはやっぱり稀有《けう》な存在らしい。そのためか、半年に一度くらいはこういう連絡が来る。

「まあいいけど、いつも同じような話しかできないし……」

大抵、どのような取材でも、不動産投資を始めた理由、原資をどうやって用意したのか、夫の許可は取ったのか、家族は協力してくれるか、大家として働いている間子供はどうしているのか、DIYはどこで習ったのか、融資はどこで受けているのか……など、聞かれることは決まっている。

しかし、芝崎はみづほが思ってもみないことを言った。

「いえ、違うんですよ。この間の佐竹さんのことで」

「ああ」

みづほは思わず、ため息をついた。

「じゃあ事故物件の特集なのかしら……でも、あそこは事故物件じゃないわよ」

「いや、そうじゃなくて、佐竹さん自身や家のことじゃなくて、捕まった野田裕一郎のことなんですよ」

「あ、あの人……」

「それに、媒体も不動産サイトじゃなくて、フリーライターの……ええと、なんて言ったかな」

彼が何かをめくっている音が聞こえる。

「あ、善財夏実さんって人。なんか、本を出してる人らしいけど、知ってます？」

電話口で息を呑《の》んだ。

「……知ってます。本も読んだことがあります」

自分の声が少し上ずっていることに、気がついた。

「私はほとんど読まないから、そっちには疎《うと》くて。やっぱり、葉月さんは偉いね、今時、本を読むなんて」

「いえ、それほどでも」

善財夏実、その名前を聞くのは何年ぶりだろう。

昔はあんなに夢中だったのに。正直、名前も忘れかけていた。

このところ忙しくて、主婦向けの節約本や節約雑誌なんてほとんど手に取らなくなっていた。読むとしたら、不動産投資に関するものや、経済書だ。できたら、そのうち宅建を取りたい、簿記も取りたい、とコツコツ勉強している。無駄な時間なんて少しもない。

興味がすっかり移ってしまったんだな、と思う。数百万、時には数千万ものお金を動かす不動産投資をしていたら、食費や光熱費を数十円、節約したって変わらないと思ってしまう。もちろん、今でも無駄遣いは絶対しないが、それより、銀行の金利が一%でも低くなる方法を学ぶ方がずっと大切だった。

そういう主婦の節約に興味がなくなって善財の本を読んでいなかったのだけれど、それだけでなく、彼女の本自体、書店でもあまり見かけなくなったような気がする。いつも楽しみにしていた主婦雑誌のコラムからも、気がついたら名前が消えていた。

「なんでも、野田が起こした特殊詐欺《さぎ》事件を追っていて、彼について調べたいんだって。それで彼と実際に会った人を探しているってことだった」

「そうですか……」

「ね、どうする？　こっちから断ってもいいけど」

「あ、受けます」

気持ちはもう決まっていた。

「今、思い出したんですけど」

　みづほは、必死に手元を動かしてメモを取っている善財に言った。

「もしかしたら、野田は私と顔を合わせないようにしていたのかもしれません」

「え。そういう節《ふし》があったんですか」

「はい。まず、家に入った時にはいなかったんです。で、佐竹のおじいちゃんと、いつからエアコンの具合がおかしいんですか、って話をしていたら、おじいちゃんが『なあ、一昨日《おととい》からだなあ』って奥に話し掛けたんです。私、誰かいるってことに気がついて、びっくりしたんですね。佐竹さんは入居時は一人住まいでしたから」

「それは確かなんですね」

「生活保護を受けている人はほとんど一人です。独居の老人が圧倒的に多いんです。まれにご夫婦もいますけど」

「そうなんですね」

「おじいちゃんがそう声をかけると野田さん……彼が奥から顔を出しました。しかたなさそうに。そして『そうだよ、一昨日だよ』って答えてまたすぐに頭を引っ込めて。私、びっくりして『あら、お友達？』って聞いたら、おじいちゃん、しまったっていう顔をして、『親戚の子が来ている』って」

「葉月さんもおかしいと思ったんですね」

「ええ。生活保護の人は皆、孤独ですからね。役所も、親兄弟、親戚で、その人の面倒を見られる人はいませんか、って一応聞かないと、生活保護は出せないって決まりがいまだにあるくらいで……。ひとり暮らしで大丈夫かな、って心配になることもよくあるんです」

「なんか、それ以外に聞きましたか」

「その時は何も。というか、今だから言いますけど、ちょっと困ったことになったなと思ったんです。彼が本当に親戚の子だったら、働ける年齢の若い男が生活保護受給者の家にいる……ただ、遊びに来てるだけならいいですけど、一緒に住まわせるわけにはいかないんです。大家としても本来なら、最初の契約とは違うわけですし……でも、こんなことでおじいちゃんが保護を受けられなくなって、家を追い出されるということになったらかわいそうですし」

本当は「おじいちゃんがかわいそう」というだけでなく、安定的な収入がなくなる心配もあったのだが、それは出さなかった。

「あまり深くは突っ込まなかったんです。でも、おかしいなと思ったことは他にもありました」

「どんなことですか」

「長押《なげし》に、若い人向けのジャンパーとかシャツがいくつか掛かっていたんです。それが一着や二着じゃないし、なんとなく、ちょっと遊びに来て掛けた、という感じでもないんです。それで、ここに住んでいるのかな、と思いました」

そこまで説明していて、みづほははっとした。

「あの、これ、どこかに書くんですよね。今、話したことも書きますか」

善財は顔を上げる。

「いえ、まずいということなら入れませんが」

「今のはやめてください。私が同居人かもしれないと思いながら何もしなかったということになったら、まずいので。報告義務があるわけじゃないけど、黙っていたというと今後に差し支えるかもしれません」

「葉月さんの名前を出さなくてもダメですか」

「ええまあ」

野田のことは小さいけれど記事になった。逃亡中、生活保護を受けていた老人と一緒に暮らしていた、というのは人目を引くニュースだった。このあたりの不動産屋をはじめ、役所の生活保護の関係の人なら皆知っているはずだ。

「じゃあ、その辺のことはぼかして書きますから」

「お願いします」

一応、確認はしたけれど、少し不安が残った。その表情を読んだのか、善財は言った。

「例えば、佐竹さんは友達だと説明したけど、ずいぶん若いから少し不思議に思った、くらいならどうでしょう」

「ええ、ならいいですよ」

そこまで言ってもらってやっとほっとした。その安心感からか、さらに自分から話を付け加えてしまった。

「そのあと、家を出た時、振り返ったら、二階に小さなベランダがあるんですが……それにおじいちゃんのものではなさそうなトランクスが干してあって、やっぱり、と思いました。ただ遊びに来たんじゃなくて住んでいるのかな、と」

善財はふっと笑った。

「なんですか」

「いや、葉月さん、なかなか観察眼が鋭いですね」

褒められたら、悪い気はしない。ましてや、以前は愛読していた本の作者だ。

「大家はどうしてもそういうところ見ちゃうんですよ。そんなに貸家に行ったりはしないんですが、行くとついね。職業病ですね。やっぱり、自分の不動産が心配ですから」

「そういうものですか、では話を戻します……次に野田に会ったのは？」

「一ヶ月くらいして、佐竹さんが倒れたんです」

みづほは時間軸をたどりながら説明した。

「普通なら大家でもすぐにはわからないと思うんですが、近くに他にも私の貸家があるんです。そこをかりてくれている人がすぐ連絡くれて。佐竹さんが家の前で倒れて救急車で運ばれたよ、って。それで私、慌《あわ》てて電動自転車で駆けつけまして」

「ええと、それって何時頃ですか」

「ほとんど真夜中頃でした。十一時くらい。でも、着いた時には連絡をくれた方が家の前に立っていただけでした。どうも、気分が悪くなって佐竹さんが自分で救急車を呼んだみたいですね。コロナかと思って心配したんですけど、咳《せき》もしてなかったし、それは違うみたいだって言われて、少しほっとしました。話をしていたら、隣の方も気配に気がついて出てきてくれて。とりあえず一度家に戻ろうとしている時に、はっと気づいたんです。あれ、この間いた男の子はどこにいったんだろうって。でも、一応、家のベルを鳴らしたけど、誰も出ませんでした。その日は遅かったので家に帰って」

「はあ」

「それで、次の日にまた自転車で家まで行きました。家がどうなっているのか心配だったのと、隣の方と連絡をくれた店子《たなこ》さんに改めてご挨拶しようと思って、菓子折を買って……」

「大変ですね。大家さんってそこまでするんですか」

「まあ、今回は家の外で倒れて救急車で運ばれたので、本当によかったです。どうしても生活保護の人はお年寄りや身体《からだ》の不自由な方が多いので。孤独で亡《な》くなられると、大家としては正直困ってしまうんです。大家業はリスクがありますから、そのくらいはやらないと」

「すみません。ちょっと話がずれますが、リスクってどういう意味ですか」

「大家というのは楽なように見えるかもしれませんが、常にリスクと隣り合わせです。例えば、家賃滞納とか、夜逃げ、事故や事件を起こされることなんかがあります。小さなことだと店子がすぐに退去してしまう、とか。まあ、どんな人に貸してもなんらかのリスクはあるわけですけど、生活保護の人は家賃滞納や退去のリスクは低い分、孤独死されることもあるというリスクがあるわけです」

「家賃滞納はないんですか」

「はい。このあたりは役所の方から家賃が大家に直接振り込まれる制度になっているので、そこのところは楽なんです。でもまあ、我々も含めどんな元気な人でも突然死、孤独死の可能性はありますから。機会があれば時々見回ったり、かりてくださっている人に声をかけたりするようにしています」

「退去されることも？」

「生活保護の方の退去は亡くならないかぎりほとんどありません」

「なるほど。すみません。それで、次の日にどうなったんですか」

「翌日、私がその貸家まで行って、玄関をノックしました。でも、もちろん応答がなく、庭の方に回って……と言っても庭は玄関から見えるくらい、すぐ脇《わき》なんで窓から中をうかがおうとしたら、いたんです」

「いたって、野田ですか」

「そう。野田裕一郎さんが窓を開けて、寝ていました。足が少し窓から出ていて……私、ちょっと笑ってしまったくらいです。あまりにもどうどうとしていて」

みづほはその光景を思い出して、腕を枕《まくら》にして彼が寝ている様子を真似《まね》て見せた。

「それで、ちょっとすみません、と声をかけたら、驚いて起き上がって……驚くくらいならそんなところで寝なければいいのに、庭からの風が気持ちいいからよく昼寝しているんだ、って言ってました。おじいちゃんが救急車で運ばれたこと、知ってますか、って聞いたら、はあ、とか、へえ、みたいに答えて、知っているのかいないのか、今ひとつよくわからない反応なんです。でも、たぶん、あれは知っていたんじゃないですかね。ここは佐竹さんの家ですから、って遠回しに注意したら、でも佐竹のおじいちゃんにここにいてほしいって言われたからってしどろもどろに言い訳してましたね」

「それで、葉月さんはどうされたんですか」

「これまた、責任感の不足だって言われそうなんですけど、確かに、その人が親戚じゃないという証明もできないし、家に誰もいないというのも不用心だし。おじいちゃんの家に盗《と》られるようなものがあるとは思えなかったし。生活保護を受ける前に、財産的なものはすべて処分しているはずですからね。そのまいてもらってもいいのかな、と思って帰ってきました」

善財と話していると、だんだんその時のことが思い出されてきた。

「翌月、佐竹さんがまだ入院している間に警察から電話があったんです。あの家に住んでいる人のことを知っていますかって」

「へえ」

「おじいちゃんの方じゃなくて、若い男だって聞いて。確かにそういうような人がいるのを見たことがありますね、と答えたら、逮捕するので人となりを教えてくださいって言われました」

「え、警察がそんなことするんですか？」

「私も驚いたんですけど、わりにあることみたいで、後で聞いたら、他の大家さんで同じ経験をしている人がいました。事前に、どんな人か聞くくらいのことはあるみたいですね」

「驚いたでしょう」

「はい、でも、絶対に誰にも言わないように、って口止めされました。彼のことと、佐竹のおじいちゃんのことを知っているだけ話して、あ、確かその日のうちに賃貸契約の時の契約書を見せてほしいってことで若い刑事さんが取りに来て、コピーしていきました」

「そうですか」

「一日、なんだか、落ち着かない感じでした。そして、本当に次の日、逮捕されたみたいです。それも後日、連絡がありました。逮捕理由は特殊詐欺だって聞きました。大阪の方で特殊詐欺をして、一度は逮捕からは逃れたんだけど、ずっと指名手配されている逃亡犯だと言われました」

その数ヶ月後、佐竹は病院で死んだ。身体のあちこちにがんができていたらしい。葬式などの手配はみづほと不動産屋で行った。

「警察は特にあの家に関しては調べるようなものはないって言ってくれていたんだけど、一ヶ月くらい、そのままにしてましたね。入院中に佐竹さんのお見舞いに行った時、連絡するような親族はいない、家の中のものは適当に処分してほしい、と一筆書いてくれたことがありました。そのおかげで、手配は早くすみました。お葬式は生活保護受給者が亡くなった場合の葬祭扶助制度がちゃんとあるので、こちらの出費はなかったです。そういう手配も私は初めてだったので、本当に勉強になりました」

「野田が佐竹さんの家に住んでいた経緯は聞きましたか」

「はい。そういうわけで、おじいちゃんの病院には何度かお見舞いに行ってましたし、彼が逮捕されたあとも話しに行きました」

「じゃあ野田逮捕は、葉月さんが伝えたんですか」

「いえ、その前に警察がおじいちゃんに伝えたはずです」

「で、どこで野田と知り合ったんですか」

「駅前ですって。駅前のロータリーで、よくお年寄りが缶ビールとか酎《ちゅう》ハイとか買って、ベンチに座って飲んでるでしょ。お金がある時は店で飲むんだけど、コロナで店が閉まっていたり、お金がないとあのあたりにたむろしちゃう。そこで他の老人がいなくて一人だった時に、やっぱりベンチに座っていた野田に話し掛けたら、話し相手になってくれたんで、酎ハイをごちそうして仲良くなったんだって。野田に行くところがないって言われて、じゃあ、うちに来るかって……俺が生活保護受けてるって言ったら、野田は、いいなあ、って言ってたって。なんか、おじいちゃん、嬉しそうに話すんですよ」

「そんなことを言ってたんですか」

「おじいちゃんもさびしいし、野田も家がないしで、くっついたんでしょうね……そうそう、野田が逮捕されたあと、『佐竹さんも罪に問われるんですか』って私が警察に聞いたらさすがにそれはないだろう、と言ってました。おじいちゃんは野田に行くところがないって言われて泊めただけだし、入院してるからって。でも」

　みづほは少し考えて、迷ったあとで言った。

「おじいちゃんは野田の罪をある程度知っていました。亡くなった今だから言えますけど」

「え、本当に？」

「だって一ヶ月以上は同居してましたからね。私がおじいちゃんに『野田が何してたか、知らなかったの？』って聞いたら、『オレオレ詐欺をしてたって言ってた』って」

「ふーん」

「でも、『やりなおしたいって言ってたんだよ』って。おじいちゃん、ちょっと泣いてました」

「泣いてたんですか」

「さびしいもの同士しかわからない、結びつきがあったんじゃないですか」

「なるほど」

「オレオレ詐欺もいろいろ大変なんだってよ。ブラック企業みたいでノルマはきついし、お互いの名前も何も知らない連中が集まっていて、足が付かないように絶対に連絡先とか知らせないようにしてるから友達なんか一人もできなかったんだって。だから、おじいちゃんでもこうやって話ができるのは楽しいっていわれたそうです。嬉しかったんじゃないかな、佐竹さんも」

善財は熱心に、みづほの言葉を書き留めていた。

「ちょっと私からもお聞きしていいですか」

みづほは勇気を出して、尋ねてみた。

「はい」

善財が顔を上げた。

「善財さんはどうして、野田のことなんか、調べてるんですか」

「ああ、私、ここ何年かずっと、貧困女性のルポを書いていたんですけど」

善財はバッグから一冊の本を出した。

「よろしければ、お持ちください」

差し出された本には『あたしたちはどうして〝風俗〟に堕《お》ちたのか』と書いてあった。白黒の写真で自分の右手で目元を隠している、下着姿の若い女性が写っている表紙だった。

「それが一番最近、出した本です。葉月さんのような方にはちょっと刺激が強いかもしれませんが」

「いえ、すごく興味あります、読みたいです」

ありがとうございます、と本を押しいただいた。決してお世辞ではなく、本当に興味があったし、大家をやる上でも勉強になると思った。

「次は貧困男性の本を書こうと思っていたんです。その中で、この間の特殊詐欺一斉摘発を追っていまして、逮捕された野田裕一郎に興味があって……オレオレ詐欺で老人を食いものにしてた男が生活保護老人の家で逮捕されたのもおもしろい、と言ったらなんですが、いろいろ知りたくなったので」

「なるほど」

「野田もかわいそうな人なんですよ。前の会社の人たちに話を聞くと、どうも株で騙《だま》されて失敗したことが契機になったみたいですね。それまでは普通の会社員だったのに」

みづほはさらに勇気を出して言ってみた。

「あの……私、実は以前、善財さんのファンで……コラムとか本とかずっと読んでました」

「あ、そうだったんですね、ありがとうございます」

善財が深々と頭を下げる。しかし、どこか冷めた様子だった。

「あの頃とずいぶん変わられましたよね……書くもの」

おそるおそる尋ねると、彼女は照れたように笑った。インタビューの中で、初めての自然な笑顔だった。

「前は風水とかお財布のこととか書いていましたよね？」

「三十代半ばからこういう取材をするようになって……前は節約ライターというか、風水師みたいな仕事をしていましたが、ノンフィクション関係の小さな賞もいただいて、今はすっかりこっちの方に。でも、本はぜんぜん売れません」

苦笑いしたけど、どこか満足げな顔だった。きっと、自分が納得できる仕事をしているのだ、とわかった。みづほも今はそうだから。

「そうだったんですね。私もあの頃、善財さんの本とか読んで、頑張って節約してたんですよ」

「葉月さんは専業主婦だったんですか？」

「はい」

「そこからどうして、大家業に？」

それで、みづほも簡単に、夫の借金が発覚して固定費を下げるために築古物件に引っ越したこと、その物件のローンを払い終わったところで別の人に貸し、また、別の物件を買ってリフォームして……それをヤドカリのようにくり返すことで今の大家業に行き着いたのだ、と説明した。

「……収益物件として五軒の家と古いアパート三軒を持っています。年商は千三百万くらいでしょうか。経費も結構かかるし、ローンを払っているので、たいした収入ではありませんけど。他に、コロナの特別融資も使って今、川越に新築アパートを建てていて……」

「すごいじゃないですか！」

気がつくと、善財はみづほの言葉をまたメモし始めていた。

「じゃあ、ほとんど元手なしで始められたんですね？　私、女性が大家と聞いた時、どなたかから相続でもしたのかと考えていました」

「いえいえ、誰にももらってません。そんな遺産をくれる親類がいたらよかったんですが。だから、買える家も古くて小さいものばっかりなので自然、店子は生活保護の方が多いというのもあるんです」

みづほは苦笑した。

「いや、それってある意味、シンデレラストーリーですよ。ほとんどゼロから大家になるなんて」

「時代も良かったんです。物件も今ほど高くなくて、銀行からの融資も厳しくなかったので。コロナの少し前に、いわゆる『かぼちゃの馬車事件』という不動産融資をめぐる騒動が起きてからとても厳しくなったんですが」

「葉月さんの話、また別の機会にゆっくり聞かせてくださいよ。夫の借金から大家へなんて、女性の一代記として絶対、皆知りたいと思う」

「とんでもない、私なんて」

手を振りつつ、みづほはこれまでの苦労がほんの少し報われたような気がしていた。


善財が新宿のルノアールに行くと、平原麻衣子がすでに来て座っていた。

「久しぶり、元気？」と尋ねると、軽くうなずいた。

「なんか、機嫌いいね」

「さっき、取材で会った人がおもしろい人だったんだ」

メニューを見ながら、つい話してしまった。

「へえ、そうなんだ」

こうして会うのはもう何回目だろうか。麻衣子と出会ってから、すでに三年半が経《た》っていた。

「ちょっと、次の本のアイデアが生まれそうなの。ほとんど元手がなかった主婦が数年で、今や年商千三百万の大家になってるんだから」

思わず、にやっと笑ってしまう。

「うわー、怖い、蛇ちゃんのその笑い」

麻衣子が大げさに声を上げた。彼女とはそういう口調で話せる仲になっていた。本名を教えてから蛇ちゃんと呼ばれている。最初に「善財夏実というのはペンネームで本名は蛇川茉美なんだ」と伝えた時は爆笑されたが。その時、横で一緒に笑っていた斉田彩は、もうここにはいない。

「まさに蛇だわ。ネタは逃さないね」

「へへへへ」

「まあ、そのおかげで私も奨学金を完済できたんだけど」

「完済しましたか」

麻衣子がバッグから、「返還完了証」と書かれたはがきを出して見せた。

「去年末に完済して、先週送られてきた」

「よくやったね」

「嬉しいんだけどさ、でも、なんかあっけなくて」

麻衣子ははがきをじっと見る。

「こんなものに、人生を左右されていたなんて」

「でも頑張ったじゃん、麻衣子」

はがきを前に、麻衣子は居住まいを正した。

「改めて、ありがとうございます」

深く、頭を下げた。

あれから三年半、毎月、きっかり五万ずつＮＩＳＡで、全世界株とＳ＆Ｐ５００の投信に投資し、途中からは六万に増額したと聞いていた。臨時収入があればそれも入れて三百万を作った。八年あまりかかるはずだった借金を、節約と投資で約三年半で返済したことになる。

一番苦しかったのは二〇二〇年の新型コロナ危機で、それまで順調に上がっていた投信が一時マイナスになった時だ。

「蛇ちゃん、どうしよう。ここで一度全部売って、利益確定した方がいいのかな」

麻衣子から震えた声で電話がかかってきた時は、善財も迷った。

投資に正しい答えなんて出せない。それがたとえ、ファイナンシャルプランナーでも、「善財先生」でも。

善財自身の資産だって大きく目減りし、日々、心身が削られる思いだった。ましてや、そこに全財産と人生を賭《か》けていた麻衣子たちは、どれほどつらかったことだろう。

「……私にはわからない。だけど、積立投資ならこういう時こそ、たんたんと入金していくべきだとは思う。でも、麻衣子と彩が利確したいならそれを止められない。すべては自己責任の世界だから」

麻衣子たちは投資初心者だし、善財だって、実は、リーマンショック後に投資を始めたのだから、その世界ではひよっこだった。

「投資に絶対はない」

それしか言えなかった。

「……もう少し頑張ってみる」

しかし、頑張れなかったのが、彩だ。

「やっぱり、騙されたんだよ。投資なんて、あたしたちができるわけなかったんだよ」

のちに麻衣子に聞いたら、毎日資産が減っていくことにかなり参っていたそうだ。彩は正社員なので六月と十二月は多少なりともボーナスが出る。それも投信に突っ込んでいたから、よけいつらかったらしい。

「あの人のせいで、去年のボーナスを一日で失った」

麻衣子が慰めても、顔色はどんどん悪くなり聞く耳を持たなくなった。さらに、彩には当時、彼氏がいた。アルバイトの大学生でかなり年下の男だった。

最初は投資の話で意気投合したそうだ。彼は当時、ＹｏｕＴｕｂｅｒの投資家の言葉を信じて、米国株を少しやっていた。どちらも、職場では投資の話ができる相手がいなくて、親しくなるのはあっという間だった。

結局、彩は善財にも麻衣子にも相談せず、ＮＩＳＡの投信をすべて解約し、彼が勧める仮想通貨に全額を突っ込んだ。

「投信だって、仮想通貨だってリスクがあるのは一緒だよ。それなのに、リターンは比べものにならない。これからは仮想通貨の時代だよ」

どこかで聞いたことのあるような言葉で、彩は説得された。

仮想通貨を二十倍のレバレッジをかけて購入した彩は、こつこつ貯めてきた金を数日間ですべて失った。

ある日、麻衣子が会社から帰宅すると、彩の荷物がすべてなくなっていた。一緒に、男の故郷に逃げたらしかった。

一方、麻衣子は実直に積み立てを続けた。翌年、トランプ政権からバイデン政権に代わり、空前の米国株の高騰《こうとう》が起こった。それにつられたように日経平均もバブル崩壊以来、三十年ぶりに三万円を突破。コロナ危機からの株価回復のおかげで、二〇二一年の秋には時価総額が奨学金返済の残りとほぼ同額の三百万を無事に超えることができた。

「本当に、あの時、投資をやめなくてよかった」

麻衣子はため息まじりにつぶやいた。

その満足そうな顔を見ながらも、善財は思う。

それは結果論だ。ほんの少し何かが違っていたら、ここにいたのは彩で、いなくなっていたのは麻衣子の方だったかもしれない。彩が夢をつかみ、今、億万長者になっていた可能性だってゼロではない。

ふと、さっき会ったみづほのことを思い出す。彼女はコロナの特別融資で大きな富をつかもうとしている。

コロナは人を貧しくも豊かにもした。失った人と、つかんだ人の差はなんだろう。運、思い切り、そして、他の人より目端が利《き》いたこと……そんなわずかな違いで人生が変わっていく。

確実に言えるのは、世界中でさらに貧富の差が広がったことだ。

それが埋まる時はくるのだろうか。

善財がそんなことを考えているとも知らず、麻衣子はちょっとつらそうな顔をした。

「実は蛇ちゃんに、一つ謝らなくちゃいけないことがあるんだ」

「え、何？」

胸がドキッとする。

「あの長財布のことだけど」

「長財布？」

「ほら、ヴィトンの。私たちが今の生活を始める時にもらった。イニシャルが入っている」

「ああ、あれ」

やっと思い出した。

「もう忘れてたわ。どうしたの？」

「あれ、彩が持って行っちゃったんだよね」

「え」

「あの家から出て行く時、一緒に持って行っちゃったみたいなの。冷蔵庫の上に、一ヶ月分の生活費を入れて置いていたんだけどそっくりなくなっていて」

「じゃあ、生活費も取られたの？」

善財には財布以上に、そのことがショックだった。一緒に住んでいる友達の生活費まで持っていくなんて……。

麻衣子は目を伏せた。あまり思い出したくないことなんだろう。一番信頼していた友に裏切られた悲しさ、恥ずかしさ、そして、心配……。

二人は不埒《ふらち》な男に弄《もてあそ》ばれそうになった時、力を合わせて逃げ出した、と聞いている。そこまでのことがありながら、裏切られた気持ちはいかばかりか。

人は金で変わってしまう。

しかし、それを今、彼女に言うのは酷《こく》な気がした。

それでも、否定はできない。金は人を変える。それがわずかな額でも。

「あれ、イニシャルも彩とは違うし、売ってお金にしたのかもしれない」

本当にごめんなさい、と麻衣子は頭を下げた。

「いいの、いいの。だって、あれはあなたたちにあげたものだし。そのおかげで本当に私は運をつかめた」

いや、本当に運をつかんだのだろうか、と善財は内心苦笑した。

「お財布ライター」だった時とは入ってくるお金がまるで違ってしまっている。それまでは、本を出すなら初版は数万部からのスタートだったのに、初めてのノンフィクションは初版三千部、と言われて絶句してしまった。

児童養護施設を出たあと、行き先がない子供たちの状況を書いて小さな賞をもらった『隙間《すきま》の彼女たち』と、その後出した『奨学金という病』だけは少し売れたが、それでも累計《るいけい》部数は以前の初版以下だった。

こまごまとしたお財布や節約に関するコラムの連載も、今は皆無。保坂の雑誌だけ細々と記事を書かせてくれるが、「善財夏実先生の萌《も》えるお金研究所」のコーナーは二年前に終わってしまった。

恵比寿からはとっくに引っ越し、今は中野の小さなアパートに住んでいる。お財布ライター時代に貯《た》めていた金や投信があるからすぐに生活に困ることはないものの、決して豊かとは言えない生活だ。恵比寿から出る時に、あのバーテンとも自然に切れた。

ただ、保坂とは、なぜか一ヶ月に一回は飲む仲になっている。打ち合わせではなくて、プライベートで。

そして、彼は会う度に「結婚しようよ」と軽い調子で言う。寄稿している雑誌の編集長なわけだから、本来ならセクハラで訴えてもいい案件だと思うが、「やだよ」と答える時、自分が悪い気がしていないのにも気がついていた。

財布はもう何年も新しいものを買っていない。麻衣子たちにヴィトンの財布もあげてしまった後、家にあった、ＯＬ時代に使っていた二つ折りの茶色い革財布に戻した。だけど、今、保坂に話して恥ずかしいような仕事は一つもしていない。

「それから、これ」

麻衣子が封筒を出して、善財の前に置いた。

「何？」

持っただけでお金だとすぐにわかった。中を開くと、何枚もの一万円札が入っていた。

「あの時……二人で暮らし始める時に出してもらった引っ越し代。本当にありがとう」

私の人生は変わりました、と麻衣子は言って、また頭を下げた。

正直、今の善財にはありがたい金だった。だけど、中を引き出して数え、それが二十万あるのがわかると十万を差し出した。

「これだけでいい」

「だって」

「半分は、彩の引っ越し代でしょ。それは彩から返してもらう」

機会があったらね、と笑った。

「でも」

「ありがたいよ。本当、今の私、決して前みたいに裕福とは言えないから。だけど、ここまで来たのは麻衣子自身の努力。私はこれだけもらえば十分。これ以上もらったら、女が廃《すた》る」

それでも、麻衣子は躊躇《ちゅうちょ》していた。

「麻衣子、頑張ったじゃん。特に、彩が出て行ってから……あの時、身も心もズタボロでさ、私もどうなるかな、って心配してたけど、ちゃんと同居人探してきて」

彩が出て行って、家賃を半分にすることを前提にした計画ももう少しで破綻《はたん》しそうになった。

「あの時は必死だったよ。でも、会社に同じように奨学金を返してる子が見つかったから」

それも、引っ越しをする時に、同僚に理由を聞かれ、「実は奨学金の返済をしている。家賃を節約するため、友達と住む」と全部告白できたからだった。

「だから、本当に、麻衣子は頑張ったんだよ」

少し考えて、麻衣子は十万を受け取った。

「ありがとう」

金を小さく押しいただくようにした。

「ね、これで、お祝いになんか食べに行こうよ」

「だけど、割り勘だよ。これまでずっと蛇ちゃんに払ってもらってたけど」

善財はうなずいた。そして、彩と会った時のことはまだ話さないでおこうと思った。


斉田彩と再会したのは『奨学金という病』を出す少し前だった。

彼女のことを本に入れるために、どうしても許可を取る必要があったので、保坂に頼んで、探し出してもらった。彼女が彼氏の実家の瀬戸内海の町に行ったということだけはわかっていたから、退学した大学の伝手《つて》から探したらしい。

「久しぶりね」

最初、会うのを拒否していた彩も、三万円の謝礼を出すと言ったら態度が変わった。十万円欲しいと言われたのを、交渉して五万にした。正直、初版印税から考えたら割に合わない額だったが、彩のことはどうしても本に入れたかったのと、もう一度会いたくて承諾した。

海が見える喫茶店で会った。

彩は一人でやってきた。エプロンと割烹着《かっぽうぎ》の間のような、上っ張りとも作業着ともつかない服を着ていた。でも、相変わらず化粧もしていたし、思っていた以上にちゃんとしていた。

「元気そうでよかった」

しかし、彩の表情は硬かった。きっと責められると思っていたのだろう。一度は意気投合した仲だし、彼女がすべての財産をなくしたことで、その責めは十分負ったと思っていた。少しでも気を楽にしてあげたくて、すぐに本題に入り、事実関係だけを説明した。

本の内容や目的、彩や麻衣子のことは最終章で扱うこと、他にも奨学金を借りた人たちを取材していること……。説明が進むごとに、彩の顔つきが少しずつ柔らかくなっているように見えた。

「彩のことは、絶対にわからないように、出身地や名前、仕事内容も変えて書く。事前に原稿チェックもしてもらうから、今回の顚末《てんまつ》をすべて書かせてほしい」

彩はしばらく考えて、一つうなずいた。

「わかりました」

「原稿を送るから……」

「いいです」

「え、いいってどういうこと？」

「あたしの名前を出さないなら、別にどうでもいいです。読みたくないから、原稿は送らないでください」

あの時、「自分のことを書いたものを読みたい」と言っていたのに。

本に必要だから、と今の暮らしのことを尋ねた。

彼の両親が営む工場を手伝っている、と言った。結局、結婚する時に奨学金や彼の借金はその親が払ってくれたらしい。その代わり、工場で働いた賃金やお小遣いのようなものはほとんどないし、一家の家事も受け持っているということだった。

ふっと、途中で、彼女が妊娠していることに気がついた。尋ねると、六ヶ月だと言う。上っ張りはマタニティウェアだったのかもしれない。

「おめでとう」

「……あたしのこと、馬鹿《ばか》だと思っているんでしょう」

「ううん」

顔を左右に大きく振った。

「すべては時の運だと思ってるよ」

しかし、彩は何も信じていないような顔でこちらを見ていた。

最後に五万を渡す時、財布から一万を引き抜いて足し「これは出産祝い、少ないけど」と渡した。彼女は目を見開いて、やっと表情を変えた。

「ありがとうございます」

お礼を言ってくれたのも、この時が初めてだった。彩はお札を上っ張りのポケットに入れた。

「麻衣子、心配してるよ」

彩は唇をかみしめた。目にいっぱい涙をためていたけど声は出さなかった。あと一言でも何か言ったら、今の生活にはもう戻れないと思っているかのようだった。

彩は先に喫茶店を出て行った。買い物に行くと言って出てきただけだから、と三十分ほどでそそくさと帰って行った。

その後ろ姿を見ながら、自分が思っていたほど彩は不幸せではないのかもしれない、と思った。

少なくとも奨学金の苦からは逃れ、家も仕事もあって家庭もある。若い夫もいる。嫁に家業を手伝わせて給金を払わないなんていうのはよくあることだ。むしろ普通なのかもしれない。無表情だったのは久しぶりに会って緊張していたから。

彼女からしたら、自分の方がずっと不幸なのかも。数十年したら、彼女には家族と家業が残っているはずなのに。

家族も子供もなく、不安定な仕事をしている。

だから……あの一万を足したのは、私の最後の見栄《みえ》だったな、と思うと少し笑えてきた。

麻衣子には、彩には編集者が単行本掲載の許可を取った、と報告してあった。それでも、今は彼の実家に住んでいると話すと、とても安心していた。

「ねえ、これからどうするの？」

彩の記憶を振り払うように、麻衣子に尋ねた。

「まだ、はっきり決めてないんだけど……」

彼女は小首をかしげた。

「それも、今日、相談しようと思ってたんだ。あの時、いろいろお金を出してくれた蛇ちゃんにもちゃんと許可取らなきゃと思って」

「何？　もう、十分だよ。お金も返してもらったし」

「そう言ってくれるとありがたいんだけど、一緒に住んでる子と話し合って、あの家を出ようかとも考えていて」

迷うような、はにかむような麻衣子の表情を見て善財は悟った。彼女ももう人生の次の段階に来ているのだと。

「ねえ、最初に、麻衣子に会った頃に言ってたの、覚えてる？　麻衣子、何度も、結婚や家族や子供はもう諦《あきら》めてるって言ってたんだよ。こんな借金持ちじゃ相手も引くだろうし、四十近くにならないと返済は終わらないから……その時、誰かいい人がいたら結婚できるかなって」

「そうだったね。婚活もしようかな。結婚がすべてじゃないって思ってるけど……家族が欲しい」

彼女ははにかんだまま、笑顔になった。

「蛇ちゃんと出会ってから、奨学金を完済するまでの間、いろいろあったけど、一番良かったのは結局楽しかったっていうこと。節約も同居も、なんだかんだ楽しくて、それでお金を返せたのは本当にありがたかった」

それはよかったね、とできるだけ素っ気なく言おうとして、でもうまく言えなかった。喉《のど》の奥に熱いものがこみ上げてきたから。

大家の葉月みづほがやってきたので、水野文夫は先週入ったばかりのアルバイトへの小言を一度止《や》めた。

みづほはすでに何軒ものエアコン据え付けや修理を頼まれている、お得意さんである。正直、夏前になれば空調設置の仕事はいくらでもくるし、数ヶ月働けば自分一人なら一年食べていけるくらいは稼げるから、たとえ上得意であってもそこまで気を遣う必要はない。けれど、どんな仕事にも波はある。今後、この業界にも新規参入者が増え、景気が悪くなれば、生活が変わることは目に見えていた。家族が出来た今、水野は小さな仕事でも丁寧にやっていこうと思っていた。

以前、みづほの自宅のエアコン修理で知り合い、その後、名刺を交換して直接仕事を請け負う関係になっている。当時、修理や設置の間中、彼の脇にぴったり張り付くように座って、「いったい、どういう理由で壊れたのか」「いくらかかるのか」「出張費はいくらなのか」「土日、休日でも来てくれるのか」「新規のエアコン設置を複数頼んだら少しは安くしてくれるのか」など矢継ぎ早に質問してくることに驚かされた。

その後、彼女が大家業を始めてどんどん物件を増やし、事業を拡大させているのには、さらに驚かされた。

そして、今、念願の新築アパートを建てているみづほを見ると、その勉強熱心で強気な手法に多少の呆《あき》れと尊敬の念を抱いていた。

話の端々で「水野君もやればいいのに」「水野君みたいに、電気工事ができる人なら自分で家をリフォームできるだろうから、いいと思うよ」などと不動産投資を勧めてくる。でも、文夫はもう、投資にはいっさい関わりたくないと思っていた。

何より、これまでのことをすべて聞いて理解してくれている、妻であり、自社の社長でもある、朋香《ともか》が許してくれないだろう。

「水野君、お待たせ」

「いや、いいんすよ。俺らも今来たばかりで」

彼は親指で、後ろにいるアルバイトを指した。

「そんなこと言って、かなり待ったんでしょう。ごめんね」

エアコンや室外機がすでに並んでいるのを見て、察したんだろう。みづほが事業を法人化し、社長になっても腰が低いことは、彼女の仕事を優先的に受ける理由になっていた。

「実は、インタビュー受けててさ」

みづほは合鍵《あいかぎ》を使って部屋のドアを開けながら言った。

「え、インタビュー？」

文夫は運び込むためにエアコンに手をかけたままふり返った。

「すごいっすね。葉月さん、有名人じゃないですか」

「違うの、違うの。実はちょっと変なことがあって……」

否定しているけど、本心は少し自慢したいと思っているに違いない。文夫が褒めると、誇らしげな表情になった。

たとえ、どれだけ良い人相手でも、喜ばせておいて損になることはない。それもまた、文夫が独立するための努力を重ねるうちに学んだことだ。

「水野君、知ってる？　前に、この辺で生活保護のおじいさんのところに指名手配犯が住んでいて、捕まったの」

今度は本当に驚いて、いったん持ち上げたエアコンを置いてしまった。反対側を持っていたアルバイトが恨めしそうにこちらを見ているのは無視する。

「……知ってます。特殊詐欺集団の一員だったって」

「あ、やっぱり、有名なんだ。あの犯人が逃げ込んだ家って、うちの物件だったんだよ」

「えー！　葉月さんのところだったんですかっ！」

あまりにも大きな声を出したからか、みづほがいぶかしげに振り返った。不審に思われているとわかっても、やめられなかった。

「野田裕一郎ですよね」

「名前まで知ってるんだ」

知ってますよ、俺の同級生で、俺、実はあいつに……と言いそうになったのをぐっとこらえた。

「同い年でしたから」

どうして知り合いだと言わないのか、自分でもわからなかった。

「ああそうなんだ。あの人が逮捕される時、うちにも連絡があってねえ……」

みづほが話しているのをぼんやり聞きながら、作業を続けた。

文夫もまた、野田が逮捕されたと聞いた時、衝撃を受けた一人だった。

今、年収は八百万円くらいある。あいつは逮捕され、自分には妻とかわいい娘たちがいる。すっかりあの時の恨みは忘れ、哀れみさえ抱いていた……となったらいいのだが、実際は違う。

あの三十八万を返すのに二年近くかかった。その間、エアコン屋の見習いをしながら、ほとんど無駄遣いもできず、金も貯められなかった。

こうして独立してからだって、「あの金があったら……」と考える時がある。どんなに仕事があって、安定した収入があっても、商売をしている以上、「来月の支払いができるのか」「アルバイトの給料が払えるか」とひやひやすることはあるのだ。

妻が社長と経理をやってくれるようになってから、ずいぶん楽にはなった。

彼女もまた、文夫が独立した頃に「クーラー屋になりたい」とやってきたアルバイトだった。高校を卒業したあと、ぷらぷらとキャバクラ嬢やウェイトレスをして食べていたらしい。手に職をつけたいと応募してきた。

技術を学ぶことはできても、女に室外機を運ぶことはできないだろうと一度は断ったのに、どうしてもやりたい、と食い下がる彼女をつい雇ってしまった。実際、資材を運ぶことはできなくて、電話番や事務作業をやってもらうことにした。でもその貪《どん》欲《よく》さと呑《の》み込みの良さに惚《ほ》れた。多少でも、エアコンのことを知っている妻が、今はありがたい。

文夫には野田が許せない、絶対に。

だけど、あのことがあったおかげで、今の道を選べた、とも思えるのだ。あの時のこと、それ以降の自分の人生の一ピースでも欠けたら、今ここにいるかどうか……。

みづほに「知り合いだった」と言えなかったのは、野田への気持ちがまだ整理できていないからだ。

「水野君のところ、今、何人だっけ」

考えているうちに、野田についての話は終わっていた。

「子供ですか……女ばっかり、三人。まいりますよ」

ちゃかした口調で言ったけど、本心は違う。家族のことを話し出すと笑みが止まらない。

「ええと、一人目から女の子で、その下が双子ちゃんだっけ」

「実は今、嫁の腹の中にも一人いて」

「え、本当？　おめでとう」

「それがまた、女みたいなんです」

「え」

先週、わかったことだった。

「じゃあ、四人？」

いつも叱《しか》られてばかりいるアルバイトまで笑い出した。

「奥さんも大変ね。これから稼がないと。でも、女の子は楽しみねえ。うらやましい」

「うちは葉月さんがうらやましいですよ。子供が一人なら、金も手もかけてやれるじゃないですか」

そう言いながら、本心はやっぱり違う。うちの四人娘と男の子一人を交換してくれると言われても、絶対しない。

疲れて家に帰って「パパ、パパ」と自分にまとわりつく、三人のちびたちのことを思い出すだけで喜びがこみ上げてくるし、絶対に幸せにしなければならない、と思う。

そうだ、自分はどんな人生とも交換したくない。なら、もう、野田のこともそろそろ忘れてやってもいいのかもしれない。

なんか、最近、いつも走り回っているな。みづほはそう思いながらふじみ野の不動産屋に駆け込んだ。芝崎は待ちかねていたようで、すぐに出てきた。

「遅れてごめんなさい」

とはいえ、まだ約束の四時から十分ほどしか経《た》っていない。なんでもすぐに謝る癖は法人化して社長になってからついた。女社長になってから、これまで以上に気を遣うようになった。

「いやいや、ぜんぜん大丈夫ですよ」

「ほんとっ、ごめん」

少し大げさなくらい、大きなしぐさで彼を拝んだ。

芝崎からはすでに家を三軒、アパートを一軒、買っている。

「じゃあ、さっそく行きましょうか」

彼は軽自動車を店の前につけた。今日はいくつか築古物件を見に行く約束をしていて、資料はすでに昨夜、メールで送られてきていた。

こういう時、客である自分は後ろの席に座ってもいいのかもしれないが、みづほは助手席に座ることにしている。芝崎にも、家主や他の仲介業者たちにも、後ろでふんぞり返っている女、と思われたくない。

「どうでした、取材？」

善財の取材の仲介をしてくれたのが芝崎だった。

「ああ、インタビュー？　今日の午前中、一応終わりました」

「いろいろ聞かれたんですか」

「そうね、佐竹のおじいちゃんや野田のこととか」

「あれ、やっぱり、本になるほど大きな事件なんですね」

取材について、もっと根掘り葉掘り聞かれるかと思ったが、彼は出版や本についてはたいして興味がないらしく、それ以上のことは尋ねてこなかった。

話している間に、五分ほどで一軒目についた。駅からは徒歩十五分という場所だった。

「この物件、最初四百八十万で出てて、この間三百八十に下がったんですけど、ちょっと聞いたら二百八十でもいいって売主さん言ってるそうですよ」

みづほは資料に目を落とした。築四十八年、六十四平米、二階建て。一階に六畳と四畳の二間に台所、トイレ、風呂《ふろ》の水回りがあり、二階に六畳間が二つある。昭和四、五十年代に建てられた建売住宅の典型的な間取りだった。

「へえ、値段はいいですね」

「ただ、ちょっと中がやばいんで、覚悟しておいてください」

「それはもう」

彼は器用にバックして家の前に車をつけた。助手席のドアを開けてくれようと回り込むのを断って自分で開ける。

ドアの脇《わき》にあるキーボックスに番号を打ち込んで鍵を出した。

「この間来た時、開きにくかったんだよな。ちょっとコツがあって」

そんな独り言ともつかないことを言いながら、鍵を開ける。

中に入ると、ぷんとかび臭い。しかしそんなことはよくあることだ。

「……なんでも、三年くらい前に住んでいた老人が倒れて……いや、事故物件じゃないですよ。すぐに運ばれましたから……数日で病院で亡《な》くなって、そのあと、親族を探してたんだけど、最近やっと見つかって」

男やもめで暮らしていたんだろうか、いたるところにゴミが散らばっており、置いてあるもの、ヒーターや机などすべてに洋服やタオルが掛かり、埃《ほこり》にまみれていた。

部屋の一番奥に仏壇がある。

「ああ、そうだ、ここはあれがあったんだ」

芝崎が思わず声を上げた。

「なんですか」

「なんで、置いていくのかなあ」

仏壇を見て、声を上げた理由がよくわかった。そこには、位牌《いはい》だけでなく、男の妻と思われる老女の写真と、遺骨が入っているらしい白い箱が置いてあった。写真は日に焼けて色が抜けているが、うっすらと顔がわかる。

「遺品整理屋もこれだけは嫌がるんですよ」と彼は遺骨を指さした。「売主がちゃんと引き取ってくれるんだろうな」

「遠い親戚《しんせき》の人なら、引き取るのを渋るのはしかたないんじゃないですか」

なんとなく、かばうように言ってしまった。骨壺《こつつぼ》や遺影を引き取らないというのは、これまでほとんど付き合いがない、遠縁としか思えなかったからだ。

「いや、見つかったのは遠い親戚じゃなくて、息子さんらしいんですよ」

息子……長く親と音信不通で、いまだに母親の写真や遺骨も取りに来ない、ということなのだろうか。いったいどんな親子関係なのか。何があったんだろう。写真の中の老女は着物を着て優しそうな笑顔なのに。

「位牌はわりとあるけど、遺骨はめずらしいですね」

こういう物件は何十軒と見てきている。仏壇くらいなら驚かない。

「ですね」

二階も見たが、惨状は一階と変わらなかった。物がすべてぶちまけられたように散らばっていて、厚い埃にまみれている。たとえ三年前でも、人が住んでいたとはとても思えなかった。

「家の中のものはうちですべて処分するので、三百でどうですか」

芝崎は車に戻りながら言った。

みづほは頭の中で考える。自分が出入りの業者に頼んだら、室内の物の処分は五十万くらいかかるかもしれない。きっと、彼らは業者同士、取引があるからこそ、その値段で引き取ってもらえるんだろう。悪くないけれど……。

「遺骨も？」

「遺骨も」

思わず、顔を見合わせて笑ってしまう。遺骨の主《あるじ》には失礼だったが、もう、こういう現場にはお互い慣れている。

「遺骨はともかくとして、ちょっと天井が気になるなあ」

シートベルトを締めながら言った。二階の天井に小さいけれど、両手の手のひらくらいのシミがあるのを見逃してはいなかった。

「シミありましたね。でも、天井板はボコボコしてなかったから、ちょっとした修理で行けそうですけどね」

しかし、そういう口車に乗って買った物件で大変な目に遭ったことがあった。

物件を買い出して数軒目のことだ。土地値以下、本当なら五百万以上の物件が百八十万だと言われ、天井の小さなシミに目をつぶってしまった。さらに、リフォームを業者に任せきりにしていたら、三百万の請求がきた。自分の手元には百万ほどの現金しかなかった。素人《しろうと》っぽい女だから見くびられたのかもしれない。

いい気になっていた。古い家を買って直して貸すだけでおもしろいように月々の収入が増えていく。自分には不動産投資の才能があるのではないか、などと有頂天になっていた。しかし、その一軒のためにそれまで築いた資産を失った。

倒産か自己破産するしかないかもしれない、と覚悟した。夫にも話せず、息子の学資保険を解約し、カードローンに手をつけた。女性起業家支援資金を虚偽の申告をして借りた。本来は土地に関わる資金には投資をしない決まりがあるので、カフェを開業するという嘘《うそ》の企画書まで作った。いつバレるか、下手をしたら公文書偽造で捕まるかもしれないと、毎日、気が気じゃなかった。

善財には話さなかったが、決して順風満帆な起業ではなかった。

「まあ、ちょっと考えます」

「じゃ、次行きますか」

芝崎の方も慣れているので、そうしつこく勧めたりはしない。

「あの物件、次に客付けできたら売ろうかと思ってるんだけど、どう思います？」

次の物件への移動中、雑談のように聞いてみた。

「え、あの佐竹さんが住んでいたところですか」

すぐに話が通じた。

「ええ」

今日は築古物件の内見に行くという名目だったけれど、本当は佐竹が住んでいた物件を売る相談の方がみづほには大切だった。

正直に言えば、これ以上築古物件を買い足す気持ちはなくなっていた。新築アパートを建て始めてから、みづほは自分の中のフェーズが変わっているのに気がついている。古い物件を安く買って、自分で直すようなことはもう興味がなくなってしまった。

コロナが猛威を振るうようになって、日本政策金融公庫の「新型コロナウイルス感染症特別貸付」、通称「コロナ資金」が始まった。不動産投資家の間では、「コロナ水」とか「公庫水」とも呼ばれている。

前年月と比べて売り上げがたった五％下がっただけでその対象となり、最大八千万の融資が保証なし、超低金利で受けられる。一時は審査もかなり甘かった。「コロナ水飲んだ？」「公庫水、行った？」が不動産投資家の間の挨拶《あいさつ》になったほどだ。

幸運なことに、みづほはその一年ほど前に大家業を法人化していた。しかも、ちょうど退去した店子《たなこ》がいて家賃収入が減り、その恩恵にあずかれた。いくつかの書類をそろえるだけで、八千万まるまる融資を受けられた。

八千万を元手に最初は都内新築アパートを目指していたが、同じことを考えている投資家はたくさんいるようで、土地の値段は上がっていた。かなり探したが、結局、川越になった。

これからは所有している築古物件の店子が付いているものから売り抜け、新築アパートに切り替えていくつもりだった。もちろん、次は都内がいい。

思いがけないことだが、コロナは自分を、築古物件を細々と買い漁《あさ》る零細大家から、新築アパートを建てられるもう一つ上の大家にしてくれた。

「そうですか、いけると思いますよ。今は皆、オーナーチェンジ物件を探してますからね」

市場に資金がだぶついている今、不動産は売り手市場である。そして、どんな道にも常に新人、素人というのは存在する。老後の蓄えに、安定収入のために、と手っ取り早い不動産投資として、築古のオーナーチェンジ物件は人気があると聞いていた。

「じゃあ、その方向で行きましょう。あの家の店子を一日も早く見つけましょう」

「よろしくお願いします」

川越の新築アパートは、駅から徒歩八分、１ＬＤＫの部屋が八つある。一部屋六万で貸したとして、月四十八万の計算だ。みづほはここに、約六千万の融資を注ぎ込んだ。利子は一％以下だし、三年は実質無利子化期間がある。利回りは十％はほしかったが、ぎりぎりの九・六％。川越は人気があるし、まあなんとかやっていけるはずだ。できたら、五年過ぎた頃に同じかそれ以上の金額で売り抜けたい。それでも、「コロナ水」の残りがまだ二千万はある。次はそれを頭金にして一億くらいの物件をローンで買えないものか。

こうして頭の中でころころ転がすように、お金の計算をしているのが、今、みづほは一番楽しい。現実を一瞬、忘れることができる。

数ヶ月前に、雄太の鞄《かばん》から女物のピンクの下着を見つけた。どうしてそんなところに紛れているのか、みづほには予想もつかなかったが、よくないことであることはわかった。夫は「送別会の打ち上げで、女性がいる店に行き、ゲームの景品でもらった」と言い逃れたが、その少し前から変な時間に夫の携帯にちょこちょこ電話がかかることがあって不審に思っていた。特に多いのが晩ご飯の最中で、彼は「仕事の電話だ」と言っていたけど、いつも猫背で立ち上がって別室で話す。どことなくそそくさとした様子があやしかった。

何かを突きつけられるのが面倒でずっと見て見ぬ振りをしていた。でも、鞄の中の下着は忘れたくても、記憶から消えることがない。

ピンクの地に白い豪華なレースのついた下着はよく見ると外国製だった。ああいうものは、景品になったりしない。女性が特別な時だけに身につけるものだ。

重い腰を上げて、芝崎とは別の不動産会社に紹介してもらった興信所に、夫の素行調査をしてもらった。始めて三日で、会社の後輩とホテルに行くところが写真に撮れた。

みづほは不思議と冷静だった。昨年のコロナ緊急事態宣言中、リモートワークとなり、時間ができた夫から「俺も何か不動産が欲しい」と言われた。平成築の比較的新しい住宅を探してあげた。頭金の百万だけは出してやり、自分でローンを組ませて大家デビューさせた。埼玉の鶴《つる》ヶ《が》島《しま》駅から徒歩十二分、駐車場もありで九百九十万を交渉して八百万にした。月八万で家族もちに貸している。だから、彼にも現在、ローンを差し引いて、月々、小遣い以外に四万円、自由になる金がある。

収入が増えたとたん、不倫するとは……あまりにもわかりやすくて、つくづく馬鹿な男だと笑ってしまった。

息子夫婦の様子がどこかおかしいと気づいた夫の両親に聞かれて事情を話すと、いきなり「仕事が忙しいあんたが悪い」と言われた。夫の浮気以上にその言葉に堪忍《かんにん》袋の緒《お》が切れて、ずっと離婚を考えている。

しかし、離婚となればこれまで築き上げた資産……会社名義になっているものと、みづほ名義になっているもの、夫婦で共同名義になっているもの……命より大切なそれをあの馬鹿にも分けなければならないのか、そして、間接的にあの馬鹿の親たちにも渡るのか、と思うとそれだけで面倒になってくるのだった。

好きになった人と普通の温かい家庭が築ければいいと思っていただけなのに、気がついたら両親と同じ、いやそれ以上にぎすぎすした、冷たい家になっていた。不倫がばれて土下座している夫を上から見た時、結婚した時はこんな場面を見ることになるとはまったく思わなかったな、と冷静に考えていた。

気になるのは母子家庭になる息子のことだけだ。今年、小学一年生になる。

少し前まで、休日に物件を見に行く時、リフォームや掃除に行く時、「一緒に行く？」と尋ねると「行く」と素直についてきた。簡単な作業は進んで一緒に手伝ってくれた。それが半年ほど前から頑《かたく》なに「行かない」と首を横に振るようになった。

行こうよ、楽しいよ、帰りにファミレスか回転寿司《ずし》でご飯を食べよう、と誘っても、「家にいる」とみづほに背を向ける。預けられる人が誰もいない時は泣きたくなる。

もう平日しか動けなくなった。母親の「仕事」に家族を壊すかもしれない何かを敏感に感じ取っているのかもしれない。

息子になんと話したらいいのか……喧嘩《けんか》をしているところを見せないようにしてきたけど、本当の夫婦仲をどう思っているのか。夫と息子の関係は決して悪くない。悲しい思いをさせることになるかもしれない。

みづほでさえ、親が離婚したのは高校生の時だ。息子はまだ小学一年生にさえなっていない。寂しさの質も量も違うだろう。それを思うと、大きな迷いが心の中に生まれる。では、夫とまだやっていけるのか、と考えると、それもまた否《いな》と言わざるを得ない。

だからこそ、お金にだけは不自由させたくない。自分が高校の時、大学に進学できないのではないか、と不安だった。あんな思いはさせたくない。

不倫による慰謝料はよくて三百万円程度だという。それを受け取ったあと、夫の不貞という理由があっても、資産を等分に分けなくてはいけないのか、否か……一度ちゃんと調べなければならないと思いながら、なんとなく先延ばしにしている。すべてを明らかにするのが怖くて、調べられなかった。

「さあ、着きましたよ」

芝崎の声にはっと我に返った。連れてこられたのは、ふじみ野の隣、上福岡の駅から徒歩十二分の物件だった。慌《あわ》てて、渡されていた物件情報に目を落とした。面積はさっきよりも広く、全体で八十平米ほどある。

「ここ、結構いいと思うんですよね」

さきほどと同じように鍵を開けてもらって中に入った。

「広さがあるし、上福岡の駅前は商店街もあって、人気なんですよ」

このあたりには何軒か買っていたのでそんなことは言われなくてもわかっていた。

玄関を入った左側に靴箱があって、水槽が上にのっている。もちろん、そこには水も魚もいない。今は乾ききっている。ガラスも割れていた。ここの住人がいる時から割れていたのか、その後割れたのか……。

「ここはどういう状況でこうなったんですか」

「一年ほど前まで貸してたんです。だけど、夜逃げしちゃって」

「へえ」

「飲食業をやってた人が、コロナで店潰《つぶ》れちゃって。銀行で組んでたローンの一括の返済を迫られたらしいです」

「ひどいわねえ」

確かに、一年分くらいの埃だと思った。

「夜逃げされてもすぐには荷物とか片付けられないじゃないですか……手続きは時間

がかかるし、中は荒れ放題だし、大家さんはすっかり嫌になっちゃって、そのまま手放すことにしたんですよ」

「なるほどねえ。おいくらでしたっけ」

「ここは上福岡で人気もあるし、ちょっと広いから五百八十です」

「ああ、結構高いですね」

「まあ、直すのに百くらいかかりそうですね」

二階に上がった。押し入れには、まだ、布団《ふとん》が積まれていた。

「本当にそのまま出て行ったんですね」

正直、あまり、興味がわかなかった。五百八十万で百万かけて直したとして、六百八十万……月八万くらいで貸せないと旨味《うまみ》はない。三百万台、四百万台なら考えるし、交渉次第ではここもそのくらいになるのかもしれないが、今はそこまで労力を使いたいとも思わない。

二階の奥の部屋に入った。

「天井もまだきれいですよ。大家さんによると、水漏れはなかったそうです……天井さえきれいなら五十でいけるかも……」

彼はそこにあった布団たたきを持って、天井を叩《たた》いた。

「ぶよぶよしている感じはないですね、乾いてる……」

彼はまだみづほの後ろに立って話していたが、ふっとその声が遠ざかった気がして、何も聞こえなくなった。

部屋には天板がプラスチック製の安っぽいちゃぶ台が置いてあった。その上にそれがのっていた。

ルイ・ヴィトンの長財布。みづほがハワイで買ったのと同じ型だった。

埃まみれの、部屋の端にも布団と毛布が雑に積み上げられているような部屋に、なぜか、ほとんど汚れも埃もなく、それはあった。

「どうせ、偽物《にせもの》でしょう」

みづほの視線に気がついて、芝崎は後ろから手を伸ばしてそれを取った。

なんだか、前からわかっていたような気がした。いつかどこかで再会することを。

だから、あまり驚かなかった。

「イニシャルが入ってますよ、M・Hか……」

やっぱり、ととっさに思った。

「イニシャルが入っているってことは本物なのかな」

彼がひっくり返して見ているのを、できるだけ自然に奪った。

内見に来た人間がこうして手に取るから、これだけは埃がついていないのかもしれない。

「……どうかしら」

うまく声が出てこなかった。

「なんで持っていかなかったのかな」

「そうね」

いや、これは本物だ。私は一度、手に取ったことがあるからわかる。いや、二度出会った。そして、去って行った。

これは間違いなく、本物で、そして自分のものだったものだ。なぜだか、確信がある。さわり心地、イニシャルの位置、何より、全体の雰囲気で。

お前、いったい、どうしてこんなところにいるんだい？　いったい、どうしてここにまた置き去りにされてしまったんだい？

「さあ、ベランダはどうかな」

芝崎は興味が薄れたようで、隣の部屋に戻って、ガラス戸をがらりと開けた。

どうしよう……。

怖いのは、私はこれを買うことができる、ということだ。この家ごと。即金で。

正直、なんの苦もない。今の自分には。

この状態ならおそらく四百八十に値を下げることも可能なはずだ。でも、そんな指し値を入れなくても、五百八十のままでも買えるし、また改装して貸せばまあまあのリターンも受けることができる。

今の私には、それができるのだ。

「……買おうかな」

「え」

それまであまり興味がなかった様子のみづほが急にそう言ったからか、芝崎は驚いて振り返った。

「買いますか」

「うん」

「指し値、いくらで入れますか」

「四百八十……うーん、五百八十そのままでいいわ。絶対、買いたいから」

「え」

芝崎はまた驚いていた。これまで厳しい指し値をしてきた。みづほが満額で買うのはめずらしいことだった。

「その代わり、このまま、この状態のまま買いたい。一つでもものがなくならないようにして」

「その財布も？」

まだ、それを握っていた。慌てて、ちゃぶ台の上に置く。

「うん」

「まあ、それも本物ならいくらかで売れますからね」

さすがに彼も、まさかその長財布が欲しくて、みづほがこの家を買うとは思っていないようだった。

「とにかく、このままで」

「わかりました。ここはうちが唯一《ゆいいつ》の仲介ですから、これからは誰にも内見させないようにします」

じゃあ、店に戻って買い付け入れましょう、という声を聞きながら、また軽自動車に乗った。

芝崎は家が売れたことに喜んで、機嫌良くいろいろ話していたが、みづほはあの家を出てからずっと気が気じゃなかった。

あの子を、ヴィトンの長財布をそのまま残してきてしまった。

あの子はまだ、あの荒れた家に残って、ちゃぶ台の上にのっている。いったい、どこを旅してきたのか。どんな人に使われ、たらい回しにされてきたのか。

私があの時、弱かったせいで、あの子にはつらい目に遭わせた。それなのにまた、あんな家に残してきてしまった。

この先は絶対にさびしい思いなんかさせない。

「リフォームはどこにしますか。うちの知り合いの会社、紹介しましょうか。それともどこか、知ってるところ、ありますか……」

芝崎の声で我に返る。

「いくつかあるから、一応、声をかけてみるわ」

「わかりました。もし、何かありましたら、こちらで会社、紹介しますので……それからガス会社はどこに……」

すでに夕方になっていた。早く帰って保育園に息子を迎えに行かなくては、と思うのに、夕刻の渋滞にはまってしまって、ぴくりとも車が動かなくなった。延長保育を頼んでいると言っても、早く行くに越したことはない。

それなのに、芝崎が話している間もあの財布が気になってしかたがない。今も、他の誰かが来てあの子を持って行ってしまったりしないか、売主の気が変わったりしないか、やきもきする。車を戻してもらって、取りに帰りたいくらいだ。でも自分のものになっていない家のものを勝手に取るわけにはいかないし……。

一方でちょっと待て、と心の冷静な部分が問いかけてくる。

あれは本当に、自分が買った財布だったのだろうか。ただの、同じイニシャルの入ったよく似た財布なんじゃないだろうか。

売主と交渉して、あの子だけ譲ってもらえばいいんじゃないか。だいたい、売主もその価値がわからないから、あそこに置いたまま、売りに出しているはずだ。数万円、いや、数千円でも買い取れるかもしれない。

いや、そもそも本当に長財布が欲しいなら、また、ヴィトンの店に行けばいいのだ。今の自分には十万の財布くらい、簡単に買える。

でも、別に新しい財布が欲しいわけではないのだ。

あの頃以上に、今は服にも持ち物にもお金をかけていない。無理して節約しているということではなく、まったく興味がないのだ。ここ数年、新しいものは、物件を見る時に歩き回るためのスニーカー以外、買っていなかった。財布だって買う気にならず前と同じ黒いエナメルのものを使い続けていて、今はぼろぼろになっている。欲しいものは何もなかった。良い物件以外は。

物件を買う時の高揚感、思い通りの指し値が通る時の興奮、もしかして、この物件はダメかもしれないと恐れながら、でも一抹の成功を信じて数百万、時には数千万を払う時のヒリヒリした痛み……それに比べたら、服や財布、宝石なんてなんの価値もない。

でも、あれが本当に自分の財布だったら？

いや、本当にあの日、ハワイで買った財布だったとしても、今の自分に意味があるんだろうか……。

「ただ、あの物件はちょっと大きいし、値段もそこそこするので、店子は生活保護ってわけにいかないですね、どうしますかね……」

芝崎の言葉で、またはっとする。

家本体が五百八十万、中の荷物を処分するのに三、四十万はかかるだろう。それに仲介料とさまざまな税がかかってくる。工事費が五十万で済むだろうか。なんだかんだ、全部で七百万では収まらないだろう。下手したら七百五十はかかるかも。

であれば、家賃は月八万以上で貸さないと旨味はない。売る時にオーナーチェンジ物件として出しても、八百万以上では買い手が付かない。売る時はまた税金がかかる。

上福岡から徒歩十分以上かかる物件に八万の店子が付くだろうか。付かなかったら、出口戦略はどうしたらいいんだろう。

みづほの脳裏にやっと投資家としての哲学がよみがえってきた。

そうだ。これこそが前にハワイで長財布を買った時の自分にはなかったことだ。

あれからずっと努力をして、今日の自分になった。時には泣きながら。

ブランドものの長財布にこだわるとか、運に左右されるとか、そういう場所にいたくなくて、自分の人生は自分で動かしたくて、これまで頑張ってきたのではないか。

私はもう、あの財布はいらない。だけど、あの財布が必要だった、弱かった自分のことも否定しない。あのときがあったから、今こうしていられる。

「やっぱり、やめとくわ」

唐突に、言葉がもれた。

「え」

「ごめんなさい、やっぱり、やめとくわ。ちょっと考えさせて。本当にごめんなさい」

「いいですけど……」

芝崎はちょっとがっかりした声を出したが、意外とあっさり承諾した。

これまでたくさんの物件を彼から買ってきたのだし、不動産投資家のわがままに振り回されるのはいつものことなのだろう。

「本当にごめんなさい。だけど、やっぱり……夫に相談してからにするわ」

気がつくと、あんな夫をだしにしていた。そうだ。もう夫も手放そう。

「そうですね、その方がいいですよ」

芝崎はそれ以上何も言わなかった。

みづほは窓の外を見る。

あの財布を家ごと買う力があるように、今の私にはそれを思いとどまる力もあるはずだ。

みづほはバッグからスマホを出す。離婚、財産分与、配偶者の不貞、と入れて検索した。

もう先延ばしにはしなくてもいいだろう。

ふと、最初の家を買った時のことを思い出した。

あの時、夫は「お前なんかに、金は借りられないだろう」と暗に脅したのだ。卑怯《ひきょう》にも経済力をちらつかせて……あの時、自分は一度、見切ったのだ。あの男を。

いや、そこまでひどいことは言ってなかったか……今となってはどうでもいいけど。

そう思うと、あんなに腹を立てていたこと自体、どこかおかしくなってくすっと笑いが漏れた。

ふと、顔を上げる。空はオレンジの夕暮れが広がっていて、灰色の国道沿いの風景も輝いている。その代わり、逆光で細かいところはぼんやりとしか見えない。

こうやって小さなことは見ずにやっていこう。そうすれば何もかもがきっとうまくいく。

まぶしさに、みづほは目を細めた。

〈参考文献〉

『女性と子どもの貧困——社会から孤立した人たちを追った』樋田敦子（大和書房）
『女性たちの貧困——〝新たな連鎖〟の衝撃』ＮＨＫ「女性の貧困」取材班（幻冬舎）

解説

朱野帰子

会社に入社した頃から、将来や老後のことを考えて貯金をしていた。

本書を読んでいて、ページをめくる手が止まったのはここだ。
原田ひ香の小説を読んでいると、なぜ私のことを知っているのですかと尋ねたくなってしまう。
冒頭で引用したのは、登場人物のひとり、野田《のだ》裕一郎《ゆういちろう》のモノローグだ。二十代の会社員である野田はこう語る。

ずっと、自分の将来には悲観的だった。このまま一生働いていても、たいして年金ももらえそうにないし、老後は一人で孤独に死んでいくのかな、と半ば諦《あきら》めていた。

彼だけでなく本書に登場する登場人物たちはみなお金のことばかり考えている。お金のあるなしが自分の人生を左右すると感じているからだ。

バブルが崩壊したのは一九九一年だが、それから日本人の平均所得は下がり続けている。一方で税金や社会保険料の負担額は上がり続けている。手取りは減っているのに物価は上がっていく。そんなことがもう長いあいだ続いている。

私自身、就職活動をしていたころは氷河期だったので、入社した直後から老後のことを考えていた。同世代と比べて所得は決して悪くはなかったが、そこから上がっていく見込みはなかった。友人たちと「老後はホームレスになりさえしなければいい」と話し合ったりしていた。少しでも右肩上がりになる人生を信じたくて、前述の野田裕一郎のように投資信託を買ってみたりしたことを覚えている。

結婚して子育てしている今でも、レジの前で、ＡＴＭの前で、財布を取り出すたび、銀行口座にいくら残っているかを考えて緊張する。給与から天引きされる額が増えていくのに、教育費は高騰《こうとう》していくばかりだ。後出しじゃんけんのように「新たな負担が増えました」と言われるたび、また人生の可能性が一つ消えたと思ってしまう。

せめてｉＤｅＣｏやＮＩＳＡをうまく運用して、老後に困らないくらいのお金を持ちたい。それが、みんなと共通の夢になってしまっている。それ以外の欲望を持たないようにして生きてきたようにも思う。

この物語の主人公である葉月《はづき》みづほも、そういう社会を生きている。専業主婦で、子供が一人いて、夫から渡された五万円だけで生活費をやりくりする毎日を送っている。でも彼女は欲望を忘れてはいない。ルイ・ヴィトンの財布が欲しいという夢が彼女にはある。しかも、ハワイ旅行に行ってそれを買いたいというのである。

消費税率も社会保障負担も低かった一九九〇年代であったなら、せめて円高であった二〇〇〇年代であったなら夢ではなかったかもしれない。だが、今ではそれは無謀ともいえる計画である。そんな余剰資金があるなら老後のためにとっておいたらとつい言いたくもなる。

だけど、みづほはそんな政府に奨励された人生には巻きとられない。家族に栄養のある食事を提供しつつ、生活費五万円を切り詰め、二万円を貯金に回して、二年かけて計画に必要なお金を用意する。

原田ひ香小説の醍醐《だいご》味《み》のひとつは人の心のディテールを味わえるところだ。そして人の心がもっとも細やかに動くのは、お金のことを考えているときではないだろうか？

主婦のみづほの生活の描写を読むだけでも、家庭で使う水量や、スーパーに置いてある食料品の価格や、細かな数字がいくつも出てくる。それは彼女が節約のためにどれだけ脳を使っているかの証左である。月二万円のコストカットがどれほどの努力とメンタルの積み重ねの結果であるかは、毎日買い物をする者であればわかるはずだ。みづほがようやくハワイに旅行できることになり、ルイ・ヴィトンの財布を買えることになって声が震えたとき、読んでいる私までもが緊張してしまった。

しかし、そうして苦労して得た財布もメルカリで売らなくてはならなくなる。夫にマネーリテラシーがなさすぎたせいで借金があることがわかり、さらなる節約生活をしなければならなくなったのだ。ここまでみづほを応援してきた読者としては「はあ」と落胆せざるを得ないが、しかし本書が面白いのはここからである。

みづほのイニシャル「M・H」が刻まれたこの財布を手放した後、彼女は少しずつ覚醒《かくせい》していく。「見返してやりたい」という思いが、彼女を普通の主婦からお金に強い女へと成長させていく。彼女のサクセスストーリーは痛快だ。

一方、メルカリで売られた財布は数奇な運命をたどっていく。メルカリで買われたり、盗まれたり、拾われたり、そしてまた売られたりしながら、みづほのようにお金のことばかり考えている人たちのあいだをめぐっていく。

ＦＸの情報商材を売る仕事をしている若者。投資信託を始めたことをきっかけに株の信用取引を始めてしまった会社員（冒頭で引用した野田裕一郎である）。ハイパースペシャルお財布アドバイザーとして本を書いている女性。奨学金に人生を狂わされている女性たち。

彼らはみな、普通の学生であり、普通の社会人だった。だが、かつてのみづほと同じようにお金にふりまわされて生きている人たちである。あるいはみづほの夫のようにマネーリテラシーが足りなすぎたせいで危うい儲《もう》け話に手を出してしまった人たちである。彼らの悲喜交々《こもごも》な人生を、読者は財布とともに見つめていくことになる。

原田ひ香小説の醍醐味のもうひとつは先が読めないことである。

主人公のみづほも含めて、本書に登場する人たちの明暗を分けるのは運である。だから物語を読んでいて、登場人物たちがどうなるかがまったく読めない。たまたま適切な情報を得られたとか、たまたま悪いやつにひっかかってしまったとか、そんなことで彼らの人生は変わっていってしまう。努力したから成功しましたとか、気持ちを切り替えたから事態が好転したなどという話にもならない。

実際、格差についての最新研究によると、人々に何が起きて最終的にどこに至るかは予想不可能な影響の結果であるらしい。誰でも正社員になれて終身雇用制の恩恵にあずかれるなどということが望めなくなってしまった日本で、予想不可能な人生を送ることになる人たちは増え続けていくだろう。とはいえ、すべてが運で決まるんですよ、という状況に耐えられないのも人間である。この小説に出てくる人たちのように、なんとか安泰な人生を摑《つか》もうと無茶をするひともいるだろう。

財布を買うときにさまざまな縁起話を聞かされたりするのもそのせいなのかもしれない。こんな色の財布を持つと金運が上がるとか、こういうお守りを入れておくと福を招くとか、私たちが気にしてしまうのは、どこかですべては運なんだという絶望を覚えているからかもしれない。この物語でもみづほがルイ・ヴィトンの店員に「年収は財布の二百倍」という話を聞かされる。十万の財布の二百倍は二千万円。「無理だわ」とみづほは思う。でも彼女はこうも思う。

それでも、悪い気はしない。年収二千万だって、本当にそんなことになったらどれだけ嬉《うれ》しいだろう。

普通にまじめに生きる人々のこういうたくましい願いが、現代小説にここまでストレートに書かれたことがあっただろうか。

バブル経済絶頂期のころ、みんなが無茶なマネーゲームに走りすぎたからかもしれないが、そういう話をするのは卑《いや》しいことだという意識が日本人のあいだにはある。そのうち格差が広がっていって、子供を持つことも、家を持つことも、海外旅行に行くことも、とんでもない贅沢《ぜいたく》になってしまった。だから、財布の中にいくらくらい入っているということさえ、私たちは誰とも話せなくなってしまった。

物価がどんどん上がっていて、卵一パックの値段を見て恐怖を覚えたり、レジで合計金額を告げられて「こんなに買ったっけ？」と思ったり、給与明細から引かれている数字を見て絶句したり、心の中ではたくさんの思いが生まれているはずなのに、胸の奥に押しこめて生きている。

でも原田ひ香は書くのである。小説だからこそ書けるのである。お金にふりまわされて生きたくないと願う人たちの見ているものを、彼らの成功としくじりを。「そばで見ていたのか？」と思わされるほどに詳細に書くのである。すぐ目の前で生きている人たちの心を平等に温かく観察し、彼らの人生を「正解だ」とか「正解じゃない」とか評価したりしないその姿勢が、多くの読者に支持されているのだと思う。

『三千円の使いかた』がベストセラーになってからもずっと、原田ひ香は小説を書くことで、お金に心を動かされてばかりの私たちのそばにいてくれている。

それって懸命に生きている証拠だよ、と肯定してくれているように思えるのである。

(令和六年十一月、小説家)

この作品は令和四年七月新潮社より刊行された。

原田ひ香著

そのマンション、終《つい》の住処《すみか》でいいですか？

憧れのデザイナーズマンションは、欠陥住宅だった！　遅々として進まない改修工事の裏側には何があるのか。終の住処を巡る大騒動。

朱野帰子著

わたし、定時で帰ります。

絶対に定時で帰ると心に決めた会社員が、部下を潰すブラック上司に反旗を翻す！　働き方に悩むすべての人に捧げる痛快お仕事小説。

朱野帰子著

わたし、定時で帰ります。2
―打倒！パワハラ企業編―

トラブルメーカーばかりの新人教育に疲弊中の東山結衣だが、時代錯誤なパワハラ企業と対峙する羽目に!?　大人気お仕事小説第二弾。

朱野帰子著

わたし、定時で帰ります。3
―仁義なき賃上げ闘争編―

生活残業の問題を解決するため、社員の給料アップを提案する東山結衣だが、社内政治に巻き込まれてしまう。大人気シリーズ第三弾。

カツセマサヒコ・山内マリコ
恩田陸・早見和真
結城光流・三川みり
二宮敦人・朱野帰子
著

もふもふ
―犬猫まみれの短編集―

犬と猫、どっちが好き？　どっちも好き！　笑いあり、ホラーあり、涙あり、ミステリーあり。犬派も猫派も大満足な8つの短編集。

有吉佐和子著

悪女について

醜聞にまみれて死んだ美貌の女実業家富小路公子。男社会を逆手にとって、しかも男たちを魅了しながら豪奢に悪を愉しんだ女の一生。

芦沢央著
許されようとは思いません

入社三年目、いつも最下位だった営業成績が大きく上がった修哉。だが、何かがおかしい。どんでん返し100％のミステリー短編集。

芦沢央著
火のないところに煙は
静岡書店大賞受賞

神楽坂を舞台に怪談を書きませんか――。作家に届いた突然の依頼が、過去の怪異を呼び覚ます。ミステリと実話怪談の奇跡的融合！

芦沢央著
神の悪手

棋士を目指し奨励会で足掻く啓一を、翌日の対局相手・村尾が訪ねてくる。彼の目的は一体。切ないどんでん返しを放つミステリ五編。

小川糸著
あつあつを召し上がれ

恋人との最後の食事、今は亡き母にならったみそ汁のつくり方……。ほろ苦くて温かな、忘れられない食卓をめぐる七つの物語。

小川糸著
サーカスの夜に

ひとりぼっちの少年はサーカス団に飛び込んだ。誇り高き流れ者たちと美味しい残り物料理に支えられ、少年は人生の意味を探し出す。

小川糸著
とわの庭

帰らぬ母を待つ盲目の女の子とわは、壮絶な孤独の闇を抜け、自分の人生を歩き出す。涙と生きる力が溢れ出す、感動の長編小説。

垣谷美雨著

ニュータウンは黄昏れて

娘が資産家と婚約!? バブル崩壊で住宅ローン地獄に陥った織部家に、人生逆転の好機到来。一気読み必至の社会派エンタメ傑作！

垣谷美雨著

女たちの避難所

絆を盾に段ボールの仕切りも使わせぬ避難所が、現実にあった。男たちの横暴に、怒れる三人の女が立ち上がる。衝撃の震災小説！

垣谷美雨著

うちの子が結婚しないので

老後の心配より先に、私たちにはやることがある——さがせ、娘の結婚相手！ 社会派エンタメ小説の旗手が描く親婚活サバイバル！

加納朋子著

カーテンコール！

閉校する私立女子大で落ちこぼれたちを救済するべく特別合宿が始まった！ 不器用な女の子たちの成長に励まされる青春連作短編集。

ジェーン・スー著

生きるとか死ぬとか父親とか

母を亡くし二十年。ただ一人の肉親である父と私は、家族をやり直せるのだろうか。入り混じる愛憎が胸を打つ、父と娘の本当の物語。

寺地はるな著

希望のゆくえ

突然失踪した弟、希望《のぞむ》。誰からも愛されていた彼には、隠された顔があった。自らの傷に戸惑う大人へ、優しくエールをおくる物語。

町田そのこ著
コンビニ兄弟
―テンダネス門司港こがね村店―

魔性のフェロモンを持つ名物コンビニ店長（と兄）の元には、今日も悩みを抱えた人たちがやってくる。心温まるお仕事小説登場。

町田そのこ著
コンビニ兄弟2
―テンダネス門司港こがね村店―
地味な祖母に起きた大変化。平穏を崩す美少女の存在。親友と決別した少女の第一歩。北九州の小さなコンビニで恋物語が巻き起こる。
町田そのこ著
コンビニ兄弟3
―テンダネス門司港こがね村店―

〝推し〟の悩み、大人の友達の作り方、忘れられない痛い恋。門司港を舞台に大人たちの物語が幕を上げる。人気シリーズ第三弾。

町田そのこ著
コンビニ兄弟4
―テンダネス門司港こがね村店―

最愛の夫と別れた女性のリスタート。ヒーローになれなかった男と、彼こそがヒーローだった男との友情。温かなコンビニ物語第四弾。

町田そのこ著
夜空に泳ぐ
チョコレートグラミー
R-18文学賞大賞受賞

大胆な仕掛けに満ちた「カメルーンの青い魚」他、どんな場所でも生きると決めた人々の強さをしなやかに描く五編の連作短編集。

町田そのこ著
ぎょらん

人が死ぬ瞬間に生み出す赤い珠「ぎょらん」。嚙み潰せば死者の最期の想いがわかるというが。傷ついた魂の再生を描く7つの連作集。

矢部太郎著

大家さんと僕

手塚治虫文化賞短編賞受賞

1階に大家のおばあさん、2階には芸人の僕。ちょっと変わった〝二人暮らし〟を描く、ほっこり泣き笑いの大ヒット日常漫画。

矢部太郎著

大家さんと僕 これから

大家のおばあさんと芸人の僕の楽しい〝二人暮らし〟にじわじわと終わりの足音が迫ってきて……。大ヒット日常漫画、感動の完結編。

山本文緒著

アカペラ

祖父のため健気に生きる中学生。二十年ぶりに故郷に帰ったダメ男。共に暮らす中年の姉弟の絆。奇妙で温かい関係を描く三つの物語。

山本文緒著

自転しながら公転する

中央公論文芸賞・島清恋愛文学賞受賞

恋愛、仕事、家族のこと。全部がんばるなんて私には無理！ ぐるぐる思い悩む都がたどり着いた答えは――。共感度100％の傑作長編。

柚木麻子著

私にふさわしいホテル

元アイドルと同時に受賞したばっかりに……。文学史上もっとも不遇な新人作家・加代子が、ついに逆襲を決意する！ 実録(!?)文壇小説。

柚木麻子著

BUTTER

男の金と命を次々に狙い、逮捕された梶井真奈子。週刊誌記者の里佳は面会の度、彼女の言動に翻弄される。各紙絶賛の社会派長編！

新潮文庫の新刊

三國万里子著
編めば編むほど わたしはわたしになっていった
あたたかい眼差しに守られた子ども時代。生きづらかった制服のなか。少女が大人になる様を繊細に、力強く描いた珠玉のエッセイ集。

D・B・ヒューズ
野口百合子訳
ゆるやかに生贄は
砂漠のハイウェイ、ヒッチハイカーの少女。いったい何が起こっているのか——？　アメリカン・ノワールの先駆的名作がここに！

C・R・ハワード
髙山祥子訳
罠
失踪したままの妹、探し続ける姉。彼女が選んだ最後の手段は……サスペンスの新女王が仕掛ける挑戦をあなたは受け止められるか?!

C・S・ルイス
小澤身和子訳
ナルニア国物語6 魔術師のおい
ルーシーの物語より遥か昔。ディゴリーとポリーは、魔法の指輪によって異世界へと引きずり込まれる。ナルニア驚愕のエピソード0。

五条紀夫著
町内会死者蘇生事件
「誰だ！　せっかく殺したクソジジイを生き返らせたのは!?」殺人事件ならぬ蘇生事件、勃発!?　痛快なユーモア逆ミステリ、爆誕！

川上未映子著
春のこわいもの
容姿をめぐる残酷な真実、匿名の悪意が招いた悲劇、心に秘めた罪の記憶……六人の男女が体験する六つの地獄。不穏で甘美な短編集。

財《さい》布《ふ》は踊《おど》る

新潮文庫　は－79－2

令和七年一月一日発行
令和七年五月三十日六刷

著者　原《はら》田《だ》ひ香《か》
発行者　佐藤隆信
発行所　株式会社新潮社
郵便番号　一六二―八七一一
東京都新宿区矢来町七一
電話　編集部(〇三)三二六六―五四四〇
読者係(〇三)三二六六―五一一一
https://www.shinchosha.co.jp

価格はカバーに表示してあります。

乱丁・落丁本は、ご面倒ですが小社読者係宛ご送付ください。送料小社負担にてお取替えいたします。

印刷・大日本印刷株式会社　製本・株式会社大進堂

ISBN978-4-10-103682-3 C0193